La lady et le libertin

CAROLE MORTIMER

La lady et le libertin

LES HISTORIQUES

éditions Harlequin

Titre original : THE ROGUE'S DISGRACED LADY

Traduction française de MARIE-FRANCE BALAZS-KNOPP

HARLEQUIN®
est une marque déposée par le Groupe Harlequin

LES HISTORIQUES®
est une marque déposée par Harlequin S.A.

Photo de couverture
Sceau : © ROYALTY FREE/FOTOLIA

83-85, boulevard Vincent-Auriol 75646 PARIS CEDEX 13.
Service Lectrices — Tél. : 01 45 82 47 47
www.harlequin.fr
ISBN 978-2-2802-1761-3 — ISSN 1159-5981

Prologue

Banford House, Mayfair, fin juillet 1817

— Oh, c'est vous, Sebastian ! Quand Revell m'a annoncé la visite de Lord St. Claire, j'ai d'abord pensé à Lucian. Mais c'était peu vraisemblable, bien sûr. Lucian vient tout juste de se marier et doit être encore en pleine lune de miel. En tout cas, c'est si bon de vous revoir !

Lord Sebastian St. Claire s'avança, vêtu comme toujours à la dernière mode — veste brune à la coupe parfaite sur un gilet de brocart doré, chemise neigeuse, pantalon de daim et bottes noires à bouts marron — vers Dolly Vaughn, laquelle se tenait gracieusement allongée sur le sofa framboise de son salon londonien ; à cela près qu'elle n'était plus Dolly Vaughn, mais Lady Dorothea Bancroft, comtesse de Banford.

Des yeux rieurs, d'une chaude couleur ambrée, plongèrent dans le regard bleu de Dolly, tandis que Sebastian s'inclinait vers sa main pour y déposer un baiser. La chevelure châtain foncé du lord, un peu trop longue comme le voulait la tendance, était striée de mèches naturellement dorées.

— Au nom du ciel, Dolly, ne venez pas me dire que vous avez été proche de mon frère Lucian ! Vous allez briser mes illusions !

— Intimement proche, précisa-t-elle avec malice. Et

aussi de Stourbridge, en une mémorable occasion. Mais c'est une autre histoire…

Sebastian écarquilla les yeux en entendant prononcer le nom de son aîné, l'aristocratique et distant Hawk St. Claire, dixième comte de Stourbridge.

Elle égrena un rire ravi.

— Pauvre Bancroft ! Il n'en finit plus de faire semblant d'ignorer le nom de mes anciens amants, ajouta-t-elle sans la moindre contrition.

William Bancroft, comte de Banford, avait maintes raisons de se considérer comme le plus heureux des hommes, depuis près de trois ans que Dolly était son épouse ; et il appréciait sa chance à sa juste valeur. Avant son mariage, Dolly Vaughn avait été la discrète maîtresse de bien des membres masculins du beau monde, parmi lesquels figuraient apparemment les deux aînés des St. Claire !

Sebastian n'entretenait avec Dolly qu'une relation toute platonique. Leur amitié était née lorsqu'il avait débarqué pour la première fois à Londres, à l'âge de dix-sept ans, encore puceau. Dolly avait alors trouvé une jeune dame, un peu moins expérimentée qu'elle-même, pour initier son protégé aux délices de la chair.

— Asseyez-vous, Sebastian, je vous en prie, l'invita-t-elle chaleureusement, tout en tapotant le sofa à côté d'elle.

Bien qu'elle eût largement dépassé la trentaine, elle était encore au sommet de sa beauté, avec sa chevelure d'or et son teint éclatant.

— J'ai commandé du thé pour nous deux. Il est encore un peu trop tôt pour les rafraîchissements plus corsés, je le crains.

Sebastian se rappelait une époque où ce genre de

considération n'aurait pas effleuré l'esprit de Dolly. Par respect pour sa nouvelle position de comtesse, il s'abstint de lui en faire la remarque.

— Votre santé me paraît fort bonne, Lady Bancroft, la complimenta-t-il en s'asseyant près d'elle. Le mariage vous convient, de toute évidence.

— Le mariage avec mon cher Bancroft, corrigea-t-elle en lui assenant une petite tape avec son éventail. Et je ne vous permets pas de prendre ce ton formel avec moi. Lorsque nous sommes seuls comme en ce moment, je tiens à ce que nous soyons ce que nous avons toujours été l'un pour l'autre — Dolly et Sebastian, simplement.

Elle fut interrompue par le retour du majordome, qui apportait le plateau du thé.

— Merci, Revell. En cas de visite, je ne suis disponible pour personne cet après-midi.

Revell pinça les lèvres, en serviteur stylé qu'il était. Elle attendit qu'il ait quitté la pièce avant de reprendre :

— Même après trois ans, je crains que les domestiques ne se soient pas encore accoutumés à mon anticonformisme. Transgresser les règles, fi ! Ils ont toujours l'air de vivre cela comme une épreuve.

Elle se pencha pour verser le thé, inclinant son buste ceinturé sous les seins d'une bande d'étoffe bleue assortie à la couleur de ses yeux.

Sans le savoir, elle venait de fournir à Sebastian l'ouverture qu'il attendait.

— Les domestiques peut-être. Mais les membres de la haute société londonienne se montrent plus... amènes avec vous qu'autrefois, je suppose ?

— Amènes ? s'esclaffa-t-elle. Mais je suis devenue *la* référence, mon cher ! Les invitations à mes réceptions d'été à la campagne sont très recherchées, vous savez.

Ils font tous des pieds et des mains pour faire partie des heureux élus.

Sebastian hocha la tête.

— Pour être franc, c'est précisément à ce sujet que je suis venu vous voir.

Dolly lui jeta un coup d'œil perçant.

— Comme certains de vos amis, vous avez dû recevoir mon carton d'invitation pour cette année, non ? Invitation que vous n'avez jamais acceptée jusqu'ici, lui rappela-t-elle avec un soupçon de dépit. Du moins si ma mémoire est bonne.

Bémol purement rhétorique — la mémoire de Dolly était sans faille, comme ils le savaient fort bien tous deux.

— Justement. Figurez-vous que je songe à l'accepter cette année…

L'expression de la maîtresse de maison se fit encore plus perspicace.

— Si… ? fit-elle d'un ton suave. Car il y a forcément un « si » !

Sebastian éclata de rire et se renversa contre le dossier du sofa.

— Vous êtes par trop directe, Dolly ! Ce n'est pas confortable pour un homme.

Elle arqua ses sourcils blonds.

— Dites plutôt que ce n'est pas confortable pour *vous*.

Il était venu la voir dans l'idée que les choses seraient simples. Quoi de plus anodin que de lui demander d'ajouter quelqu'un à sa liste pour l'habituel séjour d'été de deux semaines qu'elle organisait à Banford Park, dans le Hampshire ? Séjour qui aurait lieu dans une quinzaine…

Hélas, il avait compté sans la curiosité de Dolly !

— Vous voulez que j'invite quelqu'un de plus. Une

femme, devina-t-elle avec une intuition qui le laissa pantois.

Elle lui fit un clin d'œil.

— Où en est votre liaison avec Lady Hawtry ?

— Décidément, rien ne vous échappe, Dolly. Cette relation a pris fin.

Comme avaient fini les précédentes, dès que la dame en question avait commencé à parler mariage.

Dolly parut intriguée.

— Alors de qui s'agit-il cette fois ? Vous semblez réticent à me dire son nom. Serait-ce une femme mariée ?

Et d'ajouter avec un petit rire :

— Depuis trois ans que je fréquente la meilleure société, rien ne me choque plus, mon cher. Je sais de quoi sont capables les gens de la haute société derrière leurs portes closes !

— Elle a été mariée, mais elle ne l'est plus.

En dépit de l'attrait qu'exerçait sur lui la personne en question, Sebastian n'aurait jamais songé à la séduire si elle avait été encore mariée. Après tout, même un homme considéré comme un vaurien par tous les membres de la haute société, hommes et femmes confondus, devait avoir quelques principes !

— Une veuve, dit pensivement Dolly. Mais laquelle ?

Elle se tut, sans doute pour passer en revue toutes les douairières de sa connaissance.

— Donnez-moi un indice, s'il vous plaît ! le supplia-t-elle après deux minutes de réflexion. Je déteste les énigmes, vous le savez.

Pour sûr, la chose avait paru bien plus facile quand Sebastian y avait réfléchi chez lui, en toute tranquillité. La question était alors très simple — comment obtenir une invitation pour une femme dont les dix-huit mois de réclusion à l'écart du monde constituaient un véritable défi pour un séducteur chevronné !

Il fit la grimace.

— Son deuil est fini depuis six mois. Malheureusement pour moi, et pour tous ceux qui ne demanderaient pas mieux que d'être son premier consolateur, elle n'a pas encore reparu dans la société.

— Hum…

Dolly se tapota les lèvres puis laissa échapper une exclamation incrédule.

— Ne me dites pas que…

Elle se tourna vivement vers lui.

— Voyons, Sebastian, vous ne pensez tout de même pas à…

Il opina.

— Elle est l'une des rares personnes à s'être montrée aimable avec vous quand Bancroft vous a épousée et présentée au beau monde il y a trois ans. Est-ce que je me trompe ?

— C'est donc bien elle ! exhala Dolly dans un souffle. Je n'aurais jamais imaginé…

Son regard se fit inquisiteur.

— Sebastian, vous n'ignorez pas les déplaisantes rumeurs qui ont couru sur elle, après la mort prématurée de son mari ?

Il balaya la question d'un geste.

— Evidemment que je sais.

Une lueur sensuelle s'alluma dans ses prunelles d'ambre.

— Mais ce n'est pas cela qui va me faire peur. A mes yeux, cela ne fait que la rendre plus… fascinante, si vous voyez ce que je veux dire.

La comtesse fit la moue.

— Méfiez-vous tout de même. Ces rumeurs-là ont souvent un fond de vérité.

— Et quand cela serait ? Ce que je veux, c'est la séduire, pas l'épouser !

Elle se mordilla la lèvre.

— Comprenez-moi. Loin de moi la pensée de vous faire la leçon, mais… c'est seulement que je m'inquiète pour vous, Sebastian.

— Vous inquiéter pour moi ? Comme vous y allez ! Je ne suis pas devenu subitement romantique, n'ayez crainte.

— Vos intentions ne sont pas honorables, vous me le jurez ?

— Je viens de vous dire que non. Je suis célibataire par choix, Dolly. Et quels que soient les charmes de la dame, j'ai bien l'intention de le rester. C'est un état trop enviable pour que j'aie envie d'en changer.

— Vous rendez-vous compte que la dame en question ne s'est montrée nulle part depuis qu'elle a quitté Londres pour ce domaine que lui a laissé son époux dans le Shropshire ? Elle y vit claquemurée depuis près de dix-huit mois.

— Précisément ! Je ne serais pas en train de solliciter de vous cette invitation si j'avais un autre moyen de faire sa connaissance.

— Ne me dites pas que vous n'avez jamais été présentés l'un à l'autre !

Sebastian eut un sourire de prédateur.

— Pas encore. Pour des raisons évidentes, son mari et moi ne fréquentions pas le même cercle d'amis.

Dolly leva les yeux au ciel.

— Le mari, oui… C'était plutôt un raseur, n'est-ce pas ? Donc, elle et vous ne vous êtes jamais rencontrés.

— Je l'ai seulement admirée de loin une ou deux fois.

— Et vous voulez l'admirer plus intimement ? le taquina la comtesse. Pauvre Juliet ! Vous n'allez pas lui laisser la plus petite chance…

— Vous me surestimez, Dolly.

Elle secoua la tête.

— Quelle femme ne se sentirait flattée d'avoir attiré l'attention du si séduisant et pourtant si insaisissable Lord Sebastian St. Claire ?

Elle enveloppa son compagnon d'un regard appréciateur. Les yeux dorés, les épaules larges, le long corps mince, fort et musclé, et cet air de voyou élégant qui le rendait si irrésistible…

Quelle femme aurait résisté à tant d'attraits ?

Dolly secoua la tête avec un sourire amusé.

— Vous arrivez trop tard, mon cher. Figurez-vous que j'ai déjà envoyé une invitation à la dame en question. Sans doute l'a-t-elle déjà reçue.

Sebastian ne put cacher sa satisfaction.

— De mieux en mieux…

— La comtesse de Crestwood et moi étions amies avant la mort de son époux et, en dépit des commérages, j'ai pensé que je ne pouvais pas la laisser s'étioler ainsi dans le Shropshire.

— Et… a-t-elle accepté ? s'enquit-il avec ardeur.

— Pas encore, mais elle n'y manquera pas.

Et devant son regard sceptique :

— Douteriez-vous de mon pouvoir de persuasion, Sebastian ? On dirait que vous ne savez pas de quoi je suis capable.

Oh, si, il le savait !

*
* *

— Que pensez-vous de ceci, Helena ?

Juliet Boyd, comtesse de Crestwood, tendit à sa cousine l'invitation qu'elle venait tout juste de recevoir.

Assises dans la confortable salle à manger de Falcon Manor, la demeure de Juliet dans le Shropshire, toutes deux achevaient de prendre leur petit déjeuner.

Helena jeta un regard interrogateur à sa compagne avant de saisir le carton. Avec sa silhouette plate et ses cheveux blonds tirés en arrière, elle ressemblait à un garçon dans cette terne robe brune que Juliet lui voyait porter depuis des lustres.

Une ride creusait son front lorsque, ayant lu le bristol, elle releva les yeux.

— Irez-vous, Juliet ?

D'habitude, Juliet aurait quitté la salle en abandonnant négligemment sur la table, parmi les reliefs du petit déjeuner, l'invitation de la comtesse de Banford. Ce qui la fit hésiter cette fois, ce fut la lettre incluse dans l'enveloppe.

Une lettre rédigée à la main, qu'elle passa également à sa cousine.

— « Chère amie, lut Helena à voix haute. Vous avez toujours été si bonne pour moi par le passé que j'éprouve un grand plaisir aujourd'hui à vous retourner cette gentillesse en vous invitant à Banford Park, ma maison de campagne. Il n'y aura que Bancroft, quelques amis choisis et moi. Je vous en prie, venez, Juliet ! Vous me feriez tellement plaisir ! Votre amie, Dolly Bancroft. »

— C'est très aimable à elle. Bien entendu, je n'irai pas, dit tranquillement Juliet.

— Bien sûr que si, vous devez y aller ! se récria Helena.

Une roseur colora ses joues pâles, révélant une beauté

que sa coiffure et sa tenue sévères ne mettaient pas en évidence d'ordinaire.

— Ne voyez-vous pas que c'est une porte ouverte pour votre retour dans le monde ?

Une porte que Juliet préférait garder bien close…

— Je n'ai aucune envie de retrouver le monde, Helena, vous le savez très bien. Et le monde a bien prouvé, depuis un an et demi, qu'il préférait se passer de moi.

Plus soulagée qu'affligée par la mort d'Edward, Juliet avait d'abord eu quelque mal à se conformer aux strictes règles de convenance que lui imposait son deuil. Mais la façon dont elle avait été snobée par les gens de la haute société aux funérailles de Crestwood lui avait fait comprendre qu'on était plutôt ravi d'être débarrassé d'elle.

Elle soupira.

— C'est très gentil à Dolly Bancroft de penser à moi, évidemment…

Helena parut outrée.

— Gentil ? N'avez-vous pas été *gentille* avec elle avant qu'elle ne devienne la coqueluche des salons ?

Elle haussa ses maigres épaules.

— Après tout, il a fallu toutes les relations et le prestige de Banford pour faire oublier aux gens qu'elle avait d'abord été la maîtresse de son futur mari et l'avait épousé indécemment vite après le décès de sa première femme, rappela-t-elle avec sa franchise habituelle.

Juliet sourit affectueusement à sa cousine. Son sens pratique et ses façons directes l'avaient grandement aidée pendant les dix-huit mois de quasi ostracisme qu'elle venait de vivre.

— Bah, ils ont tout de même attendu neuf mois, plaida-t-elle avec indulgence. Et Dolly est vraiment une femme charmante. Je ne pouvais faire moins que de lui offrir mon amitié, si cela pouvait lui ouvrir les portes de la société.

Elle poussa un long soupir avant d'ajouter :

— On ne m'avait pas fait de cadeaux au moment de mon propre mariage…

C'est-à-dire quand miss Juliet Chatterton avait épousé l'amiral Lord Edward Boyd, comte de Crestwood, membre de la Chambre des Lords, conseiller au cabinet de guerre et ancien héros national — un homme de plus de trente ans son aîné…

Juliet avait alors dix-huit ans. Comme le voulait la coutume, le mariage avait été arrangé par ses parents. Elle n'en avait pas moins abordé la vie conjugale avec le naïf espoir d'y trouver un éternel bonheur. Elle était si jeune alors, si ignorante de la vie !

Elle s'était vite aperçue que son bonheur n'entrait pas dans les préoccupations de son époux, qui s'était révélé dans l'intimité fort différent du héros dont ses pairs et tout le pays chantaient les louanges.

La seule consolation de Juliet avait été de se dire que ses parents, au moins, n'étaient plus là pour assister au gâchis de cette union si peu harmonieuse. M. et Mme Chatterton avaient péri tous deux dans un naufrage, quelques mois seulement après que leur fille eut épousé Crestwood.

La profonde tristesse de Juliet, si malheureuse en ménage, n'avait été quelque peu allégée que lorsque sa cousine Helena, alors âgée de seize ans, avait fui la France pour venir vivre avec eux, devenant sa dame de compagnie. Crestwood s'était montré assez lâche pour ne pas la rendre témoin de la cruauté de son vrai caractère et avait mis une sourdine à ses persécutions.

— Alors laissez-la maintenant vous rendre la pareille.

Vous êtes encore trop jeune et trop belle pour achever de vous faner à la campagne !

Juliet rit de bon cœur pour une fois, découvrant une double rangée de dents blanches entre des lèvres pulpeuses et inconsciemment sensuelles.

— Hé là, je ne suis pas encore en fauteuil roulant, tout de même !

Agée de trente ans, elle ne possédait plus cet éclat de la première jeunesse qui lui avait autrefois attiré les attentions de Crestwood. Et sa maturité n'était pas que physique ; les années qu'elle avait passées avec ce dernier avaient laissé en elle une marque indélébile.

Heureusement, ce mariage était resté stérile. Il n'y avait pas eu d'enfant pour hériter du caractère impitoyable de cet homme. Aussi avait-elle gardé une silhouette mince, bien que plus épanouie que jadis. Ses longs cheveux noirs et luisants étaient rassemblés en chignon au sommet de sa tête, laissant échapper quelques frisons sur la nuque et les tempes, ainsi que le voulait la mode. Quant à sa peau crémeuse, elle était aussi unie et lisse qu'à l'époque de ses dix-huit ans.

Mais une ombre de tristesse s'attardait dans les profondeurs vertes de ses yeux et elle souriait beaucoup moins qu'elle ne l'avait fait lors de son unique saison à Londres, douze ans plus tôt. Une décennie de mariage avec le glacial comte de Crestwood avait eu raison de sa joie de vivre juvénile.

— De toute façon, je ne me remarierai jamais, déclara-t-elle farouchement.

— Qui vous parle de convoler ? Personne ne vous le suggère, nigaude.

Helena se pencha vers elle et pressa ses deux mains

nouées. Elle avait compris depuis longtemps que le mariage de Juliet avait été tout sauf heureux.

— Deux semaines à Banford Park pour faire en douceur votre rentrée dans le monde, cela ne vous oblige pas à accepter une proposition de mariage.

Juliet commençait à se faire à l'idée de passer quinze jours en compagnie des sympathiques *amis choisis* de Dolly Bancroft. Mais cette dernière remarque la hérissa.

— Ni aucun autre genre de proposition, précisa-t-elle sèchement.

Après des années passées au sein de la noblesse, elle n'ignorait pas ce qu'impliquaient ces parties de campagne. Un homme y passait plus souvent ses nuits dans la chambre d'une autre femme que dans celle de sa propre épouse.

Helena secoua la tête.

— Je suis sûre que Lady Bancroft n'a pas d'arrière-pensées et ne songe à rien d'autre qu'à vous remercier de votre amabilité passée à son égard.

Juliet aurait voulu en être aussi sûre. Oh, elle ne doutait pas un instant des bonnes intentions de Dolly ! La comtesse était foncièrement aimable et adorait son mari. Mais ce que Dolly appelait de *bonnes intentions* ne correspondait pas forcément à l'idée qu'elle s'en faisait elle-même.

— Allons, dites oui, Juliet. Je peux venir avec vous et vous servir de soubrette. J'adorerais cela, vous savez !

— Vous n'y pensez pas, Helena, vous êtes ma cousine, pas ma servante !

— Mais votre cousine n'est pas invitée, tandis qu'il paraîtra tout naturel que vous ameniez votre camériste. Et une camériste française, qui plus est, vous serez du dernier chic ! Helena Jourdan, cela sonne bien, non ? Songez un peu, Juliet, nous allons bien nous amuser.

S'amuser… Voilà qui n'était pas arrivé souvent à Helena au cours de sa jeune vie. Ses parents — la tante de Juliet et le Français qu'elle avait épousé sur le continent — avaient été massacrés six ans plus tôt, sous le règne de Napoléon, lors d'un pillage commis par des soldats français.

Helena avait assisté à la mise à sac du manoir familial, épreuve terrible dont elle n'aimait pas parler. Mais à voir ses tenues sévères et la façon dont elle maintenait sa délicate beauté sous le boisseau, on devinait qu'elle n'avait pas échappé aux attentions brutales de la soldatesque.

Depuis un an et demi, Juliet et elle vivaient dans le domaine que Crestwood avait laissé à sa veuve, avec quelques serviteurs pour seule compagnie. Si Juliet n'avait pas souffert de cette réclusion, elle comprenait parfaitement que les vingt-deux printemps d'Helena aient besoin d'un peu de distraction dans cette vie monotone.

Précisément le genre de distraction qu'un séjour de deux semaines à Bancroft Park pouvait leur apporter…

Chapitre 1

— Vous avez beau dire, je ne comprends toujours pas pourquoi vous avez jugé nécessaire de me tirer de mon lit à la pointe du jour !

— Il était 11 heures, Gray, objecta Sebastian, tout en conduisant avec aisance la paire de chevaux gris qui trottaient allègrement.

— En ce qui me concerne, n'importe quelle heure avant midi s'appelle l'aurore.

Lord Gideon Grayson — Gray pour les intimes — se rencogna sur la banquette, le haut col de sa veste dernier cri relevé jusqu'aux oreilles, en dépit de la chaleur de cette belle journée d'août.

— J'ai à peine eu le temps d'émerger, encore moins de savourer mon petit déjeuner.

— Hareng fumé, œufs sur le plat et toasts arrosés de deux pots de café noir, énuméra gaiement son ami. Le tout englouti pendant que vous parcouriez la gazette du jour, si je me souviens bien.

— Il n'y a là rien de drôle. Je déteste être bousculé, vous le savez bien, et…

Mais Sebastian n'écoutait plus. Il se sentait trop excité par la perspective du défi qui l'attendait — séduire Juliet Boyd — pour laisser quoi que ce soit lui gâter sa bonne humeur.

— Et maintenant, voilà que mon meilleur ami se

barbe tellement en ma compagnie qu'après m'avoir tiré de force de mon lit et de ma maison, il ne prend même pas la peine de m'écouter, poursuivit Gray d'un ton chargé de reproche.

Sebastian tourna les yeux vers lui, avec un sourire où l'on aurait cherché en vain la moindre trace de remords.

— Quand vous aurez quelque chose d'intéressant à dire, Gray, je vous assure que je serai tout ouïe !

— Si vous pouviez au moins mettre une sourdine à votre exubérance..., grommela l'autre. Votre vitalité est épuisante. D'autant que j'ai les nerfs particulièrement sensibles, ce matin.

— La faute à qui ?

La veille, les deux amis avaient fait la tournée des clubs les plus huppés de la capitale, passant leur soirée à jouer. Sebastian avait gagné, mais pas Gray, qui était allé se consoler dans le lit de son actuelle maîtresse avant de rentrer chez lui à une heure indue.

— Vous êtes d'une bonne humeur dégoûtante, Seb. Je me demande bien pourquoi. Auriez-vous déjà ferré la remplaçante de Lady Hawtry ?

Sebastian eut un sourire de prédateur.

— Pas encore. Mais j'ai bien l'intention de le faire dans les deux semaines qui viennent.

L'intérêt de Gray s'éveilla aussitôt.

— Oh, je vois !

Il coula un regard oblique à son ami.

— J'espère que vous n'avez pas l'intention de tenter votre chance avec Dolly Bancroft pendant notre séjour à Banford Park ? Autant vous prévenir tout de suite, Bancroft est le meilleur bretteur d'Angleterre. Avec votre frère Lucian et vous, bien entendu !

— Soyez tranquille sur ces deux points, répliqua

Sebastian avec un brin de sècheresse. Dolly et moi n'avons jamais été que des amis et il en sera toujours ainsi, j'ai bien l'intention de m'y tenir.

Surtout depuis qu'il savait que la comtesse avait couché avec ses deux frères !

Gray arqua l'un de ses sourcils bruns.

— Accepter une invitation à la campagne n'est pas dans vos habitudes. Vous admettez tout de même qu'il y a anguille sous roche ?

— Bien entendu, reconnut Sebastian, qui n'alla pas plus loin dans la confidence.

Pas question de faire partager à Gray son intérêt pour la comtesse de Crestwood, encore moins son intention de la coucher dans son lit !

Gray eut un sourire en coin.

— Attention à ne pas vous passer la corde au cou…

— Parbleu ! Certainement pas !

Sebastian était d'autant plus décidé à éviter tout traquenard de ce genre qu'il avait vu ses deux aînés se faire prendre au piège l'année passée.

Gray parut lire dans ses pensées.

— Vos deux frères n'ont pas l'air de s'en porter plus mal. Il est vrai, ajouta-t-il avec une moue admirative, que je me ferais moi-même une raison, s'il s'agissait de conduire l'une de leurs épouses à l'autel. Quelles femmes !

Sebastian haussa les épaules.

— Si cela vous tente, pourquoi n'essayez-vous pas de trouver chaussure à votre pied, Gray ? Mais pour l'amour du ciel, n'essayez pas de me persuader de vous imiter.

Il aimait trop les femmes pour se marier avec l'une d'elles. Même avec la sublime Juliet Boyd !

***

— Mais oui, Sebastian, elle est là. En fait, elle vient juste d'arriver.

Après les salutations d'usage, Dolly avait attendu que Gray soit dûment installé dans la bibliothèque, à siroter un revigorant brandy avec son hôte, pour répondre à la question tacite de Sebastian.

— Mais elle a commandé le thé dans sa chambre, où elle entend rester jusqu'au dîner.

Et comme il fronçait les sourcils :

— N'ayez crainte. Je vous ai réservé la chambre voisine de la sienne. Les balcons des deux pièces communiquent.

Sebastian sourit, satisfait de l'arrangement.

— Je suppose que vous avez eu aussi l'obligeance de me placer près d'elle au dîner ?

Dolly parut soudain inquiète.

— Sebastian, je ne suis pas sûre que votre intérêt pour la comtesse soit très avisé…

— Si c'était *avisé*, Dolly, cela ne m'intéresserait pas le moins du monde, rétorqua-t-il, badin. Et maintenant, si vous voulez bien m'y autoriser, j'aimerais me retirer dans ma propre chambre et prendre un peu de repos avant le dîner.

Dolly eut une moue sceptique.

— Du repos ?

— Je ne m'introduirai pas dans l'intimité de la dame avant de lui avoir été présenté, rassurez-vous.

— Hum. Cela viendra ensuite, je présume ?

— C'est du moins ce que j'espère, murmura-t-il d'un air songeur.

La conquête serait difficile, il en était conscient. Bien des rumeurs avaient circulé sur la comtesse de Crestwood après la mort soudaine de son époux. Mais personne n'avait jamais insinué qu'elle ait pu avoir une liaison avec un autre homme, que ce fût pendant ou après son mariage.

Sebastian passa les deux heures qui le séparaient du dîner à paresser dans sa chambre, sans oublier une seconde la présence de la belle Juliet Boyd dans la pièce à côté. Pourtant, tout était silencieux derrière ses fenêtres voilées de dentelle, et la porte-fenêtre donnant sur le balcon demeura résolument close, sans doute pour protéger la chambre de la chaleur estivale.

Mais elle avait tout de même accepté l'invitation, ainsi que Dolly l'avait prévu. Et aussi discrète qu'elle fût, elle ne pouvait rester confinée dans son appartement pendant toute la durée de son séjour…

Juliet ne s'était jamais sentie aussi nerveuse de sa vie. Debout dans l'immense hall de Banford Park, elle hésita avant de pénétrer dans le salon où résonnaient les bavardages et les rires des invités de la comtesse, réunis là dans l'attente du dîner.

Ce n'étaient pas ses hôtes qu'elle craignait — Dolly avait été l'amabilité même lorsqu'elle l'avait accueillie cet après-midi, et William Bancroft s'était montré tout aussi charmant —, mais les réactions des autres invités, quand ils s'apercevraient que Juliet Boyd, comtesse de Crestwood, se trouvait parmi eux. Elle espérait sincèrement — pour Dolly — qu'aucun d'eux ne déciderait de repartir sur-le-champ en apprenant que la Veuve noire, ainsi qu'on la surnommait non sans cruauté depuis la mort de Crestwood, séjournait en même temps qu'eux au château.

Aussi, pourquoi était-elle venue ? se reprocha-t-elle pour la centième fois depuis qu'elle avait accepté cette maudite invitation. Si elle ne désirait rien tant que d'offrir quelques divertissements à Helena après leur longue période de deuil, elle n'aurait jamais dû se persuader que ce séjour à Banford Park lui en fournirait les moyens.

Son inquiétude aurait peut-être été moins grande si Helena était demeurée à son côté, avec son attitude farouchement protectrice. Or la jeune fille s'était obstinée à jouer les femmes de chambre, rôle qui semblait beaucoup l'amuser. Après avoir aidé Juliet à se coiffer et à passer sa robe, elle l'avait laissée quelques minutes plus tôt pour papoter avec les autres servantes.

— M'accorderez-vous l'honneur de vous escorter, Lady Boyd ?

Juliet se retourna vivement. Dieu merci, c'était son hôte qui se tenait près d'elle, lui offrant le bras. Un grand bel homme d'une cinquantaine d'années, au regard intelligent, qui n'était pas sans lui rappeler son père.

— Oh, milord ! Je… J'étais en train d'admirer ce portrait, prétendit-elle en levant les yeux vers la toile accrochée au-dessus d'elle.

Elle venait tout juste d'en remarquer l'existence.

Banford hocha la tête.

— Je vous présente mon arrière-arrière-grand-père, le septième comte de Banford. Un homme assez laid, n'est-ce pas ? observa-t-il sans la moindre nuance de respect.

Elle ne put retenir un petit rire. La vérité l'obligeait à reconnaître que le septième comte était absolument affreux.

Son arrière-arrière-petit-fils, le dixième comte, lui tendit derechef le bras.

— Puis-je me permettre ?

— Merci, murmura-t-elle en posant la main au creux de son coude.

Ce soir, elle avait choisi une robe de soie gris sombre à taille haute, qu'égayait seul un soupçon de dentelle à l'encolure et à l'extrémité des courtes manches bouffantes. Un rang de perles était entrelacé à ses boucles noires. Elle ne portait pas d'autre bijou, excepté ses boucles d'oreille et son anneau d'or à l'annulaire gauche.

Dieu savait qu'elle aurait aimé retirer ce symbole de la domination d'Edward sur elle ! Mais cela n'aurait fait qu'apporter de l'eau au moulin des spéculations, qui n'avait cessé de tourner depuis la mort de son mari.

A vrai dire, elle n'était pas sûre que son alliance et la sobriété de sa tenue empêchent en rien le déchaînement des commérages, dès qu'on connaîtrait sa présence à Banford Park.

Le comte parut lire dans ses pensées :

— Ma femme dit toujours qu'il vaut mieux faire ce qu'il nous plaît. Sans doute parce qu'il est impossible de faire ce qui plaît à tout le monde…

Juliet lui jeta un regard surpris.

— Est-ce aussi votre femme qui vous a suggéré de m'attendre dans le vestibule pour m'escorter galamment dans le salon ?

Bancroft en convint d'une inclination de tête.

— Je crois me souvenir qu'elle a mentionné quelque chose de ce genre.

Juliet eut un petit rire de gorge.

— Vous êtes trop aimable, milord.

— Mais non, ma chère, c'est moi qui suis honoré. Si nous faisions notre entrée à présent, histoire de stimuler un peu les conversations ?

Et il l'encouragea d'un sourire…

Juliet eut l'impression que tous les regards se tournaient vers le seuil tandis qu'elle entrait dans le salon au bras du comte. Le bruit des voix faiblit avant de s'éteindre tout à fait. Seigneur, c'était encore pire que tout ce qu'elle avait pu imaginer !

Heureusement, Dolly avait de prompts réflexes. En hôtesse expérimentée qu'elle était, elle se hâta de rompre le silence en adressant quelques mots au bel homme élégant debout auprès d'elle.

Un homme qui fixait hardiment Juliet de son insondable regard doré…

Sebastian prêtait une oreille distraite aux propos de Dolly, absorbé qu'il était — comme tout le monde dans cette pièce — par le spectacle de la comtesse de Crestwood faisant son entrée au bras de leur hôte.

Dieu, qu'elle était belle ! Plus belle même que lors de ce bal, deux ans plus tôt, où il l'avait remarquée pour la première fois.

A présent, les détails les plus attirants de sa personne lui sautaient littéralement aux yeux — la riche couleur d'ébène de la chevelure ornée d'un tortillon de perles, le front lisse, les cils épais ombrant les prunelles d'un vert profond, le petit nez parfait et la moue des lèvres pleines et sensuelles, sans parler du menton si fier pointé dans un geste de défi.

Quant aux seins, ils étaient plus opulents que jamais, leur peau crémeuse bien mise en valeur par le gris cendré de la dentelle ; mais la taille et les hanches étaient un peu plus minces qu'autrefois, quand il l'avait vue évoluer dans cette salle de bal bondée. Son teint, enfin, semblait aussi diaphane que les perles qui ornaient ses cheveux.

— Voyons, Sebastian, fermez la bouche ! se moqua Dolly. On dirait un enfant devant l'étal d'un confiseur !

Elle avait indéniablement raison et il sortit de sa

contemplation dans un sursaut. A quoi songeait-il, bon sang ? Pourvu que personne ne se soit aperçu de son intérêt marqué pour la nouvelle venue ! Un regard alentour le rassura. Les autres invités paraissaient aussi fascinés que lui par l'apparition de Juliet Boyd.

Le majordome apparut sur le seuil et adressa un signe discret à la maîtresse de maison. Dolly opina et se tourna vers Sebastian.

— Bancroft va donner le bras à sa mère, la comtesse douairière, cela va de soi. Puis-je vous suggérer d'offrir le vôtre à la comtesse de Crestwood, puisque vous allez être voisins de table ?

Encore troublé par sa longue contemplation, Sebastian hésita une seconde, pris de court, mais il reprit vite ses esprits. Après tout, l'honneur lui revenait de droit. N'était-il pas le riche Lord Sebastian St. Claire, frère d'un duc — célibataire de vingt-sept ans considéré par tous les membres féminins de la haute société, des débutantes aux matrones, comme la *prise* la plus convoitée de la saison, à présent que ses deux aînés étaient casés ?

Sans compter que cette rencontre avec Juliet était l'unique raison de sa présence ici !

Alors, au nom du ciel, qu'attendait-il ?

Le malaise de Juliet s'aggravait. Malgré la présence tutélaire du comte de Bancroft à son côté, son retour à la vie mondaine avait eu exactement l'effet qu'elle redoutait.

Après ce premier silence stupéfait, les conversations à voix basse avaient repris entre ces dames, qui chuchotaient ferme derrière leurs éventails déployés. Les hommes, eux, avaient été moins prompts à cacher leur surprise et la plupart avaient continué à la dévisager sans vergogne.

L'un d'eux en particulier…

Un homme d'une beauté arrogante, vêtu d'un habit noir du meilleur faiseur, d'un gilet gris argent et d'une cravate neigeuse. Le même avec qui Dolly Bancroft avait ostensiblement engagé la conversation, lorsque le comte et elle avaient fait leur apparition. Et voilà que ce malotru, sans faire le moindre effort pour dissimuler son total manque d'intérêt pour les propos de son interlocutrice, continuait à la fixer de son intense et énigmatique regard… Un beau regard, d'ailleurs, s'avoua-t-elle. De la couleur de ce whisky ambré que savourait jadis son père.

Oh, elle s'était attendue à être accueillie par un mépris glacial, elle s'y était même préparée. Mais être dévisagée si familièrement par un homme qu'elle ne connaissait pas et qui n'était visiblement rien d'autre qu'un élégant vaurien ne lui convenait décidément pas. Non, cela ne lui convenait pas du tout !

Son calme déjà ébranlé la déserta tout à fait lorsqu'elle vit Dolly s'emparer du bras de son compagnon, puis le pousser légèrement dans sa direction. Juliet se renfrogna. Voulait-on obliger le monsieur à l'escorter à table ? Etant donné la façon dédaigneuse dont il l'avait toisée, il était peu probable qu'il apprécie l'injonction !

Jouant l'indifférence, elle ouvrit son éventail devant elle et tourna le dos au couple pour engager la conversation avec le comte.

— Je crains que vos efforts n'aient servi à rien, milord, dit-elle d'un ton aigre. Nous avons suscité un véritable petit scandale chez vos invités.

L'humiliation de savoir qu'on voulait contraindre un homme à lui servir de cavalier vibrait dans sa voix. Même si l'invitation de Dolly partait d'un bon sentiment, elle n'aurait jamais dû se laisser persuader de venir à Banford Park ! Comment avait-elle pu s'exposer à…

Elle sentit tout à coup une présence derrière elle.

— Puis-je vous demander de me présenter, milord ?

Un frémissement parcourut Juliet au son de cette voix cultivée, aux intonations nonchalantes et sensuelles.

Mais ce frémissement se changea en frisson quand elle se retourna et découvrit le bel interlocuteur de Dolly. Ainsi, le jeune homme avait cédé aux objurgations de la maîtresse de maison ! Il était là, occupé à la jauger de son regard mordoré, que voilaient à demi ses paupières plissées.

De toute façon, elle n'avait pas besoin de voir ses yeux pour savoir ce qu'il éprouvait pour elle. Du mépris, comme les autres !

Pas plus qu'elle ne chercha à deviner de quel argument Dolly avait usé pour obtenir de lui ce qu'elle souhaitait — faire l'aimable auprès de cette pauvre Juliet !

Jusqu'à cet instant, Juliet avait cru fermement que Dolly avait renoncé à ses frasques passées et n'avait plus d'yeux que pour son époux. Or il avait dû falloir un peu plus qu'une simple prière pour persuader ce jeune débauché de s'exposer à ce qui pouvait bien être un naufrage social, en s'exhibant avec la sulfureuse comtesse de Crestwood.

Serait-ce l'actuel amant de Dolly ?

— Lady Boyd, puis-je vous présenter Lord Sebastian St. Claire ? fit le comte, s'acquittant de son rôle d'hôte. Lord St. Claire, voici Lady Juliet Boyd, comtesse de Crestwood.

Sebastian se rembrunit en voyant une lueur d'intérêt s'allumer dans les yeux de Banford — le regard d'un homme qui savait à quoi s'en tenir et s'amusait de la situation. De toute évidence, Dolly n'avait pas su tenir sa langue et avait raconté à son mari que le jeune St. Claire avait des vues sur la comtesse. Au diable l'indiscrète !

Il s'inclina sèchement.

— Milady…

Si la comtesse le gratifia en retour d'une gracieuse révérence, elle ne fit même pas mine de lui tendre sa main gantée.

— Milord…

Il se rembrunit encore, vexé. L'omission frisait l'impolitesse !

— Voulez-vous m'accorder l'honneur de vous conduire à table, milady ?

Elle haussa les sourcils, railleuse.

— L'honneur, milord ?

Il hocha la tête.

— C'en est un pour moi, madame.

Elle égrena un petit rire moqueur.

— Vous êtes bien le seul à le penser.

Au diable ! Ce premier échange avec Juliet Boyd ne se déroulait pas du tout comme il l'avait espéré…

Dans son imagination, elle se laissait subjuguer par lui au premier regard, comme il l'avait été par elle. C'était du moins ainsi qu'il avait vu les choses — Juliet et lui isolés du reste du monde, parlant en tête à tête, marchant de conserve, assis côte à côte… et absolument seuls ensemble pour faire l'amour !

Il serra les mâchoires et un muscle tressaillit dans sa joue à l'évocation de cette brune beauté ôtant le tortillon de perles de ses cheveux afin de libérer dans son dos une cascade de boucles. Les yeux mi-clos, il rêva la suite. Il la dépouillerait de sa robe, en la priant de se tourner pour qu'il puisse défaire lentement la rangée de minuscules boutons de nacre qui s'étageaient de sa nuque à ses reins ; non sans s'attarder pour embrasser, après chaque bouton, le petit bout de peau nue qu'il viendrait de découvrir…

Puis il ferait glisser la robe jusqu'aux pieds de Juliet, la laissant vêtue de sa seule chemise et de ses bas.

Ensuite…

Eh bien, il voyait tout comme s'il y était déjà — les seins généreux pointant sous l'étoffe fine, avec le délice rose sombre de leurs mamelons qu'il prendrait l'un après l'autre dans sa bouche, les savourant jusqu'à ce que…

La voix de Juliet le rappela à l'ordre.

— Il semblerait que nous soyons les derniers, Lord St. Claire.

Il fit un effort pour revenir à la réalité et lui tendit le bras.

— Veuillez m'excuser, Lady Boyd, murmura le jeune homme d'une voix étrangement rauque.

Juliet plaça une main gantée sur sa manche et sentit sous ses doigts le galbe d'un muscle aussi dur que l'acier.

— Je comprends que vous hésitiez à vous acquitter de votre mission, Lord St. Claire. La tâche qui vous incombe est difficile. Ce n'est pas tous les jours qu'on demande à un gentilhomme d'escorter la fameuse Veuve noire !

Il la regarda, stupéfait.

— Co… comment dites-vous ?

Elle eut un sourire sans joie.

— Oh, je connais fort bien les surnoms peu flatteurs dont on m'affuble depuis… depuis la mort de mon époux. Mais ne craignez rien, vous vous serez acquitté de votre devoir envers notre hôtesse dès que nous aurons pris place à table. Je ne me sentirai pas le moins du monde offensée si vous m'ignorez tout le reste de la soirée.

Pour être franche, ajouta-t-elle d'un ton cinglant, je crois même que je préférerais cela !

St. Claire…

Elle le situait maintenant — le plus jeune frère du duc de Stourbridge. L'un des célibataires les plus convoités de la haute société… et aussi l'un des plus insaisissables. Sa présence ici ne pouvait qu'attirer l'attention des autres convives, au moins autant que la sienne. Bref, tous les ingrédients étaient réunis pour faire de leur entrée tardive dans la salle à manger un événement sensationnel !

— Et pourquoi vous ignorerais-je ? s'enquit-il, intrigué.

Juliet eut un léger sourire.

— Pour vous épargner d'autres embarras, peut-être ?

Pour la première fois, il se prit à penser que ce n'était peut-être pas si généreux de la part de Dolly — et de la sienne ! — d'avoir invité Juliet Boyd à Banford Park. Après toutes les rumeurs qui avaient circulé sur elle pendant dix-huit mois, la malheureuse devait se sentir fort mal à l'aise de reparaître en public, d'autant qu'elle semblait parfaitement au courant des méchancetés qui couraient sur son compte.

Même si elles étaient fondées, elles n'avaient pas dû résonner plaisamment à ses oreilles…

Il effleura la petite main posée sur son bras.

— Je vous assure que je ne me sens pas le moins du monde embarrassé par votre compagnie, Lady Boyd.

— Et moi, je suis tout aussi sûre que même si vous l'étiez, la courtoisie vous empêcherait de me le dire. Le frère du duc de Stourbridge se doit d'être poli !

— Bien au contraire, milady. Si vous connaissiez la famille St. Claire, vous sauriez que nous avons notre franc-parler et ne sommes pas du genre à nous incliner devant les diktats de la société.

Oui, Juliet avait entendu dire que les St. Claire n'en faisaient qu'à leur tête et n'obéissaient qu'à leur propre loi. Jusqu'au chef de cette illustre famille, l'éminent duc de Stourbridge ! Longtemps considéré comme le meilleur parti qu'une mère de la haute société puisse décrocher pour sa fille, le duc avait causé un quasi scandale en épousant une jeune femme inconnue de la bonne société londonienne.

Elle s'assit sur la chaise que lui avançait Lord St. Claire et ne s'aperçut pas tout de suite qu'il prenait place à côté d'elle. Lorsqu'elle releva enfin les yeux, ce fut pour constater qu'elle était assise entre le comte de Banford, qui présidait au haut bout de la table, et Lord Sebastian St. Claire.

Elle s'étonna à voix haute.

— Mon Dieu, voilà votre punition qui continue ! Lady Bancroft aurait-elle des raisons de vous en vouloir, milord ?

Il haussa ses sourcils brun doré, comme ses cheveux, et une lueur de gaieté pétilla dans ses yeux d'ambre.

— Dolly ? Bien au contraire, elle et moi avons toujours été les meilleurs amis du monde.

Juliet continua à le dévisager pendant quelques secondes.

— Vraiment ? murmura-t-elle.

Puis elle se détourna, lui signifiant ostensiblement que le sujet ne l'intéressait pas.

Sebastian aurait aimé pousser plus loin la conversation et connaître la raison de son énigmatique question. Il en fut empêché par le valet qui lui servit du potage. Lord Bancroft en profita pour engager la conversation avec Juliet, ce qui ôta à Sebastian toute chance de lui adresser de nouveau la parole.

Mais lui laissa toute latitude pour l'observer…

Bien qu'elle fût certainement consciente de l'attention plus soutenue que courtoise qu'elle suscitait chez les autres convives, la comtesse de Crestwood ignorait stoïquement leurs regards. Avec un sourire gracieux, elle conversa avec leur hôte entre deux cuillerées de soupe.

Savait-elle à quel point sa bouche était tentante, avec sa lèvre supérieure légèrement renflée ? Et que dire de la séduction de ses yeux d'émeraude, de la blancheur nacrée de sa peau qui appelait irrésistiblement la caresse ?

Et ses petites mains si parfaites, si adorables… Sebastian rêvait de sentir leur fraîcheur sur sa chair brûlante de désir…

Pour le plus grand désarroi de Juliet, la situation ne fit qu'empirer une fois qu'elle se fut attablée. Les autres convives semblaient suspendus à ses gestes — qu'ils commenteraient sans fin par la suite, à coup sûr. Quant à l'homme assis à son côté, elle était beaucoup plus troublée par sa présence qu'elle ne l'aurait souhaité.

Lord Sebastian St. Claire était sans nul doute le plus bel homme qu'elle ait jamais rencontré. Plus jeune qu'elle de quelques années, sans aucun doute, il était le charme même, avec sa chevelure d'une couleur si inhabituelle et le regard séducteur de ses yeux de miel.

Elle nota la bouche sensuelle, qui tantôt se retroussait dans un sourire nonchalant, tantôt s'abaissait en une moue de dédain, et la mâchoire carrée d'un volontaire, comme il convenait au frère de l'arrogant duc de Stourbridge.

Plus troublante encore était la façon dont ses habits du soir épousaient les lignes de son corps — larges épaules, hanches étroites, cuisses puissantes et longues jambes musclées.

Juliet avait fort peu fréquenté le monde, à peine l'espace

d'une saison, avant que Crestwood ne demande sa main. Mais son inexpérience ne l'empêchait pas de se rendre compte que Lord St. Claire appartenait à une espèce d'homme fort dangereuse : les viveurs et les libertins.

Un homme qui n'éprouvait pas le moindre scrupule à profiter sans vergogne des charmes d'une femme ; de toutes les femmes, quel que soit leur âge ou leur rang social, tout en se gardant bien de tout engagement d'ordre sentimental.

Après toutes ses années de mariage malheureux, elle ne pouvait que lui envier cette existence si légère et insouciante.

Mais elle n'avait pas le moindre désir de l'imiter.

Oh, elle n'ignorait pas que bien des veuves de son âge profitaient de leur liberté pour chercher dans des liaisons les plaisirs de la chair ou la satisfaction du cœur. Mais avoir été l'épouse du cruel et glacial Lord Edward Boyd l'avait radicalement guérie de ce genre d'envie.

En vérité, elle ne souhaitait ni l'un ni l'autre !

— Que diriez-vous d'une petite promenade en bateau demain matin ?

Elle se tourna vers Lord St. Claire, les yeux écarquillés.

— Je vous demande pardon ?

— J'étais en train de vous proposer une partie de bateau avec moi sur le lac demain matin.

Eh bien, le don Juan ne perdait pas de temps !

Chapitre 2

— A moins que vous ne préfériez une simple flânerie dans les jardins ? corrigea-t-il doucement, devant l'expression incrédule de Juliet.

Elle plissa les yeux et son corps se raidit dans une tension presque palpable.

— Je ne sais quelle sorte d'encouragement vous a offert Dolly pour vous inciter à être aimable avec moi, Lord St. Claire.

Elle chuchotait, afin de n'être entendue ni de leur hôte ni des autres convives.

— Mais voilà des attentions que je n'apprécie pas le moins du monde, je vous assure.

Ce ton accusateur surprit si fort Sebastian qu'il en resta quelques secondes interloqué. Pourquoi cette acrimonie, bonté divine ? Elle ne s'imaginait tout de même pas que Dolly et lui étaient amants ?

— Et moi, je vous assure, Lady Boyd, que vous vous méprenez en supposant que je puisse être autre chose qu'un ami pour Dolly.

Mais elle continua à lui opposer le même front têtu.

— Peu importe si je me trompe. Le fait est que vos assiduités forcées me sont importunes.

Sebastian se raidit. Non, décidément, la soirée ne se déroulait pas du tout comme il l'avait espéré !

Pas plus qu'il n'était dans ses habitudes de sentir

la colère bouillonner en lui. Les St. Claire gardaient toujours le contrôle de leurs émotions, que ce fût l'ennui, l'amusement ou l'irritation. Mais apparemment, il n'en était pas ainsi pour lui dès qu'il s'agissait de Juliet Boyd.

Puis il s'avisa soudain de ce qu'elle venait de dire et prit sur lui pour retrouver le contrôle de la situation.

— Mes assiduités *forcées* ? répéta-t-il d'un ton plus calme. Qu'entendez-vous par là ?

— Vous êtes venu vers moi parce que Dolly vous y a obligé, voilà tout. Croyez-vous que je n'aie pas vu votre expression dédaigneuse quand je suis entrée dans la salle à manger ?

Du dédain ? L'accusation le laissa sans voix. Il avait été confondu, ébloui par l'exceptionnelle beauté de la comtesse de Crestwood. Mais dédaigneux, certainement pas !

— Je crains que, là encore, vous ne vous soyez méprise, milady.

— Je ne crois pas.

— Vous me traitez de menteur ? s'enquit-il d'une voix dangereusement douce.

— Je dis simplement ce que j'ai vu.

— Ce que vous avez *cru* voir ! corrigea-t-il fermement. Dois-je conclure de vos remarques que vous préférez ne pas vous promener avec moi demain ?

Elle l'enveloppa d'un regard sans complaisance et un pli se creusa entre ses fascinants yeux verts.

— Ce que je préférerais, milord, c'est que vous me laissiez tranquille, dit-elle tout bas. Je n'aurais jamais dû venir ici, c'était une grave erreur de ma part. Pour tout vous dire, je pense sérieusement à repartir dès demain matin, après avoir présenté mes excuses à nos hôtes.

Sebastian frémit. S'il subissait cet assommant séjour

à la campagne, c'était pour séduire cette femme. Pas question de la laisser s'échapper !

Son ton se fit cajoleur et enjoué.

— Votre décision n'est-elle pas un peu hâtive, Lady Boyd ? Si j'en crois Dolly, c'est votre première incursion dans le monde depuis la fin de votre deuil. Est-ce exact ?

Juliet hocha la tête. Après le fiasco de cette soirée, c'était très probablement sa première et *dernière* incursion dans le monde ! Elle adorait Dolly, dont l'anticonformisme la reposait des règles rigides de la haute société ; mais si la comtesse Bancroft s'imaginait lui faire une gentillesse en lui jetant l'un de ses amants à la tête, elle se méprenait totalement.

Les attentions d'un homme comme Sebastian St. Claire — viveur bien connu et plus jeune qu'elle de surcroît — étaient bien la dernière chose dont elle avait besoin pour se compliquer la vie.

Que ce soit maintenant ou plus tard…

— Je ne pense pas que ma décision vous regarde, monsieur.

Il arqua un sourcil railleur.

— Vraiment ? Et vous ne craignez pas de plonger cette pauvre Dolly dans l'embarras en repartant si vite après votre arrivée ?

Juliet lui opposa un regard froid.

— Au contraire, milord. Je vais lui épargner d'autres causes d'embarras en quittant sa demeure avant qu'il ne soit trop tard.

— Vous courez donc vous réfugier dans votre Shropshire à la première difficulté ?

Il secoua la tête, une moue de dédain aux lèvres.

— Cela s'appelle prendre la fuite, madame.

Elle se redressa sous l'outrage.

— Vous allez trop loin, monsieur !

Mais sa colère laissa St. Claire imperturbable. Il posa la main sur la sienne et se pencha vers la petite oreille au lobe orné d'une perle :

— Ma chère comtesse, chuchota-t-il d'un ton suggestif, ce n'est pas cela que j'appelle aller trop loin.

Ses joues s'empourprèrent. Comment osait-il s'adresser à elle avec cette impudence ?

Elle lui retira promptement sa main et le foudroya du regard.

— Vous nous donnez en spectacle, monsieur ! Il vaudrait mieux, pour vous et pour moi, vous abstenir de m'adresser la parole jusqu'à la fin du repas.

Il eut un sourire malicieux.

— Voilà qui paraîtrait un peu étrange ; personne ne comprendrait un tel comportement, je le crains. Nous avons semblé si bien nous entendre jusqu'ici !

— *Semblé* est le mot, monsieur. Restons-en là, s'il vous plaît.

Elle écarta sa chaise de façon à lui tourner l'épaule et engagea avec son hôte une anodine conversation sur le beau temps espéré pour les prochains jours.

Mais cette apparente froideur cachait beaucoup de trouble. Jamais elle n'avait rencontré un homme comme ce Sebastian St. Claire. Aussi direct, et aussi rebelle à toute forme de refus.

Chaque printemps, elle avait accompagné Edward à Londres pour la saison, assistant aux réceptions et donnant elle-même un bal auxquels étaient conviés tous les membres respectables du beau monde. Sebastian St. Claire n'avait jamais fait partie de ses invités.

Son aîné, en revanche, le hautain duc de Stourbridge, avait dîné plusieurs fois avec eux en privé. Il y avait indéniablement une ressemblance entre les deux frères — le teint, la couleur des cheveux et cet air inné d'arrogance. Mais un jeune viveur comme Sebastian St. Claire n'avait pas sa place dans le petit cercle distingué d'Edward. Ni par conséquent dans le sien.

Tout en poursuivant avec le comte de Banford une conversation enjouée, à laquelle se mêla bientôt la comtesse douairière, Juliet ne pouvait empêcher son esprit de vagabonder. Qu'aurait dit Edward de ce jeune St. Claire ?

Il ne l'aurait pas aimé, c'était certain. Trop jeune, trop irresponsable. Trop libertin. Trop... tout ce qu'Edward désapprouvait au monde.

Cette seule pensée lui donna brusquement envie de se faire un ami de ce St. Claire, malgré ses propres réticences.

Une lumière éclairait encore la chambre de Juliet Boyd quand Sebastian sortit sur le balcon pour savourer un dernier cigare avant de se coucher. Cependant, les rideaux de dentelle occultaient toujours la porte-fenêtre, de sorte qu'il ne pouvait apercevoir l'occupante du lieu.

Etait-elle déjà couchée ?

Indéniablement, la soirée n'avait pas manqué d'intérêt, aussi frustrante qu'elle ait été pour lui. Son échange avec la comtesse, si franc qu'il avait fini par en devenir presque intime, l'avait hautement réjoui. Puis ce plaisir avait fait place à l'irritation, quand elle avait tenu sa promesse en l'ignorant pendant tout le reste du repas.

Et pour mettre le comble à son insatisfaction, la belle comtesse avait déjà disparu quand les hommes avaient rejoint ces dames dans le salon après avoir dégusté quelques petits verres d'un excellent porto dans la bibliothèque.

Allait-elle vraiment partir le lendemain ?

Ce soir, il en était arrivé à se dire que Juliet Boyd était une femme particulièrement courageuse, pour avoir accepté l'invitation de Dolly et s'être ainsi exposée aux regards d'une société qui l'avait jugée et condamnée un an et demi plus tôt. Mais il ne s'attendait pas à ce qu'elle se montre aussi obstinément rebelle à toute avance de sa part !

Cela dit, cet entêtement n'avait fait qu'accroître son intérêt pour elle — Dieu, qu'elle était belle avec ses joues rouges de colère, ses yeux étincelants comme des émeraudes !

Il fallait absolument que Dolly la persuade de rester...

Le léger *clic* d'une poignée de porte l'avertit qu'il n'allait plus être seul très longtemps. Il jeta son cigare et l'écrasa sous sa chaussure avant de reculer dans l'ombre. Quelques secondes plus tard, la porte-fenêtre de la comtesse s'ouvrit et la jeune femme parut sur son balcon.

Il retint sa respiration tandis qu'elle s'approchait de la balustrade. Elle s'y accouda et leva les yeux vers le ciel étoilé.

Elle avait dû sortir sur une impulsion, à en juger par sa tenue plutôt légère : elle était prête à se coucher. Cette glorieuse chevelure sombre qu'il avait imaginée cascadant sur ses épaules était dénouée. Epaisse et longue à couper le souffle, elle recouvrait son dos jusqu'à la chute des reins et brillait doucement, nimbée par le clair de lune argenté. Une robe de chambre de soie vert d'eau recouvrait en partie la chemise de nuit assortie. Mais à la lueur de la lune, même cette double épaisseur d'étoffe ne parvenait pas à masquer tout à fait la plénitude des seins nus sous la soie, ni la courbe des hanches et le délicieux renflement du postérieur, au-dessus des longues jambes bien galbées.

Seigneur, mais elle était le désir incarné !

Une déesse, rien de moins.

— Qui est là ?

Comment s'était-il trahi ? Un soupir involontaire à la vue de sa beauté, ou un mouvement inconscient vers cette tentation qu'elle offrait avec tant d'innocence ?

Quoi que ce fût, cela avait été suffisant pour alerter Juliet Boyd, qui se tourna vers l'endroit précis où il se tenait en silence, dissimulé dans l'ombre.

Se cacher plus longtemps aurait été ridicule. Il s'avança vers elle et s'inclina avec élégance.

— Milady…

Juliet poussa un petit cri et porta une main à sa gorge. Non qu'elle ne sût pas à qui appartenait cette silhouette ; l'homme — si massif et imposant sur le fond de la nuit — était reconnaissable entre tous. Mais le découvrir à cette heure sur son balcon…

— Que… que faites-vous là ? s'enquit-elle d'une voix haletante.

Le souffle lui manquait, c'était un fait ! Elle avait déjà eu l'occasion de constater ce soir que le personnage ne manquait pas d'audace. De là à s'imaginer qu'il tenterait de pénétrer dans sa chambre sans y être invité !

Elle se raidit, outragée.

— Comment avez-vous osé vous introduire ainsi sur mon balcon, milord ?

Cette sortie le laissa parfaitement impavide. A la lueur de la lune, elle crut même discerner un soupçon de sourire sur ses lèvres.

— Vous faites erreur, milady…

— Je ne vois pas comment je pourrais me méprendre. J'ai tout de même des yeux pour voir, monsieur !

La lèvre de l'insolent se retroussa un peu plus.

— Oh, ce n'est pas à cette méprise-là que je faisais allusion.

Elle le toisa, le front plissé.

— A quoi d'autre alors ?

Il haussa ses larges épaules, attirant l'attention de Juliet sur le fait qu'il avait retiré habit noir et cravate, révélant un gilet de brocart argenté parfaitement ajusté à son torse athlétique. Sa chemise flottante était déboutonnée au col et laissait apercevoir un léger sillage de poils sombres sur sa poitrine.

Ce spectacle lui fit prendre conscience de sa propre tenue et elle détourna promptement les yeux. Helena était venue un peu plus tôt lui ôter ses épingles à cheveux et l'aider à enfiler ses vêtements de nuit — le peignoir de soie verte orné de dentelle et la fine chemise qui étaient tout ce qu'elle portait à présent. Et voilà qu'ainsi vêtue, elle conversait avec ce St. Claire. Un homme dont la réputation scandaleuse n'était plus à faire !

Sebastian lisait à livre ouvert dans ses pensées en déroute, tandis qu'elle resserrait sa robe de chambre autour d'elle et s'apprêtait à battre en retraite.

— Je voulais seulement signaler à votre attention que la porte derrière moi ouvre sur *ma* chambre, et que ce balcon est aussi bien le mien que le vôtre.

Elle hésita. Quel nouveau subterfuge était-il en train d'inventer ?

— *Votre* balcon ?

Elle jeta un regard vers la porte-fenêtre ouverte derrière lui et écarquilla les yeux en découvrant la grille basse en fer forgé qui séparait les deux espaces, à demi dissimulée par des plantes en pot.

Elle déglutit avec peine.

— Hem… Il semblerait que je vous doive des excuses, Lord St. Claire.

— Attendez un peu. Elles me semblent anticipées.

Et, d'un mouvement preste, il enjamba la séparation de métal.

— Là, vous voyez ! Les excuses ne sont plus nécessaires. J'ai bel et bien envahi votre espace privé.

Debout à un demi-mètre d'elle, il appuya sa remarque d'un sourire cynique.

Juliet recula, décontenancée. Que faire ? Bien qu'elle eût été mariée si longtemps, elle se sentait aussi démunie qu'une débutante pour affronter une attitude tellement outrageante de la part d'un homme.

Ce St. Claire l'avait dévisagée avec tant de hardiesse quand elle était entrée dans le salon au bras du comte ! A peine avaient-ils été présentés qu'il avait eu des mots avec elle. Puis il avait tenté de flirter à table, jusqu'à ce qu'elle y mette le holà.

Et maintenant il était seul avec elle sur le balcon de sa chambre à une heure indue, en vêtements de nuit, dans le seul éclairage du clair de lune. Mais cela pouvait passer pour scandaleux !

Non, c'*était* scandaleux, s'avoua-t-elle avec une brusque sensation de nœud à l'estomac. Exactement le genre d'attitude que la haute société attendait d'elle pour pouvoir la condamner derechef !

Elle leva une main tremblante.

— Retournez à l'instant sur votre balcon, monsieur, je vous en conjure !

— Le faut-il vraiment ?

Et soudain, il fut encore plus près, si près qu'elle pouvait sentir le frais parfum de son eau de Cologne et les légers effluves de tabac qui imprégnaient ses vêtements. Pire encore, le regard d'une chaude couleur de brandy cherchait le sien à la lueur diffuse de la lune… et elle n'arrivait pas à détourner les yeux !

Pourtant, elle devait résister à la tentation. Il le fallait !

— Bien sûr qu'il le faut, répondit-elle fermement.

Il la dévisagea, dubitatif.

— Pourquoi ?

— Parce qu'on ne doit pas nous voir seuls ici, voyons !

— Hum. C'est tout de même peu probable à cette heure, Juliet.

Il lui montra les alentours. Aucune bougie ne brillait aux fenêtres des chambres voisines. De toute évidence, ils étaient les seuls à s'être déjà retirés pour la nuit. Les autres invités devaient être encore dans le salon, supposa Juliet avec un soupçon d'aigreur. Sans doute occupés à médire d'elle…

En attendant, elle devait se dépêtrer seule de cette situation plus qu'embarrassante.

— Je… je ne vous ai pas autorisé à m'appeler par mon prénom, que je sache !

Elle releva le menton.

— Et je pense, Lord St. Claire, que vous savez pourquoi la haute société m'a baptisée la Veuve noire ?

Sebastian fronça les sourcils. Encore ce surnom ! Un sobriquet qu'il n'aimait décidément pas…

— Je n'ai pas pour habitude de prêter l'oreille aux propos malveillants.

— Et si, pour une fois, ce n'était pas malveillant ? Si c'était tout simplement… vrai ?

Il soutint le regard des grands yeux clairs qui le défiaient sans ciller.

— Eh bien, est-ce le cas ?

Elle eut un rire sans joie.

— Voilà une question à laquelle je n'ai pas la moindre envie de répondre.

— Et je vous approuve. Ce que les gens peuvent penser de la mort de votre mari n'a aucune importance. Pour moi, en tout cas, cela ne signifie rien.

Les prunelles vertes lancèrent des éclairs.

— Pas d'importance ? répéta-t-elle, incrédule.

— Non, pas la moindre.

Il avança les mains pour la saisir par les avant-bras et l'attira lentement vers lui.

— Comme je n'ai pas l'intention de devenir votre second mari, je doute que vous ayez la moindre raison de me tuer.

Juliet faillit s'étrangler de colère. Aucune raison ? Il avait tort ! Jamais elle ne s'était sentie plus capable qu'en cet instant de frapper quelqu'un. L'indignation bouillonnait en elle, tandis qu'elle luttait pour s'écarter de lui.

— Vous vous trompez, Lord St. Claire ! Mon plus grand plaisir serait de vous expédier tout droit dans l'antre du diable… dont vous n'auriez jamais dû sortir, puisque c'est assurément là votre lieu de naissance !

Il éclata d'un rire rauque, refusant de la lâcher malgré ses efforts.

— Vous jugez donc mes méfaits assez graves pour m'envoyer brûler en enfer ?

— Pas vous ? rétorqua-t-elle avec mépris.

— C'est une possibilité, je présume, concéda-t-il après s'être donné l'air de peser la question. La boisson. Le jeu. La débauche et les excès de toutes sortes. Hum… C'est même plus qu'une éventualité, non ?

Il baissa lentement la tête vers elle, obstruant la clarté de la lune.

Juliet se figea, le regard levé vers lui.

— Que… que faites-vous ?

Il haussa un sourcil.

— Comme vous semblez penser que je suis de toute façon voué à l'enfer, une mauvaise action de plus ou de moins ne fera pas de différence, n'est-ce pas ?

— Vous ne…, commença-t-elle.

Elle n'eut pas le temps d'aller plus loin.

Etouffant ses protestations, la bouche de Sebastian St. Claire s'empara de la sienne — cette bouche arrogante, moqueuse, toujours si près du sourire. Ferme et expérimentée, elle écarta les lèvres de Juliet pour approfondir le baiser tandis qu'il l'attirait contre lui, plaquant les douces courbes féminines contre son torse et ses cuisses musclées.

Juliet n'avait jamais connu d'autres baisers que ceux d'Edward. Et ce n'était certainement pas eux qui avaient pu la préparer à cela — à cette chaleur qui l'envahissait peu à peu, comme la langue de St. Claire se mouvait délicatement sur ses lèvres avant de plonger plus profondément en elle, dans un savant ballet de découverte et d'exploration.

Un léger vertige la saisit et une onde brûlante monta du tréfonds de son corps, se propageant dans ses veines à la vitesse d'un incendie.

Etait-ce cela, l'excitation ?

Ses seins se durcirent et elle sentit leurs mamelons se dresser contre le brocart du gilet, cependant que les mains de St. Claire erraient dans son dos en une longue caresse. Elle ne put réprimer un gémissement.

Que lui arrivait-il, au nom du ciel ?

Jamais elle n'avait rien éprouvé de tel quand Edward relevait sa chemise de nuit pour introduire en elle ce membre long et dur dont elle ressentait si douloureusement l'intrusion — au point qu'elle s'était évanouie pour de bon la première nuit, quand il avait brutalement forcé le sceau de sa virginité.

Chaque fois qu'il venait dans son lit, c'était la même chose. Il la prenait froidement, en silence, et elle retenait ses larmes à grand-peine. Pleurer n'aurait servi à rien qu'à éveiller la colère d'Edward, l'incitant à se montrer plus exigeant encore.

Elle prenait son mal en patience tandis qu'il s'escrimait entre ses cuisses avant de s'écrouler lourdement sur elle avec un grognement satisfait. C'était épouvantable, mais mieux valait encore cela que de subir la vengeance verbale et physique qui se serait abattue sur elle si elle s'était avisée de se refuser à lui.

Dieu merci, il n'avait pas fréquenté si souvent sa chambre pendant les dernières années de leur mariage. Mais lorsqu'il lui rendait visite, aucune supplication ne parvenait à le fléchir ni à modérer les humiliantes complaisances qu'il réclamait d'elle.

— Vous êtes ma femme, rétorquait-il, glacial. C'est votre devoir de me donner satisfaction, quoi que je veuille. Je vous ai épousée pour cela, il faut vous y faire.

Juliet cilla pour refouler ses larmes. Oh, comment avait-elle pu oublier un seul instant ? Le souvenir de ces nuits misérables l'empêcherait à jamais de trouver le plaisir dans les bras d'un homme.

Fût-il Sebastian St. Claire !

S'arrachant à son baiser, elle le repoussa, les mains tendues en avant, et recula d'un pas.

Edward était mort, songea-t-elle farouchement. Elle était délivrée de lui, enfin, et pas seulement de lui. De *tous* les hommes. Après les funérailles, elle s'était solennellement juré de ne plus jamais s'exposer à la souffrance d'appartenir à un homme.

Quel qu'il fût.

— Ne vous approchez plus de moi ! s'exclama-t-elle, comme il tendait la main vers elle.

Sebastian la dévisagea, surpris par cette explosion. Il avait eu seulement l'intention d'enserrer son visage dans sa paume pour caresser du pouce ses lèvres encore légèrement gonflées de leurs baisers. Pourquoi ce brusque recul ?

— Juliet… Que se passe-t-il ?

— Allez-vous-en ! fut la seule réponse qu'il obtint.

Il laissa retomber sa main, déconcerté de voir briller une lueur aussi sauvage dans les profondeurs vertes des grands yeux fixés sur lui. Ce n'était plus une femme qu'il avait devant lui, mais une biche aux abois. Elle avait le regard effarouché d'un animal traqué par un prédateur plus grand et fort que lui.

Pourquoi, au nom du ciel ?

Qui avait bien pu investir d'un tel désespoir une femme aussi ravissante et délicate que cette Juliet Boyd au visage de porcelaine ?

Chapitre 3

Sebastian ne sut jamais ce qu'il aurait dit ou fait ensuite, car au même instant, trois coups sonores retentirent à la porte de Juliet.

Elle ne réagit pas aussitôt, le regard toujours levé vers lui.

— Vous devriez peut-être aller répondre, conseilla-t-il doucement, comme on toquait de nouveau.

— Pas avant d'être certaine que vous m'avez bien comprise. Je veux que vous gardiez vos distances avec moi à l'avenir.

Elle serra les poings.

— Est-ce clair ?

Il inclina sèchement la tête.

— Ne vous inquiétez pas, j'ai parfaitement compris. Au plaisir, milady.

Elle lui jeta un dernier regard méfiant avant de tourner brusquement les talons et de se hâter vers la porte.

Sebastian recula pour se fondre dans l'obscurité. Quoi que Juliet pût penser de lui, il n'avait jamais été dans ses intentions de la compromettre en se laissant surprendre avec elle sur le balcon de sa chambre à une heure pareille.

Juliet cependant déverrouillait la porte, les jambes encore tremblantes et la respiration précipitée. Elle se sentait si désorientée par ce qu'elle venait de vivre qu'elle resta un instant à fixer un regard inexpressif sur Dolly Bancroft, qui se tenait devant elle dans le couloir faiblement éclairé par la lueur d'une veilleuse.

— Je suis désolée de vous déranger, Juliet, mais il est arrivé un petit accident.

Juliet fronça les sourcils. Etait-ce son imagination, ou avait-elle vraiment vu Dolly jeter un rapide coup d'œil vers la chambre derrière elle, comme si elle s'était attendue à ne pas la trouver seule ?

Juliet sut tout à coup avec certitude que ce n'était pas l'effet du hasard si Sebastian St. Claire occupait la pièce voisine de la sienne, et partageait son balcon. La responsable de cet arrangement, c'était bel et bien Dolly Bancroft.

Encore une *gentillesse* de sa part, sans doute !

Elle pinça les lèvres.

— Un accident ?

Dolly détourna à regret son attention de la chambre pour regarder Juliet.

— Oui. Votre cameriste française... Helena Jourdan, je crois ?

Le sang de Juliet se figea.

— Que lui est-il arrivé ?

Dolly exhala un soupir.

— Il semblerait que cette nigaude soit tombée dans l'escalier. Elle s'est blessée à la cheville et l'un des valets de pied l'a portée en haut dans sa chambre.

— Mon Dieu ! A-t-on appelé un médecin ?

— M. Hallowell, l'un de mes invités, est médecin. Il est en train de l'examiner.

— Fort bien. Je la rejoins.

— Ne vous donnez pas cette peine, Juliet. M. Hallowell

est la compétence même. Il sait exactement ce qu'il faut faire en pareil cas.

— Je n'en doute pas, fit Juliet d'un ton conciliant. Mais je dois tout de même aller voir ma… euh… Helena. Je me sens responsable d'elle, voyez-vous.

Elle prit un candélabre sur la cheminée, afin de s'éclairer jusqu'au quartier des domestiques.

— Je suis navrée que vous ayez abandonné vos invités pour moi. Vous auriez dû me faire prévenir par un valet.

Dolly évita son regard.

— Etant donné les circonstances, j'ai pensé qu'il valait mieux le faire moi-même.

— Les circonstances ? De quoi parlez-vous ?

Jamais Juliet n'avait vu son amie aussi gênée.

— Eh bien… je… J'ai pensé que ce serait mieux ainsi, allégua la comtesse en tournant les talons.

— Dolly ?

Mais l'hôtesse s'était déjà reprise. Redevenue la comtesse de Bancroft, elle s'arrêta dans le couloir et se retourna vers Juliet, le regard hautain.

— Vous m'excuserez, ma chère. Il faut vraiment que j'aille retrouver mes autres invités.

— Bien entendu, répondit Juliet avec une égale dignité. Nous en reparlerons donc demain matin, Lady Bancroft.

Dolly perdit un peu de sa raideur.

— Pourquoi faire tant d'histoires pour une chose si simple, Juliet ?

Elle eut un sourire complice.

— Vous admettrez tout de même que St. Claire est incroyablement séduisant, non ?

Et d'ajouter avec un petit rire :

— Non seulement cela, mais il est l'amant que toutes les femmes de la haute société rêvent d'avoir !

Juliet n'était pas très grande, mais cela ne l'empêcha pas de se redresser de toute sa taille.

— Eh bien, qu'elles le prennent !

Dolly secoua la tête.

— La plupart d'entre elles ne demanderaient pas mieux, soyez-en sûre. Malheureusement, ce n'est à aucune d'elles qu'il s'intéresse en ce moment, si vous voyez ce que je veux dire…

Un regard significatif vint ponctuer ces derniers mots. Juliet cilla, méfiante. Qu'est-ce que Dolly était en train de lui dire, au nom du ciel ? Que c'était *elle*, l'objet de l'intérêt de St. Claire ? Et qu'elle *lui* devait l'initiative des deux chambres adjacentes ?

Mais non, bien entendu, se reprit-elle aussitôt. Dolly ne pouvait pas sous-entendre cela. St. Claire ne la connaissait que depuis quelques heures à peine, et l'attribution des chambres avait dû se faire bien avant.

— Lord St. Claire ne s'intéresse pas particulièrement à ma personne, observa-t-elle avec froideur. C'est un opportuniste, voilà tout. Il a essayé de tirer avantage de mon… de mon embarras de ce soir.

La colère se ralluma dans son regard, tandis qu'elle se rappelait la façon inqualifiable dont le personnage s'était introduit sur son balcon quelques minutes plus tôt et avait osé l'embrasser.

Sans compter qu'il devait encore être là, à ne pas perdre une miette de la conversation !

— Lord St. Claire est un débauché notoire, ajouta-t-elle pour faire bonne mesure. Un libertin et un séducteur, rien de plus ! Ce n'est pas ma faute s'il est la coqueluche de ces dames.

Sebastian ne perdait rien de l'échange, en effet. Et il écoutait avec un croissant déplaisir. Las, comment faire autrement ? Impossible d'enjamber la grille sans être vu de Dolly ! Il n'avait pas d'autre choix que de rester sur le balcon.

Mais la dernière déclaration de Juliet faillit avoir raison de sa patience. Elle l'indigna tellement qu'il fut sur le point de s'avancer pour protester, dévoilant ainsi sa présence à une Dolly déjà suffisamment soupçonneuse comme cela.

Une indiscrétion que Juliet ne lui pardonnerait sans doute jamais !

Si seulement il pouvait au moins signaler à la ravissante comtesse de Crestwood qu'il était toujours là et entendait le moindre de ses mots… ou plutôt de ses insultes !

Il ignorait ce qui lui aurait donné le plus de plaisir en cet instant — botter le délicieux derrière de Lady Juliet Boyd, ou l'embrasser jusqu'à ce qu'elle fonde de désir dans ses bras.

Peut-être les deux…

Sauf si cela devait ramener dans les yeux de Juliet cette expression traquée qu'il lui avait déjà vue tout à l'heure, sur le balcon.

— Sebastian est peut-être la coqueluche de ces dames, reprit Dolly, mais il évite trop soigneusement les poupées de salon pour avoir envie d'en séduire une.

— C'est grand dommage pour lui, car pour ma part, je n'ai certainement pas la moindre envie de le connaître davantage.

Dolly haussa les épaules, amusée.

— Vraiment ? Il va falloir que vous le lui disiez vous-même, Juliet.

Ce qu'elle venait précisément de faire ! songea Sebastian, agacé.

*
* *

Le lendemain matin, Juliet s'habilla avec l'aide de la servante dépêchée par Dolly, puis retint la jeune fille qui s'apprêtait à redescendre à l'office.

— Je me sens un peu lasse, je n'ai pas très envie de déjeuner en bas. Auriez-vous l'obligeance de monter un plateau dans ma chambre ?

— Avec plaisir, madame.

En fait, elle ne se sentait pas le courage d'affronter de nouveau les autres invités. Elle avait mal dormi, et un coup d'œil dans le miroir lui montra que cela se voyait. Ses cernes sombres et la pâleur de ses joues frappaient d'autant plus à présent que ses cheveux étaient rassemblés en chignon au sommet de sa tête.

Elle avait beau se répéter que son insomnie était due à Helena et à sa vilaine entorse, elle savait bien au fond d'elle-même que la véritable raison était tout autre, et qu'elle portait un nom : Lord Sebastian St. Claire.

La veille au soir, elle s'était presque attendue à le retrouver sur le balcon, lorsqu'elle était revenue de chez Helena. Ou pire, l'attendant dans sa chambre.

Mais la pièce et ses alentours étaient déserts et un regard circonspect sur le balcon voisin lui avait appris qu'il était également vide. La porte-fenêtre de son voisin était close et aucune lueur ne filtrait entre les rideaux. Ou Lord St. Claire était couché, ou il avait rejoint les hommes qui jouaient aux cartes au rez-de-chaussée. Elle penchait plutôt pour la seconde hypothèse.

Une chose en tout cas était certaine — elle ne pourrait pas partir aujourd'hui comme elle l'avait projeté. La cheville d'Helena était vilainement enflée et M. Hallowell lui avait prescrit de rester allongée toute la journée, et peut-être le lendemain, jusqu'à ce que l'œdème s'estompe.

Pire encore, il lui avait déconseillé de voyager pendant au moins quelques jours, le temps de se rétablir. Et il n'était pas question pour Juliet de s'en aller sans elle.

Or, ne pas pouvoir quitter Banford Park, c'était être obligée de revoir Lord St. Claire !

— Y a-t-il assez de thé pour deux dans cette théière ? demanda tout à coup une voix familière.

Juliet sursauta. Décidément, elle n'était nulle part à l'abri des contrariétés suscitées par Sebastian St. Claire, pas même dans sa propre chambre !

Elle se leva brusquement et fit volte-face. Il était là, immobile dans l'encadrement de la porte donnant sur le balcon.

— Que faites-vous ici ? Ma chambre n'est pas un lieu public, monsieur !

— Je l'espère bien, rétorqua-t-il en souriant.

Et il pénétra tranquillement dans la pièce.

Sans doute devait-elle remercier le ciel qu'il soit au moins convenablement vêtu, songea-t-elle en l'examinant de la tête aux pieds — cravate blanche artistement nouée, veste ajustée en drap vert foncé, gilet vert d'eau dûment boutonné, et bottes noires par-dessus des pantalons de daim.

Mais c'était vraiment là son unique raison de se réjouir !

— Ce que je veux dire, milord, c'est qu'on n'entre pas chez moi comme dans un moulin. Je ne me rappelle pas vous avoir donné l'autorisation de me rendre visite chaque fois que cela vous passe par la tête.

— Pas encore, admit-il avec malice. Mais j'espère que cela ne tardera pas.

Incrédule, Juliet le regarda s'emparer de sa tasse de thé — sa tasse à elle, pour l'amour du ciel ! — et siroter le liquide tiède en posant les lèvres à l'endroit même où elle avait posé les siennes quelques instants plus tôt, ses yeux ambrés effrontément fixés sur les siens par-dessus la porcelaine.

Cela la mit fort mal à l'aise. Sebastian St. Claire était trop beau pour son propre bien, comme pour celui des malheureuses femmes qui venaient à croiser son chemin — y compris elle-même. Il tentait derechef de la séduire, et pour être honnête, elle n'était pas tout à fait insensible au charme qui émanait de son arrogante personne.

Elle se redressa, mécontente. Elle n'allait tout de même pas se comporter comme ces poupées de salon dont lui avait parlé Dolly !

Sebastian vit clignoter chez elle les signes avant-coureurs de la colère : le regard étincelant, les plaques rouges sur les pommettes, l'inclination du petit menton têtu, la crispation des mâchoires…

Tout cela ne laissait rien présager de bon.

Il reposa nonchalamment la tasse vide dans sa soucoupe et releva la tête.

— Ces dames ont l'intention d'aller au village ce matin, l'informa-t-il d'un ton léger, pour visiter l'église normande.

Il ne fit pas de commentaires, mais son expression moqueuse disait assez ce qu'il pensait du projet.

— Je me suis dit que vous préféreriez peut-être une promenade en voiture avec moi ?

Les mâchoires de son interlocutrice se contractèrent encore un peu plus, si c'était possible.

— Eh bien, je suis au regret de vous dire que vous vous êtes trompé.

Il l'enveloppa d'un regard qui se voulait inquiet.

— Je vous trouve bien pâle ce matin, ma chère Juliet. L'air frais ramènerait un peu de couleur à vos joues.

Elle se redressa de toute sa taille.

— Lord St. Claire…

— Oui ? fit-il d'un ton innocent. Quelque chose ne va pas ?

L'homme était incorrigible, absolument impossible ! Elle en aurait crié de frustration.

— Je n'ai *pas* la moindre envie d'une promenade avec vous, que ce soit en voiture ou autrement.

— Oh, je vois. Vous aimeriez mieux que nous passions la matinée ici, en tête à tête ?

— Ne vous faites pas plus bête que vous ne l'êtes. Je n'ai aucun désir de passer la matinée en votre compagnie, milord.

Il prit un air navré.

— Vous avez vraiment l'intention de partir aujourd'hui ?

— Vous savez bien que non ! rétorqua-t-elle avec impatience, certaine qu'il n'avait pu faire autrement que d'entendre sa conversation de la veille avec Dolly.

En tout cas, elle espérait qu'il avait au moins écouté les remarques cinglantes qu'elle avait spécialement proférées à son intention !

— Ah, je suis censé le savoir ?

— Milord, je…

Il l'interrompit d'un geste.

— S'il vous plaît, ne pourriez-vous m'appeler Sebastian, au moins quand nous sommes seuls ? Pour moi, vous êtes déjà Juliet… en pensée, ajouta-t-il dans un rauque murmure.

— Je vous répète que je ne vous ai pas donné la permission de… Eh là, que faites-vous ? s'interrompit-elle en le voyant s'approcher d'un pas.

Il était si près à présent qu'elle aurait pu le toucher en tendant le bras.

Sebastian vit la même expression que la veille se peindre sur son visage. De la méfiance, pour ne pas dire de la peur…

Qu'est-ce que cela signifiait, bonté divine ? Cette énigme l'avait tenu éveillé une partie de la nuit.

Il savait que le défunt mari de Juliet avait été un membre respecté de la chambre des Lords et un conseiller inestimable au cabinet de guerre pendant les années où l'Angleterre était en guerre contre Napoléon. Crestwood évoluait dans un cercle de gens honorables et dînait même parfois avec Hawk, l'aîné des St. Claire. Et il n'y avait jamais eu le moindre relent de scandale attaché à son nom.

Jusqu'après sa mort.

Mais même alors, c'était le nom de sa femme qui avait alimenté les rumeurs, pas le sien. Bref, Crestwood avait été un homme irréprochable et il était peu probable qu'il se soit jamais montré brutal avec son épouse.

Or si ce n'était pas Edward Boyd, qui avait bien pu allumer cette lueur de crainte dans le regard de Juliet ?

Quel qu'en soit le responsable, Sebastian n'entendait pas aggraver la chose en effrayant la malheureuse. D'un autre côté, il ne pouvait tout de même pas renoncer à sa conquête ! Pas après tout ce qu'il avait fait pour la retrouver à Banford Park…

— Juliet, voudriez-vous me faire le grand honneur de vous promener en voiture avec moi ce matin ?

Il l'encouragea d'un sourire, dont la douceur la déconcerta un instant. Mais elle eut tôt fait de se reprendre.

— Désolée, milord, ce n'est pas acceptable. Pas plus

qu'il n'est acceptable de rester tous les deux seuls dans cette chambre !

— C'est acceptable pour moi, Juliet. Et aussi pour vous, je l'espère.

Juliet secoua la tête. Cet homme la déstabilisait, c'était un fait. A cause de lui, elle ne savait plus où elle en était. Deux excellentes raisons de ne pas se laisser enjôler par ce sourire d'adolescent charmeur…

— Je ne crois pas, Lord St. Claire.

Les yeux ambrés la regardèrent bien en face.

— Vous éprouvez donc tant d'intérêt pour les églises normandes ?

— Pour parler franc, pas plus que vous ne semblez vous soucier de votre propre renommée.

Et comme il haussait les sourcils :

— Vous ne comprenez donc pas ? Me porter un intérêt marqué, c'est risquer votre réputation, milord. Une fois, cela peut encore se pardonner aux yeux du monde. Pas deux.

Il eut un sourire railleur.

— Même s'il devait en être ainsi, je suis le seul concerné, il me semble. C'est à moi de décider si je veux prendre le risque ou non.

— Vous ne vous rendez pas compte ! Vous avez bien plus à perdre dans cette relation que…

— Juliet ! Pouvez-vous arrêter de discuter et vous contenter de dire « oui » à ma proposition ?

En vérité, elle se sentait partagée. Il ne serait pas désagréable d'échapper aux regards critiques des autres invités, qui ne manqueraient pas de disséquer tous ses gestes si elle restait à Banford Park. Mais accepter l'invitation de St. Claire, ce serait les exposer tous deux à des commérages et des spéculations sans fin…

Sans compter qu'elle se retrouverait seule avec lui dans la voiture !

Devant son hésitation, Sebastian prit les choses en mains.

— Assez tergiversé, Juliet ! Je vais chercher mon chapeau et mes gants, et je vous retrouve en bas dans dix minutes. Pas une de plus !

Et de se diriger vers la porte d'un pas décidé.

— Sebastian !

Il se retourna lentement, ravi qu'elle l'ait appelé par son prénom.

Elle ferma les yeux une seconde.

— Serait-ce trop vous demander que de… de regagner votre chambre par le même chemin qu'à l'aller ? J'aimerais mieux que l'on ne vous voie pas sortir de chez moi à cette heure-ci.

Sebastian s'inclina en guise d'assentiment.

— Dix minutes, rappelez-vous. Sinon, je serai obligé de venir vous chercher.

La menace implicite de ces derniers mots n'échappa pas à Juliet. Las, comment résister à ce sourire ?

— Serait-ce la Veuve noire qui vous a tapé dans l'œil, mon cher ? Je ne me serais certes jamais douté que…

Debout dans l'immense hall où il attendait que Juliet le rejoigne, Sebastian interrompit son ami d'un geste irrité.

— Ne l'appelez pas ainsi, voulez-vous ? Elle a un nom, que je sache. Lady Boyd, ou la comtesse de Crestwood…

Gray eut une moue d'excuse.

— J'ai observé hier soir vos attentions marquées à son égard et je me demandais simplement si ce n'était pas sa présence ici qui vous avait incité à accepter cette invitation.

— Peut-être, répondit Sebastian d'un ton froid. Y voyez-vous une objection ?

— Je ne m'y risquerais pas, mon vieux. Je vous connais trop ! Vous vous donnez les airs d'un oisif, mais je sais combien d'heures vous passez sur le ring chaque semaine, sans compter celles que vous consacrez à l'escrime. Et si cela peut vous faire plaisir, Seb, je partage totalement votre intérêt pour la comtesse. Dieu, qu'elle est belle ! J'avais oublié à quel point…

Sebastian apprécia encore moins cette dernière remarque.

— J'ose espérer qu'il n'est pas dans vos intentions d'exercer votre charme sur elle ?

Gray ouvrit de grands yeux innocents.

— Je me suis fait une règle de ne jamais aller sur les brisées d'un homme qui manie l'épée mieux que moi.

Sebastian vit briller une lueur de malice dans ses yeux et se détendit légèrement.

— Dites-moi, Gray, que savez-vous de Lord Edward Boyd ?

— Le défunt mari ? C'est à votre frère Hawk que vous devriez demander cela.

— Malheureusement, Hawk n'est pas ici. Sinon, je n'y aurais pas manqué. J'ai plutôt confiance en son jugement.

Le frère aîné de Sebastian donnait souvent l'impression d'être trop imbu de son aristocratique personne pour remarquer l'existence des gens moins haut placés que lui sur l'échelle sociale, c'est-à-dire quasiment tout le monde ; mais cette indifférence n'était qu'une façade. Hawk était d'une intelligence remarquable, et son opinion sur Edward Boyd valait sans doute la peine d'être entendue.

— La plupart des gens estimaient beaucoup Crestwood,

observa Gray, le front plissé. C'était un héros de Trafalgar, vous savez ?

Sebastian opina. Comme tout un chacun, il connaissait les faits de guerre du comte de Crestwood. Il était encore à l'école quand la fameuse bataille nautique avait eu lieu, et le garçon de quinze ans qu'il était alors n'avait pas manqué de s'y intéresser, lisant tout sur les protagonistes de cette bataille.

Son intérêt pour l'épouse du comte s'était éveillé beaucoup plus tard, quand il l'avait aperçue à un bal où Hawk l'avait obligé à escorter leur jeune sœur Arabella pour sa première saison à Londres.

Petite et presque éthérée, la comtesse n'en possédait pas moins une incroyable présence et sa beauté irréelle avait instantanément captivé son regard.

Il se rendait compte à présent qu'il aurait dû prêter davantage d'attention à Crestwood, cette nuit-là, et mieux observer leurs relations de couple.

— Si vous voulez en savoir davantage sur Crestwood, c'est à notre hôte que vous devriez vous adresser, lui suggéra son ami.

— Bancroft ?

— Boyd et lui étaient membres de la chambre des Lords et conseillers au cabinet de guerre durant les campagnes napoléoniennes. Bancroft doit en savoir long sur son ancien collègue.

L'intérêt de Sebastian fut alors brusquement détourné par l'apparition de Juliet, qui descendait avec grâce le grand escalier.

Un chapeau de soie couleur pêche orné de rubans était posé sur ses boucles noires, assorti à sa robe à taille haute, et elle portait une ombrelle de dentelle pour protéger sa peau délicate des ardeurs du soleil.

Mais tout chez Juliet Boyd était délicat, depuis ses cheveux soyeux jusqu'à ses petits pieds chaussés de mules à hauts talons.

Elle les dévisagea tour à tour, sur ses gardes.

— Je suis désolée. Est-ce que j'interromps votre conversation, messieurs ?

— Pas le moins du monde ! assura en hâte le compagnon de Sebastian.

Juliet examina l'élégant jeune homme brun aux yeux gris, qu'elle se rappelait vaguement avoir vu la veille à la table du dîner.

— Lord Gideon Grayson, se présenta-t-il avec une courbette.

Juliet fit la révérence et lui tendit la main.

— Ravie de faire votre connaissance, milord. C'est un plaisir de…

— Si cela ne vous fait rien, Gray, la comtesse et moi sommes un peu pressés, intervint Sebastian.

Il intercepta la petite main gantée avant que Gray n'ait eu le temps de la saisir et la plaça sur son propre bras, où il la maintint fermement.

— Passez une bonne matinée, Gray ! fit-il d'un ton moqueur.

Les doigts pris dans le coude de son compagnon, Juliet n'eut d'autre choix que de le suivre tandis qu'il l'entraînait fièrement sur le perron. Au bas des marches, l'un des grooms attendait près d'une splendide voiture attelée à deux chevaux gris.

Juliet sut tout de suite que l'attelage lui appartenait. Son style un brin canaille correspondait tout à fait à la personnalité de son propriétaire !

Sebastian l'aida à monter, puis congédia le groom et se saisit des rênes.

— N'avez-vous pas été un peu discourtois avec Lord Grayson ?

Sebastian toucha la croupe des chevaux du bout de son fouet et leur fit prendre un petit trot élégant.

— Vous croyez ? répondit-il d'un ton évasif. Je ne pense pas qu'il se formalisera.

Juliet lui coula un regard de côté, mais ne put rien lire sur son visage, caché dans l'ombre de son chapeau. Renonçant à en savoir davantage, elle retomba dans le silence et fit mine de contempler le paysage agreste qui s'étendait autour de Banford Park. En réalité, elle était profondément absorbée dans ses pensées. Des pensées qui n'avaient rien d'agréable, loin s'en fallait… La scène du hall lui était restée *en travers de la gorge*, comme aurait dit sa cousine.

Depuis un an et demi, elle avait été suffisamment en butte aux rebuffades de la haute société pour s'être endurcie devant ce genre de blessure. Dieu savait qu'elle était habituée à être snobée !

Mais après l'avoir entendu proférer son mépris pour ce genre d'attitude, elle s'attendait à autre chose de la part de Sebastian St. Claire. Le fait qu'il n'ait même pas jugé bon de la présenter à son ami, comme l'exigeaient les plus élémentaires règles de la politesse, lui montrait à quel point elle avait été naïve.

Oh, monsieur ne voyait pas d'inconvénient à l'accoster en privé, sur son balcon ou dans sa chambre. Ou encore à l'emmener dans sa voiture, loin des regards curieux. Mais se compromettre avec elle devant l'un de ses intimes, c'était manifestement trop lui demander.

Qui lui disait qu'elle n'avait pas fait l'objet d'un pari entre ses amis et lui ? C'était monnaie courante dans les clubs londoniens, elle ne l'ignorait pas. Au White, les habitués tenaient un cahier spécial pour cela. Qui serait le premier à coucher avec la Veuve noire ? Tel pouvait être l'enjeu !

— Juliet ?

Elle tourna vers lui son regard d'émeraude brillant de colère.

— J'ai changé d'avis, milord ! Ramenez-moi tout de suite à Banford Park.

Sebastian la dévisagea, déconcerté. Qu'est-ce qui avait pu lui passer par la tête pendant ces dernières minutes ? Pas des pensées plaisantes, à en juger par son courroux.

Il secoua la tête.

— Dites-moi d'abord ce que j'ai bien pu faire pour vous bouleverser ainsi.

— Je ne suis pas bouleversée, prétendit-elle.

— Ah non ?

Elle prit une inspiration.

— Voulez-vous, s'il vous plaît, faire faire demi-tour à votre voiture ?

« Non » fut la tranquille réponse qu'elle obtint. Elle eut du mal à en croire ses oreilles.

— Non ?

Ils étaient déjà à quelque distance de Banford Park. Au lieu de continuer sur la route, Sebastian eut soudain la fantaisie d'engager l'attelage dans un chemin creusé d'ornières et pénétra dans un bosquet ; puis il tira sur les rênes et arrêta la voiture sous un arbre.

Sans laisser à Juliet le temps de protester, il sauta à terre avec légèreté et fit le tour de la voiture pour lui tendre la main et l'aider à descendre.

Elle se contenta de lever le menton dans un geste de défi.

— Autant vous le dire tout de suite, Lord St. Claire, je ne me laisserai pas séduire ! Est-ce clair ?

Elle avait proféré ces mots d'un air si farouche qu'il ne put retenir un sourire.

— Soyez rassurée, ma chère, le sous-bois ne me dit rien pour le genre d'ébats auxquels vous faites allusion. Quand je suis d'humeur à batifoler, mes préférences vont à un lit confortable. Ou à la rigueur un sofa bien garni de coussins…

— Alors pourquoi m'avez-vous amenée ici, au nom du ciel ?

— Et si c'était pour se promener un peu au soleil, simplement ? Pour respirer l'air pur et apprécier la beauté qui nous entoure ?

C'était effectivement un endroit charmant, elle dut en convenir. Le soleil dardait ses rayons à travers les frondaisons, éclairant les jaunes, les roses et les pourpres du plus beau tapis de fleurs sauvages qu'elle ait jamais vu.

Sauf que Sebastian n'avait regardé ni les arbres ni les fleurs en prononçant le mot « beauté ». Ses yeux étaient alors fixés sur elle !

Elle sentit ses joues s'empourprer, tandis qu'il continuait à la dévisager sans dissimuler son admiration.

— Je peux aisément apprécier tout cela depuis mon balcon à Banford Park, maugréa-t-elle.

Le regard de Sebastian se fit tout à coup sérieux.

— Je pense que nous serons plus tranquilles ici pour parler, Juliet.

— A quel sujet, milord ?

Il lui tendit de nouveau la main.

— Je vous le dirai si vous acceptez de descendre. Venez, je vous en prie !

Elle le dévisagea. Au nom du ciel, de quoi avait-elle

peur ? Elle était une femme de trente ans à présent, elle avait connu successivement le mariage et le veuvage ; elle s'occupait de sa maison et son domaine avec une compétence qui l'avait surprise elle-même ; pourquoi un homme plus jeune qu'elle, libertin et incorrigible séducteur de surcroît, lui donnerait-il la moindre raison de se sentir déstabilisée, moins sûre d'elle que de coutume ?

Cela ne devait pas être !

— Décidément, vous vous comportez comme un enfant, milord, lui dit-elle avec froideur.

Elle voulut prendre appui sur son bras pour descendre, mais Sebastian ignora son geste. D'un mouvement prompt, il lui enserra la taille, la soulevant comme une plume.

L'espace d'un instant, le corps de Juliet se retrouva dangereusement proche de celui de son compagnon. Le visage tout près du sien, elle sonda les profondeurs dorées de ses yeux, où elle crut lire…

— Qu'est-ce à dire ? Posez-moi par terre immédiatement, Lord St. Claire ! s'écria-t-elle, le souffle court.

— Et si je choisis de n'en rien faire ? demanda-t-il avec humour.

Les prunelles d'un beau vert profond lancèrent des éclairs de mauvais augure.

— Ah, vous ne voulez pas ? Eh bien, je vous aurai averti, milord !

Sebastian s'amusait, son regard le disait.

— Un baiser, Juliet ! dit-il d'une voix rauque. Un baiser et j'accéderai peut-être à votre requête… Ouille ! ajouta-t-il dans un gémissement fort peu érotique, tandis que la bottine de Juliet entrait brutalement en contact avec son genou.

Il la déposa promptement sur le sol et se pencha pour masser l'endroit douloureux.

— Voilà qui n'est pas gentil, Juliet ! Est-ce ainsi que vous traitez vos chevaliers servants ?

Elle n'éprouvait le moindre remords, bien au contraire.

— Je n'ai qu'un regret, c'est que mon pied ne se soit pas trouvé quelques centimètres plus haut, si vous voyez ce que je veux dire !

Elle s'attendait à voir Sebastian bouillir de colère. A sa grande surprise, il éclata de rire, sa bonne humeur retrouvée.

— Je remercie le ciel qu'il n'en ait rien été. Vous auriez risqué de… Mais où allez-vous ? s'exclama-t-il en la voyant s'éloigner sur le sentier. Juliet !

Il boitilla derrière elle. Elle se retourna, furieuse.

— J'ai bien l'intention de rentrer à Banford Park à pied, si vous refusez de m'y ramener.

— Allons, ne vous fâchez pas…

— Ma patience est à bout, Lord St. Claire.

Elle le toisa, hautaine.

— Votre attitude est indigne d'un gentleman. Vous devriez avoir honte !

Levant son ombrelle pour se protéger du soleil, elle tourna les talons et reprit sa marche vers Banford Park.

— Juliet ?

Elle ignora son appel et il ne put que rester là, frustré, à la regarder s'éloigner. Le visage de la marcheuse était peut-être dissimulé par son ombrelle, mais il n'avait pas besoin de voir son expression pour savoir ce qu'elle éprouvait en cet instant. La raideur de son dos parlait pour elle !

Chapitre 4

La colère de Juliet ne s'était pas encore apaisée lorsqu'elle atteignit Banford Park vingt minutes plus tard. Dieu merci, la première personne qu'elle rencontra dans le vestibule fut le comte de Bancroft et non sa femme. Elle en avait gros sur le cœur contre Dolly ; mieux valait qu'elle se calme un peu avant de reprendre sa conversation de la veille avec elle.

Le comte lui jeta un regard interrogateur.

— Vous semblez un peu… échauffée, Lady Boyd. Le soleil, sans doute. Puis-je vous offrir un rafraîchissement dans mon bureau ?

Si Juliet avait effectivement chaud, sa marche l'avait énervée et elle était encore hors d'elle après sa scène avec Sebastian St. Claire. Aussi refusa-t-elle d'un geste.

— Je crains de ne pas être de bonne compagnie, milord.

Il eut un sourire compréhensif.

— Hum… Ma femme aurait-elle encore commis quelque méfait ?

— Oh, non… ou plutôt si, corrigea-t-elle platement, devant l'air incrédule du comte. Mais ce n'est pas entièrement la faute de Dolly, ajouta-t-elle dans un souci d'équité. Lord St. Claire sait se montrer très éloquent quand il veut. Il a dû faire preuve de persuasion avec elle.

Elle ne savait pas exactement jusqu'où elle pouvait

être explicite avec Bancroft, concernant l'amitié de sa femme avec St. Claire.

— Et vous, milady, l'avez-vous trouvé… persuasif ? s'enquit doucement son hôte.

— Pas le moins du monde ! fit-elle avec véhémence.

Trop de véhémence ? Peut-être. Mais après les événements de la matinée, elle serait plus que jamais sur ses gardes dès qu'il s'agirait de Sebastian St. Claire.

— Il a peut-être su *persuader* Dolly que sa compagnie était plus… agréable qu'elle ne l'est réellement, suggéra-t-elle avec tact.

William Bancroft secoua la tête.

— Ne vous mettez pas martel en tête, ma chère Lady Boyd. L'amitié entre mon épouse et ce jeune homme a toujours été purement platonique.

Il se fit plus sérieux pour ajouter :

— St. Claire a gagné sa réputation d'homme à femmes, je ne vous contredirai pas sur ce point. Mais soyez sûre qu'il ne choisit pas de les « persuader » aussi souvent que le prétend la rumeur.

Juliet sentit ses joues s'empourprer un peu plus. Décidément, cette conversation devenait insupportable !

— Je veux bien prendre un rafraîchissement avec vous, milord, mais à une condition : plus un mot sur Lord St. Claire !

— Comme vous voudrez, ma chère.

Il glissa une main sous son coude puis héla le majordome.

— Du thé pour deux, Groves !

Et de guider Juliet vers son bureau.

*
* *

Pour la première fois de sa vie et à son grand dépit, Sebastian hésitait quant à la conduite à tenir avec une femme.

En soulevant Juliet dans ses bras ce matin-là, il avait laissé son désir prendre le pas sur la réserve qu'il sentait en elle, et il n'avait pas tardé à payer le prix de son erreur. Juliet s'était éloignée de lui et il n'avait pas retrouvé l'occasion de la voir ou de lui parler depuis ce malheureux incident.

Ce qui expliquait pourquoi il assistait avec tant de mauvaise humeur au dîner, observant Juliet qui conversait et plaisantait avec Gray. Quel esprit pervers était allé la placer ce soir entre Lord Grayson et le vieux duc de Sussex ?

Sebastian avait foudroyé Dolly du regard pour ce nouvel « arrangement », mais la comtesse lui avait alors désigné son mari d'un coup d'œil. Apparemment, c'était le comte qui avait décidé de l'éloigner ainsi de Juliet. Sur la demande expresse de cette dernière, il n'en doutait pas un seul instant !

Que Lady Boyd ait réussi à circonvenir Bancroft ne le surprenait pas. Rien d'étonnant non plus à ce que Gray et le duc semblent tous deux enchantés de sa compagnie. Quel homme aurait pu la regarder ce soir, dans sa robe de soie émeraude, avec ses boucles d'ébène jouant sur sa gorge d'ivoire, sans être aussitôt charmé ?

Pas lui, en tout cas. Son regard revenait sans cesse vers elle, irrésistiblement attiré, tandis qu'elle bavardait gaiement avec ses deux compagnons de table. Le dîner, apparemment si agréable pour elle, lui semblait d'une impossible lenteur. Enervé, il absorba beaucoup plus de vin qu'il n'était raisonnable et se contenta de grappiller la nourriture. S'il continuait ainsi, il risquait fort d'être éméché avant même que cet odieux repas ne s'achève !

Tout en répondant aux propos courtois de Lord Gideon Grayson, Juliet était parfaitement consciente de l'attention de St. Claire, qui la fusillait d'un regard noir chaque fois qu'elle avait le malheur de lever les yeux vers lui.

— Ne soyez pas trop dure avec lui, Lady Boyd, lui chuchota Lord Grayson, après avoir surpris l'un de ces muets échanges.

Et comme elle se tournait vers lui, surprise :

— D'habitude, Sebastian ne se montre pas aussi insistant dans… euh… dans ses attentions.

Elle se rembrunit, agacée.

— Vous êtes le deuxième homme aujourd'hui à prendre sa défense, monsieur.

Il haussa les épaules d'un geste contrit.

— Sebastian est un type très bien, vous savez.

— Oui, c'est ce que l'on m'a dit…

— Mais vous en doutez encore ?

Bien sûr qu'elle en doutait ! Depuis qu'elle le connaissait, St. Claire avait passé son temps à essayer de la séduire. En vain, Dieu merci.

— Ne vous est-il pas venu à l'esprit que vous devriez le remercier au lieu de le snober si cruellement ? reprit le lord.

Elle écarquilla les yeux.

— Moi, le remercier ? Et de quoi, s'il vous plaît ?

Il se pencha vers elle pour lui chuchoter en confidence :

— N'avez-vous pas remarqué que les choses étaient un peu plus faciles pour vous aujourd'hui, les invités un peu moins froids ?

Juliet songea au pique-nique de midi — un repas

auquel son tourmenteur n'avait pas assisté, ce dont elle avait remercié le ciel. A sa grande surprise, plusieurs de ces dames lui avaient adressé la parole, tandis qu'ils déjeunaient tous à l'ombre d'un grand chêne, près de la rivière qui traversait l'immense parc de Banford.

— Sebastian fait la pluie et le beau temps dans les salons, continua Grayson d'un ton enjoué. Il lance toutes les modes. S'il a décidé que l'heure était venue de vous rouvrir les portes de la haute société, soyez sûre que les autres suivront bientôt son exemple.

— Et c'est sans doute pour cela qu'il n'a pas eu la politesse de nous présenter l'un à l'autre ce matin ? railla-t-elle.

Grayson la contempla quelques secondes, une expression songeuse dans les yeux.

— Hum… Il est vrai qu'à ce moment-là, il ne songeait guère à vous obliger.

— Mais alors…

Il secoua la tête.

— Non, non, vous n'en saurez pas plus ! Je crains d'en avoir déjà trop dit.

Il leva son verre en un toast silencieux et but quelques gorgées de vin couleur de rubis avant de se tourner vers sa voisine de droite.

Le duc de Sussex en profita pour engager la conversation avec Juliet, en déplorant l'état lamentable du pays depuis la fin des guerres napoléoniennes. Dieu savait pourquoi, il semblait penser que le sujet devait intéresser Juliet — peut-être à cause des activités de son défunt époux au sein du cabinet de guerre. Heureusement pour elle, le brave homme était loquace et n'attendait pas d'autre réponse qu'un hochement de tête ou un sourire poli de temps à autre. Ce qui lui laissa tout le temps de réfléchir aux derniers propos de Lord Grayson…

Le fait qu'il soit un proche ami de l'intéressé jetait un doute sur l'impartialité de son jugement. Remercier Sebastian ? Allons donc ! L'arrogant Lord St. Claire, toujours si sûr de lui, était bien le dernier homme au monde à mériter gratitude ou compréhension.

En tout cas, elle se sentait très peu disposée à les lui accorder lorsqu'elle le vit s'approcher d'elle après le dîner, ces messieurs ayant rejoint les dames dans le salon. Elle n'en était pas absolument certaine, mais il lui sembla, à voir ses joues un peu rouges et la lueur qui brillait dans ses yeux d'ambre, que Sa Seigneurie avait un peu abusé du vin et du porto.

Un excès qui risquait fort d'accentuer son penchant à l'inconvenance…

Cette inquiétude se trouva confirmée par la façon dont il lui agrippa le bras dès qu'il fut à côté d'elle.

— Accompagnez-moi sur la terrasse, Juliet. J'ai besoin de vous parler.

— Etant donné votre… humeur, il vaudrait mieux que vous regagniez votre chambre, milord, rétorqua-t-elle d'un ton glacial.

Tout cela en affichant une attitude aimable et gracieuse, car les regards convergeaient vers eux avec curiosité.

— Dans ma chambre ? Comme vous y allez ! Est-ce une proposition, Lady Boyd ?

Juliet prit une pénible inspiration et lui jeta un regard d'avertissement entre ses longs cils noirs.

— Vous savez bien que non ! jeta-t-elle.

— Bah, l'espoir fait vivre !

Elle lui adressa un sourire serein, que démentait l'expression furieuse de ses yeux.

— Lâchez-moi tout de suite et contrôlez-vous, ordonna-t-elle.

Sebastian fronça les sourcils. Le croyait-elle éméché, par hasard ?

Oh, bien sûr, il s'était livré à des libations un peu trop fréquentes pendant le dîner. Mais il avait arrêté de boire à l'instant même où il s'était senti prêt à traverser la pièce pour saisir Gray à la gorge et serrer jusqu'à ce que mort s'ensuive. Pour la seule raison que c'était Gray qu'on avait eu la malencontreuse idée de placer à côté de Juliet, et que c'était à lui qu'elle venait d'adresser l'un de ses rares et ravissants sourires !

Etrangler l'un de ses meilleurs amis ne lui avait pas semblé une idée très rationnelle en fin de compte et il avait reposé son verre ; cela étant, il ne voyait pas d'inconvénient à ce que Juliet le croie soûl, s'il pouvait en retirer le moindre avantage.

— D'accord, je veux bien me retirer dans ma chambre... si vous voulez bien me prêter l'appui de votre bras.

Elle parut déconcertée par le chantage.

— Ce n'est pas possible, vous le savez bien.

Il haussa les épaules.

— Alors je reste ici. Et je vais faire mon possible pour vous éblouir de mon charme. Quand je veux, je peux faire des étincelles, vous savez !

Elle le toisa, indignée.

— Et moi, je peux vous assurer que vous vous illusionnez sur votre compte. Je ne vous trouve ni charmant ni éloquent en cet instant, milord !

Sebastian eut un sourire impénitent.

— Ce qui sous-entend que je peux être l'un et l'autre quand je ne suis pas éméché ?

Elle lui lança un regard excédé.

— Ce qui sous-entend que vous devriez vraiment vous retirer — avant de dire ou de faire quelque chose que vous regretteriez ensuite.

Il fit mine de réfléchir.

— Voyons, que pourrais-je faire d'incongru ? Embrasser votre main, peut-être ?

Joignant le geste à la parole, il porta les doigts gantés de Juliet à ses lèvres. Mais au lieu du baiser courtois qu'elle attendait, il lui retourna la main et embrassa la peau délicate de son poignet.

— Milord ! s'exclama-t-elle en se dégageant.

St. Claire parut réfléchir un instant, puis :

— Non, décidément, je n'éprouve aucun regret de ce que je viens de faire. Peut-être que si je vous prenais dans mes bras…

Cette fois, elle s'affola vraiment.

— Je… J'ai réfléchi, Lord St. Claire ! Si vous le voulez bien, je vais vous raccompagner à votre appartement.

Il afficha son sourire le plus séducteur. Du diable si elle résistait à cela !

— Oh, je le veux certainement, ma chère Juliet !

— Attendez-moi un instant ici et tâchez de ne pas faire de sottises. Je vais m'excuser pour vous auprès de Lord et de Lady Bancroft.

— Pour moi et pour vous, Juliet chérie…

Elle pinça les lèvres.

— J'en ai pour une minute.

Il la regarda traverser la pièce de sa démarche gracieuse pour aller s'entretenir avec leurs hôtes.

Se pouvait-il que ce soit aussi facile ? Sans doute le croyait-elle trop ivre pour se livrer à une autre tentative de séduction lorsqu'ils seraient seuls. Supposition totalement erronée, s'il en jugeait par sa réaction physique instantanée à la seule idée de faire l'amour à Juliet !

Oh, il s'excuserait d'abord pour son attitude de ce matin, cela allait de soi ; inutile d'essayer de séduire une femme aussi contrariée que Juliet semblait l'être. Mais dès qu'elle serait calmée…

Il plissa les paupières, mécontent de voir son hôte se diriger vers lui, tandis que Juliet restait en conversation avec Lady Bancroft. Diable, les événements ne prenaient pas la tournure attendue. Juliet l'avait-elle trompé ?

Parvenu près de lui, le comte haussa railleusement les sourcils.

— Lady Boyd craint que vous ne soyez indisposé, St. Claire. Qu'avez-vous donc, mon cher ?

Sebastian retint à grand-peine la bordée de jurons qui lui était montée aux lèvres.

— Lady Boyd est décidément… commença-t-il.

Il s'interrompit, furieux de voir avec quelle habileté Juliet avait su se tirer de cette situation épineuse.

— Une très belle jeune femme, mais aussi très mystérieuse, acheva pour lui Lord Bancroft, qui n'essayait même pas de cacher son amusement.

— Mystérieuse ? Je ne vois pas en quoi.

Bancroft eut un sourire énigmatique.

— Il y a chez la comtesse des contradictions que je trouve un peu… étranges, dirons-nous.

Sebastian ne voyait pas où le comte voulait en venir et cet échange le mettait de plus en plus mal à l'aise.

— N'est-il pas un peu discourtois de votre part de disséquer ainsi l'une de vos invitées ?

L'enjouement du comte s'évanouit d'un coup et son regard prit la dureté de l'acier.

— Vous n'allez tout de même pas m'apprendre

comment je dois me conduire dans ma propre maison, St. Claire ! Vu l'intérêt marqué que vous manifestez à la comtesse, il serait peut-être bon que nous ayons un entretien, vous et moi. Disons demain matin dans mon bureau, vers 10 heures. Cela vous convient-il ?

Sebastian ne put réprimer l'irritation qui montait en lui.

— A quoi tout cela rime-t-il, Bancroft ?

— Chut… Pas ici, mon cher.

Le sourire cordial reparut sur les lèvres de son hôte, qui redevint l'amphitryon aimable qu'il était d'habitude.

— Dolly est sur le point de proposer un jeu de charades. Je vous suggère de vous joindre à nous, dit-il d'un ton léger, avant de s'éloigner pour rejoindre sa femme.

Des charades, vraiment ! Sebastian haussa les épaules avec mépris. Il tenait trop à sa réputation d'homme élégant pour aller se commettre dans un jeu aussi ridicule. En outre, il se sentait trop troublé par l'étrange attitude du comte pour pouvoir se concentrer sur ces futilités.

Juliet elle aussi se contentait de regarder le jeu sans y participer, observa-t-il bientôt. Debout près d'une porte-fenêtre que l'on avait ouverte pour laisser pénétrer dans la pièce l'air tiède de la terrasse, elle l'ignorait complètement et semblait s'amuser de voir les autres se ridiculiser à plaisir.

Elle était si absorbée par le spectacle qu'elle ne le vit pas se glisser dehors par l'une des portes-fenêtres et traverser silencieusement la terrasse. Appuyée contre l'un des rideaux de velours, elle s'esclaffait devant les mimiques de Lord Grayson, sans s'aviser que Sebastian se tenait juste derrière elle…

Décidément, cette deuxième soirée à Banford Park avait été bien plus facile à endurer que la première, songeait Juliet. Elle prenait un réel plaisir à regarder le jeu de charades. Sans y prendre part, mais sans se sentir exclue non plus…

St. Claire avait-il vraiment, comme l'avait affirmé Lord Grayson, incité les autres à l'accueillir dans leur sein ?

Aussi reconnaissante qu'elle fût de ce léger réchauffement à son égard, elle n'était pas prête à mettre ce changement au crédit du scandaleux St. Claire et de ses attentions marquées à son égard. Même s'il était bien la cause de ce revirement, pourquoi avait-il persisté dans son attitude, quand elle lui avait fait comprendre que ses assiduités étaient tout à fait malvenues ?

Dieu merci, personne en dehors d'eux-mêmes n'avait assisté à la scène du balcon la veille au soir. Ni à leur entrevue de ce matin dans sa chambre…

Elle s'immobilisa brusquement en sentant quelque chose effleurer la peau nue de son cou.

Une mouche, peut-être ? Ou une abeille…

Elle voulut jeter un coup d'œil par-dessus son épaule.

— Ne vous retournez pas, Juliet, intima la voix rauque de Sebastian St. Claire, juste au moment où elle allait faire volte-face.

— Quoi ?

Elle tourna imperceptiblement la tête et se raidit. St. Claire était derrière elle, dans l'ombre de l'embrasure voilée de rideaux. Un regard autour d'elle lui apprit que par chance, nul ne s'était aperçu de sa présence.

Il se tenait si près qu'elle sentait la chaleur de son corps la pénétrer à travers la fine étoffe de sa robe. Comme la veille, une odeur très masculine d'eau de Cologne flotta jusqu'à elle, mêlée à celle du cigare qu'il avait sans doute fumé avec son porto.

Cette proximité lui fit comprendre soudain que c'était

les doigts de St. Claire qui venaient d'effleurer sa chair nue !

Elle déploya son éventail et le plaça devant sa bouche, pour qu'on ne voie pas remuer ses lèvres.

— Que faites-vous, au nom du ciel ?

— Ce que je brûlais déjà de faire hier soir quand Dolly nous a interrompus.

Réponse où elle chercha en vain la moindre excuse ! Toujours aussi malotru, l'ami de Dolly.

— Savez-vous que votre peau a la douceur d'un velours ? continua-t-il dans un suggestif murmure.

Elle sentit la caresse de ses doigts sur sa nuque et un frisson déjà familier lui courut tout au long du dos. *Est-ce cela, le plaisir ?* s'interrogea-t-elle comme la veille. Personne n'avait jamais éveillé cette chaleur dans son corps, cet étrange frémissement. Ce n'était pas déplaisant en tout cas, sans rien de la répulsion que lui avait toujours inspirée Edward dès qu'il la touchait.

Bien au contraire, la chaude et excitante sensation rayonnait à présent vers ses épaules, ses seins…

— Juliet… A-t-on jamais comparé vos cheveux à de la soie ?

Elle ne put réprimer un léger tremblement, tandis qu'un souffle tiède soulevait les frisons sur sa nuque.

C'était si troublant de le sentir ainsi derrière elle sans que personne ne le remarque… Un petit plaisir délicieusement pervers dont elle pouvait jouir sans embarras !

— Je me demande si votre peau a aussi bon goût qu'elle en a l'air.

Juliet tressaillit et son dos se cambra malgré elle sous la douceur des lèvres qui frôlaient sa nuque. Ses frissons s'intensifièrent lorsqu'elle sentit la langue de Sebastian descendre dans son cou.

— Mmm… Elle est encore meilleure que je ne croyais, murmura-t-il en poursuivant la caresse entre ses omoplates, où il traça un chemin humide et chaud.

Il fut arrêté par l'étoffe du corsage.

— Puis-je ? s'enquit-il dans un chuchotement.

Juliet était trop fiévreuse, trop troublée par l'étrange flot d'émotion qui l'envahissait pour comprendre tout de suite ce qu'il demandait. Le temps qu'elle saisisse pleinement le sens de ses mots, Sebastian avait déjà déboutonné en partie le dos de son corsage !

— Ne vous retournez pas ! lui intima-t-il, comme elle esquissait un geste vers lui. Restez exactement comme vous êtes.

Il posa ses mains tièdes sur ses épaules.

— Laissez-moi vous découvrir, voulez-vous ? Vous explorer…

Elle jeta un regard éperdu autour d'elle. Dieu merci, le jeu accaparait toujours les invités !

Se laisser toucher ainsi par Sebastian St. Claire était de la dernière indécence. Surtout en public, quand n'importe qui pouvait les surprendre !

Mais avait-elle le choix ? Avec son corsage déboutonné, que pouvait-elle faire d'autre que rester exactement où elle était ?

Et puis, il y avait aussi en elle une curiosité qu'elle ne pouvait nier. Plus que cela, un besoin. Le désir de savoir enfin si ce qu'elle éprouvait était vraiment du plaisir.

Elle tressaillit de nouveau lorsqu'elle sentit la chaleur de deux mains se refermer autour de sa taille. Seule la fine soie de sa chemise séparait ces doigts de sa peau. Sa respiration s'accéléra, puis se fit gémissement quand les mains bougèrent sous l'étoffe lâche de sa robe à taille haute et remontèrent le long de son buste en une lente caresse, pour s'arrêter juste sous le renflement de ses seins.

— Chut, ma douce, entendit-elle dans un souffle.

Se taire ? C'était plus facile à dire qu'à faire, quand il la touchait si intimement, quand ses mamelons engorgés se gonflaient dans l'impatience de la prochaine caresse...

Un flot de chaleur coula dans son bas-ventre tandis qu'il continuait à la caresser juste sous les seins. Les mains de Sebastian descendirent lentement de sa poitrine à sa taille, puis remontèrent en un voluptueux va-et-vient, provoquant un spasme au tréfonds de sa féminité.

— Arrêtez, au nom du ciel ! protesta-t-elle derrière son éventail, dans une exclamation d'agonie.

Il lui semblait que ses genoux allaient se dérober sous elle.

La seule réponse de Sebastian fut de resserrer son étreinte autour de sa taille pour la soutenir fermement ; ses lèvres, elles, honoraient son épaule, léchant, savourant doucement.

Juliet n'avait plus le moindre doute à présent. Oh, oui, c'était bien cela, le plaisir !

Un plaisir inimaginable, indescriptible.

Une sensation comme elle n'en avait jamais connue.

Et qu'elle voulait prolonger encore et encore...

Sebastian savait qu'il aurait mieux fait d'arrêter. Qu'il *devait* s'arrêter promptement, ou courir le risque de s'exposer avec elle à un scandale que le beau monde ne serait pas près d'oublier ni de leur pardonner.

Mais pouvoir enfin embrasser Juliet, sentir le plaisir qu'elle prenait à ces caresses illicites et entendre le halètement de son corps si complaisant pour ses approches comblait si bien son propre désir qu'il était tout simplement incapable de ne pas continuer.

Dieu, qu'elle était exquise ! Elle exhalait un parfum de fleurs et sa chair avait le goût suave du miel… Il continua à explorer des lèvres la douceur de sa peau et la jeune femme cambra les reins vers lui tandis qu'il laissait descendre sa langue le long de son dos dénudé. Le délicieux postérieur se pressait contre lui, exacerbant son érection.

Qu'elle soit nue sous sa chemise ne faisait plus le moindre doute pour lui et il laissa l'une de ses mains descendre plus bas, d'abord sur son ventre, puis entre ses cuisses légèrement écartées. Elle était humide à travers la soie diaphane, seule barrière qui séparât encore sa chair de ses doigts.

Il effleura le bouton de rose de sa féminité. Si dur, si plein de sève…

Et si réceptif à ses caresses qu'il le sentit bientôt se mouiller.

— S'il vous plaît…, gémit-elle. Sebastian… Je veux… J'ai envie…

Il savait bien ce qu'elle voulait.

Et il le voulait aussi, Dieu savait.

Mais pas ici.

Comment jouir d'un plaisir total alors qu'ils étaient en public et qu'à n'importe quel moment, quelqu'un pouvait les surprendre dans cette posture équivoque ?

Avant qu'elle n'ait eu le temps d'esquisser un geste, elle se sentit tout à coup soulevée du sol et emportée hors de la pièce par deux bras fermes, vers l'obscurité de la terrasse.

Déjà la bouche de Sebastian cherchait avidement la sienne…

Affolée par les sensations nouvelles dont elle était la proie, elle lui rendit son baiser, tout son corps le suppliant d'assouvir ce langoureux, ce torturant besoin qu'il avait éveillé en elle.

Elle écarta les lèvres sous la poussée de sa langue, et de nouveau la moite, la rythmique caresse de ses doigts l'amena au bord… au bord de quoi ?

Elle ne savait pas.

Mais elle brûlait de le découvrir.

Elle en avait *besoin*. Un besoin immédiat, impérieux…

Une voix féminine s'éleva soudain de l'autre côté du rideau.

— J'ai adoré ce jeu. Mais j'ai affreusement chaud après toute cette agitation ! Sortons respirer un peu, mon ami, voulez-vous ?

Juliet blêmit. Sebastian interrompit leur baiser pour poser un doigt sur ses lèvres.

— Pas un mot, chuchota-t-il.

Puis il la fit reculer dans l'ombre, au moment même où le duc et la duchesse de Sussex franchissaient la porte-fenêtre et s'avançaient vers la balustrade.

Juliet leva les yeux vers Sebastian et vit ses prunelles briller dans les ténèbres.

D'amusement — ou de triomphe ?

Chapitre 5

— Je ne vois pas ce qu'il y a de drôle à avoir failli se faire surprendre dans cette situation plus que compromettante !

Debout au milieu de sa chambre, Juliet ne pouvait cacher sa consternation à la vue d'un Sebastian littéralement plié en deux de rire. Il avait juste pris le temps de reboutonner son corsage avant de laisser libre cours à une hilarité qu'elle jugeait particulièrement déplacée.

— Arrêtez, Lord St. Claire, pour l'amour du ciel !

L'admonestation étant restée sans suite, elle foudroya l'impudent d'un regard furieux.

Sebastian cessa enfin de rire, mais une lueur de gaieté pétillait toujours dans ses yeux et un sourire s'attardait sur ses lèvres.

— Toutes mes excuses. J'étais seulement en train de m'imaginer la tête du duc et de la duchesse s'ils s'étaient retournés à temps pour nous voir prendre la poudre d'escampette. Je les vois d'ici !

— Milord ! se récria Juliet. Ce n'est pas très charitable de votre part.

Mais en toute honnêteté, elle ne pouvait nier le fait que Sebastian et elle s'étaient bel et bien enfuis de la terrasse.

Les Sussex étaient restés quelques minutes accoudés

à la balustrade, à bavarder. Puis la duchesse avait repris le bras de son mari pour faire quelques pas.

Dieu merci, ils ne s'étaient pas dirigés vers l'endroit où Juliet et Sebastian s'étaient tapis. Une occasion que Sebastian avait aussitôt saisie en empoignant le bras de Juliet pour l'entraîner dans l'escalier du jardin, avant de lui faire contourner l'aile de la maison.

Tout cela pendant qu'elle retenait désespérément son corsage pour empêcher sa robe de glisser jusqu'à ses chevilles ! Un sentiment d'horreur s'était emparé d'elle à la seule pensée du spectacle qu'elle aurait offert à d'éventuels promeneurs, vêtue comme elle était de sa seule chemise et de ses bas. Un beau scandale en perspective !

Heureusement pour elle, cette catastrophe ne s'était pas produite et tous deux avaient réussi à réintégrer la maison par une entrée de service. Ils s'étaient ensuite faufilés dans l'escalier de derrière, d'où ils avaient gagné la chambre de Juliet, tels deux voleurs dans la nuit.

C'était la première fois en trente ans d'existence que Juliet se comportait d'une façon aussi indigne. Quant à trouver la situation hautement drolatique comme Sebastian St. Claire, elle en était bien loin !

— Allons, Juliet, imaginez un peu ! reprit Sebastian, de nouveau secoué par le rire. Les bajoues tremblotantes du duc et la duchesse ouvrant et refermant la bouche comme un poisson !

Eh bien, non, justement ! Elle ne *voulait* pas se représenter la scène. Ce qui s'était passé ce soir — sa propre attitude notamment — ne lui donnait pas la moindre envie de rire. Bien au contraire !

— Est-ce qu'il vous arrive de prendre quelque chose au sérieux ? s'enquit-elle d'un ton acerbe.

Il se calma incontinent.

— Bien entendu ! La famille. L'honneur. La loyauté envers les amis.

De bons sentiments, admit Juliet à part elle. Mais qui ne signifiaient rien, dès lors qu'elle était concernée. Elle n'était ni une amie ni une parente de Sebastian St. Claire. Quant à l'honneur… Eh bien, le sien était déjà en lambeaux, n'est-ce pas ?

— Il vaudrait mieux que vous partiez, à présent.

Elle fit mine d'arranger ses flacons de parfum sur la coiffeuse, évitant ainsi de le regarder.

— Cette soirée a été…

— J'espère que vous n'allez pas la qualifier de regrettable ?

Regrettable ? Justement, c'était le mot ! Heureusement, se consolait-elle, Sebastian n'avait pas remporté le complet succès qu'il espérait.

— Je crains que la petite… euh… *aventure* de ce soir ne suffise pas à vous faire gagner votre pari, répondit-elle avec mépris.

Il fronça les sourcils.

— Quel pari ?

— Voyons, milord ! Tout le monde sait que les jeunes gens de votre espèce aiment se divertir en alimentant le livre des paris de leur club. Cela va des courses de voiture vers Brighton en pleine nuit… jusqu'à la conquête d'une certaine dame.

Sebastian accueillit l'accusation d'une grimace. Ce genre de pari était monnaie courante, certes. L'année précédente, il avait effectivement parié de mettre à mal la vertu d'une autre comtesse. Mais ce ne pouvait être à cela que Juliet faisait allusion.

— Il n'existe pas de tel pari sur vous à ma connaissance, assura-t-il. Et que voulez-vous dire par « les jeunes gens de mon espèce » ?

Elle lui jeta un regard de pitié.

— Vous n'êtes qu'un libertin et un débauché, monsieur. Un dandy privilégié par la vie, qui passe son temps à boire, séduire les femmes et se moquer de tous ceux qui ne partagent pas ses excès.

Sebastian se raidit. En fait de critiques, c'étaient certainement les plus acerbes qu'il ait entendues de sa vie. Jamais personne n'avait osé brosser un tel portrait de lui en sa présence !

Il était un St. Claire, tout de même. Le plus jeune frère du duc de Stourbridge. En tant que tel, il était intouchable — en paroles et en actes.

Et pourtant, la diatribe de Juliet Boyd avait fait mouche. Elle le blessait plus qu'il ne voulait se l'avouer. Après tout, il avait bel et bien fait des paris dans le genre de celui dont elle l'accusait. Et il *était* un libertin, voire un débauché. Quant à sa prodigalité, ses frères eux-mêmes ne se privaient pas de la lui reprocher…

Mais il était le fils cadet d'un duc, bonté divine ! Il avait un domaine à lui dans le Berkshire et, depuis la mort de ses parents onze ans plus tôt, une vraie fortune pour soutenir son train de vie. Plus qu'il ne pourrait jamais dépenser, dût-il vivre plus d'un siècle.

Qu'aurait-il pu faire d'autre de sa vie ? Un troisième fils comme lui n'avait le choix qu'entre l'Eglise — pour laquelle il ne se sentait pas la moindre vocation — ou une impénitente vie de plaisirs.

Dans son esprit, son intérêt pour Juliet Boyd s'était résumé au simple désir de séduire une femme qui avait la réputation d'avoir jusque-là éconduit tous les hommes, en dehors de son mari. Il ne s'attendait pas à ce qu'elle remette en question son genre de vie à lui !

Il la gratifia d'une raide courbette.

— Permettez-moi de vous assurer de nouveau qu'il n'y a à ma connaissance aucun pari de ce genre qui vous concerne. Veuillez m'excuser si je vous ai offensée avec mes attentions importunes. Soyez certaine que cela ne se reproduira plus.

Il tourna brusquement les talons et traversa la pièce pour ouvrir la porte donnant sur le couloir.

Le cœur étrangement serré, Juliet le regarda sortir. La gravité qui s'était emparée de lui avait chassé d'un coup son enjouement habituel. Visiblement vexé, il avait retrouvé toute sa superbe — aristocrate jusqu'au bout des ongles.

Elle resta debout au milieu de la chambre, jusqu'à ce que la porte se fût refermée sur lui avec un petit *clac* qui résonna comme un point final.

Alors seulement elle cessa de s'accrocher à ses derniers lambeaux de dignité pour s'effondrer sur le lit, les épaules secouées de sanglots.

Qu'importait qu'il y ait ou non un pari à son sujet, quand sa propre attitude s'était révélée si choquante ? Choquante ? Abominable, oui ! Un comportement de femme perdue. Une dame convenable et bien élevée ne ressentait pas — ne *devait* pas ressentir ! Le genre de plaisir physique qu'elle avait éprouvé quand Sebastian avait longuement promené ses mains sur elle et lui avait dispensé d'aussi intimes caresses…

— Eh bien, Sebastian, vous voilà tout seul ? Il semblerait que votre humeur morose ait coupé l'appétit à mes invités. Ils ont littéralement fui !

La *morosité* de l'interpellé ne s'adoucit pas le moins du monde à cette remarque. Ce fut même avec irritation qu'il regarda Dolly s'avancer dans la salle à manger et s'asseoir près de lui à la table du petit déjeuner. Une table que tout le monde avait désertée, en effet. Il lui semblait pourtant se rappeler qu'il y avait là quelques personnes quand il avait fait son entrée dix minutes plus tôt.

Il grimaça.

— Bah, vos invités sont trop gras. Cela ne fera pas de mal à certains de sauter un repas ou deux !

— C'est vrai, reconnut Dolly avec un petit rire.

Renonçant à faire semblant de manger, Sebastian se renversa contre le dossier de sa chaise.

— Dolly, je vais devoir vous présenter mes excuses. J'ai décidé de vous quitter dans la matinée.

— Quoi ? Mais c'est impossible, voyons !

Elle semblait sincèrement choquée.

— Je ne peux pas vous laisser faire cela, reprit-elle d'un ton plus léger. Sans vous, mes invités se retrouveraient en nombre impair. Et le bal de demain soir, y avez-vous songé ? Vous n'allez tout de même pas priver les filles de la gentry locale de l'occasion de contempler et peut-être même de danser avec le beau et célèbre Lord Sebastian St. Claire, le meilleur parti d'Angleterre !

Sebastian ne lui rendit pas son sourire taquin.

— Bah, elles ne s'en trouveront que mieux ! Je ne suis pas un personnage très recommandable, comme vous savez.

Elle l'observa avec une réelle inquiétude, tandis qu'il fixait sa tasse de thé d'un air morne.

— Qu'est-ce qui ne va pas, Sebastian ? Vous n'êtes pas vous-même ce matin.

Elle lui dédia un sourire enjôleur, dans le vain espoir de le dérider.

— *Moi-même ?* Vous voulez parler du dandy égoïste adepte du libertinage et adonné à tous les excès ?

Elle en resta bouche bée.

— Ce n'est quand même pas de vous que vous parlez ?

— La description me convient parfaitement, vous ne trouvez pas ?

Sebastian avait beaucoup réfléchi ces dernières heures, depuis que Juliet lui avait dit sans complaisance ce qu'elle pensait de lui. A bon droit, avait-il conclu.

— Bien sûr que non ! se récria Dolly.

Elle l'examina avec une attention accrue.

— Qui vous a dit cela ? Juliet Boyd ?

Et comme il ne répondait pas :

— Vous vous êtes disputés, tous les deux ?

Il eut un rire sans joie.

— Difficile d'appeler cela une dispute. Je me suis contenté d'écouter, pendant qu'elle brossait le portrait du genre d'homme que je suis à ses yeux.

Son visage s'assombrit.

— Le tableau n'était pas plaisant, c'est le moins qu'on puisse dire.

— Oui, je suppose, si c'est celui que vous venez d'évoquer. Ce qu'elle pense de vous vous importe tant que cela ?

Sebastian se renfrogna davantage.

— Oui, dans la mesure où c'est vrai.

Dolly haussa les épaules.

— Si cela vous déplaît, qu'est-ce qui vous empêche de changer ?

Il fit la grimace.

— Et comment, à votre avis ? Dans notre famille,

Hawk est l'héritier du titre ducal et Lucian le héros de guerre. Comme l'Eglise ne me dit rien, il ne me reste plus que le rôle du jouisseur, du libertin.

— Bancroft cherche un garde-chasse, je crois. Vous devriez poser votre candidature, plaisanta-t-elle.

Avant de se rattraper devant le regard sévère de Sebastian :

— Euh... Non, en fait.

Il saisit la balle au bond.

— Votre cher époux a exprimé le souhait de me parler en privé ce matin. Savez-vous à quel sujet ?

Dolly secoua la tête.

— Il vous le dira lui-même.

— Dois-je comprendre que vous êtes au courant mais ne voulez pas m'en parler ?

— Je préférerais ne pas aborder la chose avec vous, admit-elle.

Et revenant au sujet précédent :

— Qu'avez-vous fait à Juliet pour qu'elle vous jette à la tête des choses aussi blessantes ?

Sebastian s'agita sur sa chaise, embarrassé. Il n'avait pas la moindre intention de raconter à Dolly — ni à qui que ce fût — ce qui s'était passé entre Juliet et lui avant qu'elle ne lui serve les propos acerbes qu'il ruminait encore. Il était peut-être tout ce que Juliet Boyd l'accusait d'être, mais il était aussi un gentleman. Et un gentleman n'entretenait pas une tierce personne de sa relation avec une dame. Ou son absence de relation !

— Elle est persuadée que mon intérêt pour elle est motivé par quelque stupide pari que j'aurais fait à mon club.

— Hum. De tels paris existent, n'est-ce pas ?

— Aucun qui la concerne, pour ce que j'en sais, rétorqua-t-il avec véhémence.

— L'avez-vous dit à Juliet ?

— Oh, oui !

Le souvenir de la scène lui arracha un sourire navré.

— Elle a choisi de ne pas me croire.

— Eh bien…, fit Dolly, pensive. Vous savez, Sebastian, il faut la comprendre. Je ne crois pas qu'elle ait mené une vie très drôle auprès d'une autorité morale telle que l'amiral Lord Edward Boyd.

— Suggérez-vous qu'il n'était peut-être pas aussi parfait dans sa vie privée que dans sa vie publique ?

C'était en tout cas ce qu'il commençait à soupçonner lui-même…

— J'essaie seulement de trouver une explication à la condamnation que Juliet a portée sur vous, répondit-elle d'un ton évasif.

Sebastian la dévisagea, les yeux plissés.

— Dolly, ne me dites pas qu'Edward Boyd et vous avez jamais…

— Certainement pas ! le coupa-t-elle avec un rire de gorge. C'était trop un parangon de vertu pour se lier avec quelqu'un comme moi. Et je suis sûre que la vie avec lui ne devait pas être tous les jours facile.

Il eut un geste d'impatience.

— Vous ne pensez tout de même pas que cela aurait pu être une raison suffisante pour le pousser dans l'escalier ?

— Je dis seulement que Juliet serait excusable d'avoir souhaité se débarrasser de lui. Qui sait ? ajouta Dolly avec malice. Si Bancroft s'avisait de devenir pompeux et suffisant, peut-être serais-je tentée d'en venir à ces extrémités…

Sebastian ricana.

— Si toutes les épouses insatisfaites de la haute société devaient imiter Juliet Boyd, il ne resterait plus que des veuves. Je…

Il s'interrompit soudain en entendant résonner derrière lui une exclamation horrifiée et se retourna juste à temps pour voir disparaître dans l'embrasure de la porte un envol de jupes de soie.

Il se leva d'un bond.

— Bon sang, Dolly, dites-moi que ce n'était pas elle !

Mais la consternation qu'il lut sur le visage de son hôtesse était déjà une réponse en soi.

C'était bien la comtesse de Crestwood qui avait surpris leur conversation !

Une fois habillée, Juliet était montée voir Helena, dont l'état s'était heureusement amélioré, bien que sa cheville la fît encore souffrir. Puis elle avait gagné le rez-de-chaussée, décidée à s'excuser auprès de Sebastian pour les insultes dont elle l'avait accablé la veille. Pendant sa longue nuit sans sommeil, elle s'était rendu compte que ce n'était pas tant contre lui qu'elle était en colère que contre elle-même.

En approchant de la salle à manger, elle avait entendu un murmure de conversation et s'était figée dans le vestibule en entendant prononcer le nom d'Edward. Elle regretta presque aussitôt cette hésitation, car elle ne put se garder d'entendre le reste de l'échange.

— Si toutes les épouses insatisfaites devaient imiter Juliet Boyd…

Comme tous les gens de la haute société, Sebastian la croyait responsable de la mort d'Edward !

Oh, l'odieux, l'abominable personnage… Et dire qu'elle avait eu l'intention de lui présenter ses regrets pour les insultants reproches qu'elle lui avait jetés à la tête ! Ce qu'il venait de proférer lui-même était bien pire que tout ce qu'elle avait pu lui dire.

Et tellement plus blessant…

Elle s'enfuyait vers l'escalier quand un appel retentit derrière elle.

— Juliet !

Jetant un regard par-dessus son épaule, elle vit Sebastian St. Claire s'élancer à sa suite à grandes enjambées et comprit qu'elle ne pourrait pas lui échapper.

Elle s'arrêta et lui fit face.

— Auriez-vous d'autres accusations à me lancer en face cette fois, Lord St. Claire ? Car bien sûr, il ne vous viendrait pas à l'idée que m'accuser d'avoir tué mon mari, c'est assez d'insultes pour ce matin !

Ses mains tremblaient tellement qu'elle dut les serrer de toutes ses forces dans son dos.

— Sincèrement, Juliet, répondit gravement Sebastian, je ne crois pas avoir dit cela.

Elle leva le menton avec défi, les yeux étincelants de fureur. Mieux valait la colère que les larmes qui menaçaient, mais qu'elle se refusait absolument à verser. Surtout ne pas lui donner ce plaisir !

— Ah non ?

— J'admets que Dolly et moi n'aurions pas dû nous faire l'écho des spéculations qui ont suivi la mort brutale de votre époux. Mais à aucun moment nous n'avons exprimé d'opinion personnelle à ce sujet.

Elle darda sur lui un regard où couvait l'orage.

— Daignerez-vous me donner votre avis à présent ?

Voilà ce qu'il n'avait pas la moindre intention de faire. Pas maintenant en tout cas. Elle était dans un tel état d'esprit que tout ce qu'il pourrait lui dire à ce sujet serait sans nul doute mal interprété.

Il haussa les épaules.

— Peut-être les spéculations s'éteindraient d'elles-mêmes si vous cessiez de garder le silence là-dessus.

— Et que voulez-vous que je vous dise, Lord St. Claire ? Que c'était bien moi que les serviteurs ont entendue se disputer avec Edward, seulement quelques minutes avant sa chute mortelle dans l'escalier ? Que je haïssais mon mari et brûlais de me débarrasser de lui au point que je l'ai poussé du haut des marches dans l'espoir qu'il se briserait le cou ?

Non, il n'avait pas la moindre envie d'entendre Juliet lui dire cela. Il ne voulait pas penser une seule seconde que cette belle femme si délicate ait pu perpétrer un crime de façon aussi froide, aussi calculée. Ni même imaginer ce qu'avait pu être l'attitude d'Edward Boyd à son égard pour qu'elle en arrive à de telles extrémités.

Un muscle tressaillit dans sa mâchoire.

— Etes-vous en train de me dire que c'est bien cela qui s'est passé ?

— Seigneur, non !

Elle eut un rire sarcastique.

— Ce n'est pas à moi de vous dire quoi que ce soit. C'est à vous de décider ce que vous voulez croire.

— C'est un peu difficile, quand vous refusez si opiniâtrement de vous défendre !

Elle lui jeta un regard de pitié.

— Pour qui me prenez-vous ? Je ne suis pas assez naïve pour clamer mon innocence auprès de quelqu'un qui m'a visiblement déjà condamnée.

— Rien ne vous permet de penser cela, madame.

— Rien, sinon ce que j'ai entendu. Et c'est une preuve suffisante !

Il poussa un soupir excédé. Ne voyait-elle pas qu'en parlant et agissant comme elle le faisait, et en refusant obstinément de se défendre, elle apportait de l'eau au moulin de ceux qui voulaient voir en elle une meurtrière ?

Les beaux yeux d'émeraude se firent glaciaux.

— Estimez-vous heureux que je n'aie pas pris vos assiduités plus au sérieux, milord.

— Mes « assiduités », comme vous les appelez, n'ont jamais été destinées à être prises au sérieux.

— Certes. Tout le monde sait que Lord Sebastian St. Claire ne prend jamais rien au sérieux dans la vie !

Elle cherchait de nouveau à le blesser. Et quelle défense opposerait-il à ses insultes ? Dolly prétendait que s'il le voulait vraiment, il pouvait changer de vie et que, troisième fils ou pas, il n'était pas obligé de s'adonner à l'oisiveté et au plaisir, comme il l'avait fait exclusivement jusqu'ici.

Jusqu'à cette nuit, il n'avait jamais eu la moindre raison de remettre cette existence en cause. Et il en voulait à Juliet d'avoir été cette raison-là.

— Si vous voulez bien m'excuser, Lady Boyd, je suis attendu.

Il la gratifia d'une courbette plutôt raide.

— Veuillez me pardonner si, à tort ou à raison, vous vous êtes sentie outragée par la conversation que vous avez surprise. Je vous assure que ni Lady Bancroft ni moi ne songions à vous insulter.

Il tourna les talons et la quitta sans attendre la réponse. Juliet le regarda s'éloigner, les larmes aux yeux. La cour que lui avait faite Sebastian St. Claire était bel et bien terminée. En le critiquant avec tant de virulence — lui et sa façon de vivre —, elle l'avait éloigné d'elle à jamais.

Chapitre 6

— Gray ! Vous êtes là aussi ?

Sebastian ne tenta même pas de cacher sa surprise, en trouvant son ami déjà installé dans le bureau du comte de Bancroft. Pas plus qu'il ne cacha son irritation, allant jusqu'à refuser le siège que lui offrait leur hôte. Ces dernières années, il avait trop souvent subi ce genre d'entrevue avec son frère Hawk pour s'asseoir docilement et écouter les reproches qu'il sentait venir. Reproches qui lui hérissaient le poil à l'avance…

— Je suis très bien debout, merci, assura-t-il d'un ton cassant.

Il se plaça dos à la fenêtre, les mains croisées derrière lui, occultant en partie la lumière de ses larges épaules.

Derrière son bureau au plateau recouvert de cuir, le comte hocha lentement la tête.

— Ma femme m'a dit que vous aviez eu des mots avec Lady Boyd ?

Sebastian serra les poings. Comment Dolly avait-elle pu ? Sa conversation avec elle était d'ordre privé, du moins l'avait-il cru.

— Dolly n'avait pas le droit de vous rapporter mes propos ! s'insurgea-t-il.

William Bancroft ne se laissa pas démonter par cette explosion.

— C'est pourtant ce qu'elle a fait. Voyez-vous,

St. Claire, il n'est pas dans notre intérêt que vous vous disputiez avec Lady Boyd.

— *Notre* intérêt ?

Les sourcils froncés, Sebastian dévisagea tour à tour ses deux interlocuteurs, d'un air qui ne laissait rien présager de bon.

— Du calme, mon vieux ! lui conseilla Gray.

— Pourquoi me calmerais-je ?

— Ecoutez au moins ce que Bancroft a à vous dire avant de monter sur vos grands chevaux.

Le comte se leva de son siège.

— Ne vous êtes-vous pas étonné, quand vous avez demandé à mon épouse d'inviter la comtesse de Crestwood, d'apprendre que c'était déjà chose faite ?

Sebastian haussa les épaules.

— Pourquoi en aurais-je été surpris ? Ces dames étaient amies autrefois, non ?

Bancroft s'éclaircit la gorge.

— C'est exact. Mais je crains que l'amitié n'ait pas joué le moindre rôle en l'occurrence.

Il observa une pause avant d'ajouter :

— Si ma femme a invité la comtesse, c'est sur mon expresse demande.

— Là, je ne vous suis plus..., maugréa Sebastian.

Tous ces mystères l'agaçaient de plus en plus. Où diable son hôte voulait-il en venir ?

— Hem..., reprit le comte. Bien entendu, les rumeurs qui ont suivi le décès de Lord Edward Boyd sont parvenues jusqu'à vous ?

C'en était trop pour Sebastian.

— Ah, non, vous n'allez pas vous y mettre aussi !

Il se mit à arpenter la pièce de long en large, entre les étagères chargées de livres.

— Vous ! dit-il enfin en pointant un doigt accusateur sur le comte. Vous sembliez pourtant très ami avec la comtesse hier soir. Du moins en donniez-vous tous les signes ! Propos galants, petites attentions…

Il se tourna vers Gray.

— Quant à vous, vous ne perdez pas une occasion de flirter avec elle. C'en est presque indécent, parole d'honneur.

Il écarta les bras.

— Et vous venez maintenant me dire tous les deux que vous la croyez capable d'assassiner son mari !

— C'est précisément la question, Seb, répondit calmement Gray. Nous ne savons pas de quoi la dame est capable.

— Edward Boyd est mort depuis dix-huit mois. A supposer que Juliet l'ait vraiment tué — ce que je ne saurais croire —, elle a dû y être poussée par des motifs qui nous échappent.

Il revit cette expression de méfiance, d'appréhension qu'il avait plusieurs fois surprise dans les yeux de Juliet. Quelqu'un lui avait-il donné des raisons d'avoir peur ?

Et qui, sinon Crestwood ?

— Hum…

— Aha…

Telle fut la double réponse de ses interlocuteurs ! Mais le regard qu'échangèrent les deux hommes n'échappa pas à son attention. Impossible d'ignorer non plus le croissant sentiment de malaise qui lui nouait l'estomac.

Le comte admettait que Dolly avait invité Juliet sur sa requête. Quant à Gray, il s'était laissé traîner à Bancroft Park malgré ses protestations de pure forme, après une invitation qu'il aurait refusée sans état d'âme en temps normal. C'était lui aussi que le comte avait placé près de Juliet la veille au soir.

Et voilà qu'il découvrait à présent que les deux hommes se connaissaient bien mieux qu'il ne pensait.

Tout cela était troublant, pour le moins. La situation méritait d'être éclaircie.

— Très bien, causons un peu !

Il prit place dans l'un des fauteuils disposés près du foyer éteint et examina tour à tour ses deux compagnons d'un air sévère.

— L'un de vous ferait bien de me dire de quoi il retourne exactement. Sinon, je me verrai dans l'obligation d'aller trouver la comtesse de Crestwood et de lui rapporter cette conversation.

Le comte l'observa un instant en silence, puis se tourna vers Gray.

— Dolly et vous aviez raison, fit-il d'un ton approbateur. Vous n'avez pas surestimé l'intelligence de St. Claire. C'est un adversaire redoutable et mieux vaut l'avoir avec nous que contre nous.

Gray eut un large sourire.

— Oh, Seb est un type extraordinaire !

— Seb est surtout un homme qui ne va pas tarder à exploser si vous n'éclairez pas sa lanterne ! les avertit l'intéressé.

— D'accord.

Le comte le regarda droit dans les yeux.

— Je suis heureux de pouvoir vous parler franchement, St. Claire.

Il s'arrêta un instant, comme pour donner plus de poids à ce qui allait suivre.

— Mais avant de commencer, je voudrais votre parole

de gentilhomme que vous ne révélerez pas à une tierce personne les principaux points de notre conversation.

Sebastian comprit, sans que Bancroft ait eu besoin de le préciser, que la « tierce personne » était la comtesse de Crestwood.

Jusque-là, il avait toujours pensé au mari de Dolly comme à un homme affable et charmant, un hôte aux façons irréprochables. Bref, quelqu'un qu'il était difficile de ne pas apprécier. Sans plus.

Mais ces quelques minutes d'entretien avaient suffi à lui prouver que le comte de Banford était bien plus que ce qu'il avait pu imaginer jusque-là.

Tout comme son ami Gray.

Et il n'aimait pas cela. Non, il n'aimait pas cela du tout.

— En résumé, je crains que vous n'ayez complètement méjugé ce pauvre St. Claire. Ah, Juliet, Juliet ! gronda doucement Dolly. Vous n'avez sans doute pas mesuré la portée de vos reproches.

Les deux femmes discutaient en privé, assises dans le boudoir de la comtesse.

C'était avec réticence que Juliet avait accepté cet entretien, après que son amie l'eut rejointe dans le hall pour la prier de la suivre. Après tout, Dolly était aussi coupable que Sebastian d'avoir médit d'elle dans son dos ! Et entendre à présent que St. Claire, loin de l'accuser, avait repoussé l'idée qu'elle ait quoi que ce fût à voir avec la mort d'Edward la mettait au comble de la confusion.

Elle allait devoir s'excuser non pas une, mais deux fois auprès de Sebastian !

— Il m'est revenu tant de commérages que je suis un peu chatouilleuse sur le sujet, admit-elle avec raideur.

Dolly se pencha vers elle et lui tapota le bras d'un geste compatissant.

— Bien sûr, ma chère, je comprends très bien. Et sachez que je serai toujours là si vous éprouvez le besoin d'en parler.

Juliet se rembrunit. Parler ? Oh, oui, elle aurait tant aimé se confier enfin ! Evoquer toutes ces années où elle avait été la femme d'Edward, toutes ces nuits où il s'était glissé dans son lit pour la prendre, froidement indifférent à la douleur qu'il lui infligeait…

La cruauté dont il avait fait preuve dans les premiers mois de leur mariage, quand elle avait encore la naïveté d'en appeler à sa gentillesse et sa compréhension, la hantait toujours. Elle avait cessé de le supplier après qu'il lui eut montré combien il pouvait la faire souffrir et l'humilier encore davantage, quand elle osait résister à ses désirs.

Oui, c'eût été un grand soulagement de pouvoir s'épancher dans une oreille amie. Mais elle savait qu'elle n'en ferait rien.

Jamais.

Elle adoucit son refus d'un sourire.

— Merci de votre offre, Dolly. Mais pour l'instant, je songe surtout à la façon dont je vais pouvoir m'excuser auprès de Lord St. Claire pour ce malentendu.

Si Dolly fut déçue, elle n'en montra rien.

— Oh, ma chère, ne vous pressez pas trop ! dit-elle avec un rire de gorge. Les hommes adorent avoir raison. Les laisser mariner un peu de temps en temps ne leur fait jamais de mal.

Toute tendue qu'elle fût, Juliet ne put s'empêcher de faire écho à son rire.

— Mais dans ce cas, il se trouve que Lord St. Claire avait *vraiment* raison.

Dolly eut un sourire complice.

— Je ne vous dis pas qu'il faut le punir pour toujours, ma chère. Juste assez longtemps pour qu'il sente bien votre mécontentement. Attendez au moins jusqu'à demain soir. Le bal que je donne sera l'occasion rêvée pour lui accorder votre pardon.

Juliet arqua ses sourcils noirs.

— Ce qui veut dire que je suis censée lui pardonner ?

— Mais bien entendu ! J'ai vu avec Bancroft que c'était le moyen le plus efficace. Quand je finis par lui pardonner, il ne sait plus trop où il en est et a tout à fait oublié que la brouille ne venait pas de lui. Il est seulement ravi que nous soyons de nouveau… bons amis !

Juliet comprit brusquement à quelle sorte d'amitié la comtesse faisait allusion et elle rougit jusqu'aux oreilles.

— Je crains que vous ne vous mépreniez sur ma relation avec Lord St. Claire…

Dolly balaya l'objection d'un geste.

— Bah, vous n'en êtes qu'au début avec lui ! Le reste viendra, je n'en doute pas.

Juliet secoua la tête.

— Je vous assure que je n'ai pas la moindre intention de devenir l'*amie* de Sebastian St. Claire.

Ni d'aucun autre homme, d'ailleurs…

Sebastian écoutait le comte d'un air parfaitement calme, ce qui ne signifiait pas qu'il ne se sentait pas troublé par les propos de son hôte. Mais il n'avait pas la moindre intention de révéler les sentiments qu'éveillaient en lui ces confidences où il était surtout question d'agents secrets, de missions politiques, de subterfuges et de trahison.

Apparemment, Bancroft travaillait depuis des années pour les services secrets de la Couronne. De même que Gray — un homme que Sebastian connaissait depuis l'enfance !

Dolly également, s'il avait bien compris ce que disait le comte. Pendant des années, elle avait été la maîtresse de membres éminents de l'aristocratie, et leur soutirait des informations qu'elle rapportait à Bancroft !

— Il y a donc deux explications possibles, conclut le comte avec gravité. Ou Crestwood divulguait lui-même d'importants renseignements, ou c'était quelqu'un d'autre, une personne très proche de lui, à qui il avait l'imprudence de se confier.

Sebastian se reprit, conscient d'avoir laissé vagabonder ses pensées. Mais qui n'aurait été distrait après avoir entendu un pareil récit ? L'histoire frisait le conte fantastique !

Il s'agita dans son fauteuil.

— Voyons si j'ai bien saisi. Vous êtes en train de me dire que Crestwood, ou quelqu'un de son entourage, a servi pendant des années d'agent de renseignement aux Français ? Et que les informations ainsi divulguées ont plusieurs fois permis à nos ennemis de déjouer nos tentatives pour vaincre Bonaparte et favorisé son évasion de l'île d'Elbe il y a deux ans ?

— Exactement, fit le comte.

Sebastian mesurait la gravité des faits. Son frère, Lucian, avait quitté l'armée quand Napoléon s'était enfin rendu ; mais il avait repris du service l'année suivante aves ses camarades officiers pour participer à la bataille de Waterloo, après la fuite de Napoléon de l'île d'Elbe. Quand Lucian était revenu de cette dernière bataille, il n'était plus le même — un homme durci et amer.

Et la plupart de ses amis n'étaient pas revenus du tout…

— Et vous croyez que cette « personne très proche » du comte était son épouse ? Si l'héroïque Crestwood n'était pas un traître, alors c'était sa femme ?

Gray se raidit.

— Crestwood était un gentleman et un héros, Seb. Mais il n'était pas homme à avoir des amis comme vous ou moi. En fait, personne n'était proche de lui, à part sa femme. Et maintenant qu'il est mort, fort opportunément, il ne peut plus avouer ni rejeter ces allégations.

Ne tenant plus en place, Sebastian se releva.

— Vous supposez donc que Lady Boyd a poussé son mari dans l'escalier afin de couvrir sa propre duplicité ?

Gray opina.

— On peut raisonnablement penser que Crestwood a fini par découvrir les manigances de sa femme. Ils se sont affrontés, et elle l'a tué pour l'empêcher de la dénoncer.

— Ne pourrait-on penser plus simplement que le bonhomme était éméché ?

— Il ne buvait pas d'alcool.

— Peut-être alors a-t-il trébuché.

— Allons donc ! A qui voudriez-vous faire croire qu'un homme ayant essuyé vingt ans de tempêtes sur le pont de son navire ait pu perdre l'équilibre sur son palier ?

— Plusieurs de ses domestiques ont entendu de violents échos de dispute, quelques minutes à peine avant sa chute, intervint Gray, qui s'efforçait visiblement au calme.

Sebastian eut un reniflement de dédain.

— Il est facile de faire dire aux domestiques ce qu'on veut. Il suffit d'une ou deux guinées…

— Je peux vous assurer que l'on n'a pas usé de ce moyen, dit le comte.

Malgré cela, Sebastian ne pouvait accepter l'idée que Juliet ait froidement assassiné son mari. Encore moins qu'elle ait pu se rendre coupable de trahison !

Le sacrifice de Lucian et de tant de ses camarades pendant la guerre ne lui permettait pas, cependant, de traiter la question à la légère.

— Crestwood se faisait une si haute idée de lui-même qu'il n'avait pas d'amis, et c'était un tel parangon de vertu qu'il ne buvait pas une goutte d'alcool, résuma-t-il. En conséquence, c'est sa femme qui *doit* être coupable de trahison et de meurtre ?

Il secoua la tête.

— C'est là condamner quelqu'un sur de bien minces présomptions, messieurs !

— Il y a plus, St. Claire.

La voix du comte était si grave que Sebastian lui prêta aussitôt toute son attention.

— La tante de Lady Boyd, la sœur de sa mère, avait épousé un Français — un certain Pierre Jourdan — et vivait avec lui en France. Enfant, Juliet passait l'été là-bas, avec son oncle, sa tante et sa jeune cousine.

Sebastian leva les yeux au ciel.

— Est-ce à dire que tout Anglais en relation avec des Français est forcément suspect ? J'ai moi-même un valet de chambre français. Cela me rend-il pour autant coupable de trahison ?

Le comte secoua la tête d'un air désapprobateur.

— Vous ne prenez pas la chose comme je l'espérais, St. Claire.

C'était possible. Sebastian n'arrivait tout simplement

pas à imaginer Juliet dans le rôle que Bancroft et Gray avaient choisi de lui faire endosser.

Oh, elle était hérissée de piquants et constamment sur la défensive, c'était indéniable. Mais quelle femme ne l'aurait pas été, sachant qu'elle allait pénétrer dans l'antre des lions en arrivant à Banford Park — quand toute la société la croyait coupable d'avoir tué son mari, comme Bancroft et Gray en étaient si visiblement persuadés ?

Or Sebastian avait lu autre chose en elle — cette vulnérabilité et cette crainte qu'elle avait tant de mal à cacher…

Jusque-là, il avait pensé que cette peur résultait des mauvais traitements qu'avait pu lui infliger Crestwood pendant leurs années de mariage.

Mais bien entendu, cela pouvait s'interpréter autrement — l'appréhension d'être découverte, par exemple.

Quinze jours plus tôt, il avait affirmé à Dolly qu'il se moquait bien de savoir si Juliet avait ou non tué son mari. Sa loyauté envers Lucian l'obligeait à prendre la présomption de trahison beaucoup plus au sérieux.

— La jeune cousine de la comtesse est arrivée en Angleterre il y a six ans, après que ses parents eurent été tués pendant l'attaque de leur manoir par des soldats français, reprit le comte. Nous pouvons facilement imaginer ce que la pauvre fille a dû subir aux mains de la soldatesque.

Sebastian haussa les sourcils.

— Voilà qui contredit votre thèse. Juliet Boyd aurait alors toutes les raisons d'en vouloir aux Français, pas de les aider !

— A moins que ce ne soit elle qui ait lancé les Français sur ses parents, dont elle connaissait les sympathies pour l'Angleterre.

Sebastian eut froid dans le dos à la seule idée de la belle Juliet trahissant ainsi sa famille et son mari.

Non, cela ne pouvait pas être vrai.

Ou alors…

— Il y a encore autre chose, St. Claire.

— Allez-y, je vous écoute.

— Il y a deux semaines, l'un de mes hommes a intercepté une missive adressée à un agent français bien connu. Elle disait simplement : « Prête à agir de nouveau. J. »

Sebastian se répéta la phrase.

Ce message sibyllin avait été envoyé deux semaines plus tôt ?

C'est-à-dire au moment précis où Dolly avait fait parvenir son invitation à Juliet…

— Ma chère Juliet, j'ai toujours pensé que lorsqu'une femme décide de prendre un amant, elle se doit au moins d'en choisir un bon.

Juliet s'empourpra à la pensée de toutes les privautés qu'elle avait déjà laissé prendre à Sebastian St. Claire. Des privautés qu'elle n'avait jamais accordées à aucun homme…

— Je n'ai pas l'intention de prendre un amant, je vous assure.

Dolly parut interloquée.

— Pourquoi pas ? Il y a déjà dix-huit mois que vous êtes veuve, Juliet. N'allez pas me dire que cela ne vous manque pas d'avoir un homme dans votre lit ?

Le plaisir… Comment Juliet aurait-elle pu regretter quelque chose qu'elle n'avait jamais connu ? Quelque chose qu'elle commençait seulement à entrevoir, depuis que Sebastian lui avait prodigué ses caresses…

Elle porta une main à sa joue. Au nom du ciel, est-ce que ses pommettes allaient brûler longtemps ainsi ? Elle devait être aussi rouge qu'une pomme d'api !

— Je… je ne suis pas sûre que ce soit une conversation très convenable, Dolly.

Son hôtesse eut un rire espiègle.

— Convenable ? Grands dieux, non, elle ne l'est pas du tout. Mais les hommes ne se gênent pas pour aborder de tels sujets à leur club. Pourquoi les femmes n'en feraient-elles pas autant quand elles sont seules ensemble ? Croyez-moi si je vous dis que Bancroft est un amant merveilleux. Pouvait-on en dire autant de Crestwood ?

— Dolly ! se récria Juliet d'une voix faible.

Son interlocutrice lui coula un regard rusé.

— Votre réaction est assez éloquente en elle-même, ma chère. J'en conclus que ce n'était pas le cas.

Elle secoua la tête d'un air navré.

— Quel dommage pour vous ! Je suis d'avis qu'un homme devrait apprendre l'art d'aimer, tout juste comme il apprend à monter à cheval ou à régenter un domaine. C'est tout aussi important !

Juliet baissa les yeux. Elle n'était pas habituée à des conversations aussi directes. Et aussi intimes…

— Crestwood s'occupait de son domaine avec rigueur et il était aussi bon cavalier que n'importe quel autre, répondit-elle d'un air contraint.

Dolly la dévisagea du haut de son expérience.

— Mais en tant qu'amant, il n'était pas à la hauteur, n'est-ce pas ? Oh, ce sont des choses qui se devinent ! Prenez St. Claire, par exemple. Il suffit de le regarder pour savoir quel merveilleux amant il doit être. Ses larges épaules, sa poitrine musclée, son ventre plat… Pour ne rien dire de ses hanches et de ses jambes puissantes ! Ma chère, je suis sûre qu'il est assez viril pour combler même la plus exigeante des femmes.

Le tour que prenait l'entretien n'était pas fait pour diminuer l'embarras de Juliet. Toutes ces considérations sur le plaisir et la virilité…

Le pire, c'était qu'elle sentait ses mamelons se gonfler sous sa robe, tandis que l'insidieuse chaleur se propageait de nouveau entre ses cuisses, à cet endroit précis où St. Claire l'avait si impudiquement caressée la veille au soir…

Sebastian pinça les lèvres.

— Il faut faire toute la lumière sur cette affaire, j'en conviens. Mais je refuse de condamner Lady Boyd sur des preuves aussi inconsistantes.

William Bancroft inclina la tête.

— Je suis heureux de l'entendre.

Sebastian le regarda, méfiant.

— Vraiment ?

— Mais bien entendu !

Le comte reprit sa place derrière son bureau.

— Pour tout vous dire, c'est même la raison qui a motivé notre conversation.

— Expliquez-vous, je vous prie.

— Seb…, commença Gray.

Le comte l'interrompit d'un geste.

— Laissez, Grayson. St. Claire a raison de nous conseiller la prudence. Accuser quelqu'un de trahison est une chose grave. Cela dit, tant que l'agent français — Lady Boyd ou qui que ce soit d'autre — est resté inactif, nous n'avions pas besoin de précipiter les choses. Le fait qu'il ou elle soit de nouveau parmi nous, prêt à réendosser son rôle de traître, a changé la donne. Certes, j'aurais pu avoir cette conversation avec vous il y a quelques semaines, St. Claire, lorsque vous avez parlé à ma femme de votre intérêt pour la comtesse de Crestwood. Si j'ai retardé le moment, c'est parce que j'attendais de voir si la dame vous retournait vos sentiments.

— Ce n'est pas le cas.

— Ah oui ?

Le comte eut un fin sourire, en homme d'expérience qu'il était.

— Vous nous permettrez de ne pas être de votre avis. Nous croyons, nous, que la comtesse est fort sensible à votre charme.

— Eh bien, vous vous trompez complètement. Lady Boyd a fermement repoussé toutes mes avances.

— Elle a un caractère circonspect, je l'admets. Mais je la connais depuis des années, pour avoir dîné un certain nombre de fois avec Crestwood et elle, et j'ai eu le temps de l'observer. C'est une femme réticente et réservée. Polie avec tout le monde, elle ne laisse personne s'approcher vraiment d'elle. Or vous avez réussi à briser cette réserve à plusieurs reprises ces derniers jours.

Il eut un clin d'œil.

— Je me trompe ?

— Allez au diable ! Je me refuse à discuter ainsi d'une dame.

— Personne ne vous le demande, St. Claire. En ce moment même, Dolly est en train d'avoir un entretien avec elle. Elle saura vite découvrir si la dame en question a bien… un tendre penchant pour vous.

Jamais Sebastian ne s'était senti aussi furieux contre quelqu'un.

— Vous allez trop loin, monsieur !

— Je vais aussi loin qu'il le faut, rétorqua posément le comte. Si la comtesse de Crestwood est coupable de ce dont nous la soupçonnons, mes actions s'apparentent à celles d'un soldat sur le champ de bataille, lorsqu'il est confronté à l'ennemi.

— *Si* elle est coupable ! riposta Sebastian. Jusqu'à ce que vous puissiez en fournir la preuve irréfutable, je refuse de la condamner.

— Je n'en attendais pas moins de votre part.

Sebastian tiqua.

— Qu'attendez-vous de moi *exactement* ?

William Bancroft parut réfléchir.

— Eh bien, que vous trouviez quelque moyen de prouver la culpabilité de la dame… ou de l'innocenter.

— *Quelque moyen ?* répéta Sebastian, les sourcils froncés. Allons, dites-moi exactement ce que vous avez à l'esprit.

Le comte haussa les épaules.

— Un homme et une femme peuvent se confier beaucoup de choses après l'amour…

Sebastian le dévisagea comme s'il était devenu fou. Oui, il fallait vraiment qu'il soit insensé pour s'imaginer un seul instant que lui, Sebastian, pourrait trahir Juliet de cette façon. Etait-ce à cela que pensait Dolly, quand elle lui avait suggéré de changer de comportement ?

La famille.

L'honneur.

La loyauté aux amis.

Voilà ce qu'il prenait au sérieux, avait-il assuré la veille à Juliet. Agir comme le lui proposait William Bancroft — coucher avec Juliet dans la seule intention de découvrir ses secrets —, c'était violer toutes les lois de l'honneur.

Mais si la comtesse de Crestwood était vraiment aussi coupable que Bancroft semblait le croire, ne devait-il pas à Lucian et à ses camarades, dont un si grand nombre étaient tombés à Waterloo, de démasquer une personne qui, en aidant Napoléon à s'enfuir de l'île d'Elbe, avait sa part de responsabilité dans cette sanglante hécatombe ?

Oui, sans doute.

Mais la loyauté aux amis ?

Le comte exhala un soupir de lassitude.

— Je me rends bien compte de ce que nous vous demandons, St. Claire, croyez-le bien. Et je comprends que vous ayez besoin de temps pour y réfléchir.

— Pourquoi n'interrogez-vous pas tout simplement Lady Boyd, pour en finir une bonne fois pour toutes ?

— Je vous l'ai déjà dit, il n'y avait pas d'urgence tant que l'agent J. était inactif. Nous devions seulement rester vigilants. Mais maintenant que J. a repris du service, il nous fournit une occasion de l'identifier et peut-être de démanteler tout un réseau d'agents français. En outre, nous ne disposons pas d'assez de preuves pour inculper la comtesse de meurtre et de trahison. Pas plus que pour l'innocenter, d'ailleurs.

Bref, ce qu'il demandait à Sebastian, c'était de lui fournir ces preuves…

Le jeune homme scruta tour à tour ses deux compagnons.

— Et si je n'avais pas suscité l'intérêt de la comtesse… qui aurait pris ma place dans son lit ? Vous, Gray ?

Son ami s'agita dans son fauteuil. Il sut qu'il avait fait mouche.

— Ma parole, vous êtes cinglés, tous les deux !

— Votre frère est revenu de Waterloo, Seb. Pas le mien, se justifia Gray.

Il était pâle à présent, et ses traits tendus.

Sebastian serra malgré lui les poings. Que ferait Hawk dans une telle situation ? Que ferait Lucian si on lui donnait l'occasion de venger les amis qu'il avait perdus à Waterloo ?

— Et si je refuse, Gray ?

— Alors je le ferai à votre place, rétorqua son ami avec une brutale franchise. Je n'aurai pas le moindre scrupule ni la plus petite hésitation à courtiser la comtesse et à essayer de gagner sa confiance. Et je coucherai avec elle, si cela peut nous fournir les réponses que nous cherchons.

Sebastian se hérissa à ces mots.

Gray, flatter et charmer Juliet ? La séduire peut-être… et lui faire l'amour ?

Jamais !

— Très bien. En ce cas, je n'hésiterai pas moi non plus à vous donner ma réponse, déclara-t-il avec raideur.

Gray se pencha en avant, anxieux.

— Seb, pas de précipitation, je vous en prie ! Réfléchissez d'abord…

Sebastian le foudroya du regard.

— Cette conversation ne vous regarde plus, Gray. Vous et moi discuterons plus tard du rôle que vous avez joué dans cette grossière comédie.

Plus tard, oui. Quand il n'aurait plus envie d'envoyer son poing dans la figure de Gray, plutôt que de lui parler !

— Je vais poursuivre mon avantage auprès de la comtesse, dit-il à Lord Bancroft, bien qu'il répugnât à cette forfaiture. Mais qu'il soit bien entendu que je le fais pour Juliet Boyd et non pour vous. Quand je vous aurai prouvé son innocence, j'exige que vous lui présentiez — et que vous me présentiez aussi — vos excuses.

Si du moins il obtenait ces fameuses preuves…

Chapitre 7

— Vous êtes superbe, ce soir, Juliet. Cette toilette vous va à ravir !

— Vous trouvez ?

Helena sourit à sa cousine, qui étudiait son reflet dans la psyché.

— Je ne vous avais jamais vue porter cette robe. Tout de même, heureusement que j'étais là pour arranger vos cheveux !

Lasse d'avoir été recluse deux jours entiers dans sa chambre, la blessée avait juré ses grands dieux qu'elle était assez remise de sa chute pour descendre et aider Juliet à se préparer pour le dîner.

— Merci, ma chérie.

Juliet aurait dû insister pour qu'Helena repose sa cheville un peu plus longtemps ; elle n'en avait pas moins apprécié son concours pour s'habiller et se coiffer. Elle tenait à être en beauté ce soir et sa toilette exigeait tous ses soins.

Suite à sa conversation du matin avec Dolly Bancroft, elle avait décidé de fournir à Sebastian St. Claire une occasion de lui présenter ses excuses. Pour le reste, elle était moins certaine de vouloir suivre les conseils de Dolly !

Hélas, elle n'avait pas eu l'occasion de parler à St. Claire depuis le malencontreux épisode du matin. Il était sorti tôt pour une promenade à cheval, qui s'était prolongée jusqu'au milieu de l'après-midi. Le dîner de ce soir allait leur permettre enfin de se revoir…

Elle s'examina dans le miroir, songeuse. Dolly lui avait conseillé d'entamer une liaison avec Sebastian. Or, la vraie question, c'était de savoir si elle *voulait* prendre un amant, quel qu'il fût.

Un amant… Les souvenirs de sa vie conjugale avec Crestwood étaient encore trop cuisants pour qu'elle se lance dans ce genre d'aventure à la légère. Si tous les hommes étaient aussi brutaux que Crestwood, elle préférait s'abstenir ! Les confidences de Dolly sur William Bancroft laissaient supposer que tous ne se comportaient pas ainsi, mais Juliet n'était pas encore convaincue.

« Tu divagues ! se reprit-elle avec un soupir. Qui te dit qu'il te désire encore ? »

Après les deux cinglantes rebuffades qu'elle lui avait infligées, rien ne lui permettait en effet de penser que Sebastian St. Claire veuille encore devenir son amant.

Sebastian n'accordait qu'une attention distraite aux invités réunis dans le salon avant le dîner. Son humeur ne s'était guère améliorée depuis le matin, malgré sa chevauchée d'une heure à travers la campagne pour aller rendre visite, dans leur domaine du Hampshire, à Lucian et à son épouse.

Les deux jeunes mariés l'avaient accueilli avec chaleur, mais il s'était trouvé trop perturbé pour apprécier l'entrevue. Quelques minutes à peine après son arrivée, il avait même regretté d'être venu. Lucian était trop heureux avec sa femme pour qu'il ait le mauvais goût de troubler leur quiétude.

En outre, la parole qu'il avait donnée à Bancroft

lui interdisait d'aborder avec son frère le sujet qui le préoccupait.

Il n'y avait décidément personne — ni Lucian, ni Gray, ni Dolly — avec qui il pût évoquer le réseau d'intrigues dans lequel il était empêtré !

Juliet Boyd pénétra dans le salon sur ces entrefaites, et sa beauté à couper le souffle ne fut pas pour améliorer son humeur. Dieu, qu'elle était délicieuse ce soir dans sa robe de satin crème, dont le décolleté profond révélait le galbe parfait de ses seins ! Des boucles noires folâtraient autour de son délicat visage de porcelaine et ses yeux frangés d'épais cils noirs ne lui avaient jamais semblé d'un vert aussi mystérieux et profond.

Ni sa bouche aussi sensuelle, hélas…

Elle s'entretint quelques instants avec la duchesse de Sussex, puis se tourna vers lui et chercha son regard. Obligé de la saluer, Sebastian la gratifia d'une sèche courbette avant de se détourner, les poings serrés.

Cela allait être difficile. Bien plus difficile qu'il ne l'avait pensé, s'il suffisait que Juliet fût dans la même pièce que lui pour le mettre ainsi dans tous ses états. Comment s'immiscer assez dans son intimité pour prouver son innocence, s'il ne parvenait même pas à contrôler les émotions qu'il éprouvait en sa présence ?

Car ce qu'il voulait avant tout, c'était la laver de tout soupçon auprès de ceux qui ne demandaient qu'à croire à sa culpabilité.

— Bonsoir, Lord St. Claire.

Pour la première fois depuis qu'il la connaissait, c'était elle qui l'abordait la première ! La veille encore, il s'en serait hautement réjoui. Las, ce soir, il était trop oppressé par le sentiment de sa propre duplicité.

Elle lui coula un regard de côté, câline.

— Quel visage sombre ! Seriez-vous encore fâché contre moi, milord ?

En réalité, elle se sentait nerveuse et avait la nette impression de se ridiculiser. Cette tentative de flirt avec Sebastian s'avérait plus malaisée qu'elle n'avait imaginé. Oh, elle avait observé pendant des années les femmes qui se livraient à ce manège. Mais c'était tout autre chose de les imiter ! Elle avait eu très peu l'occasion de flirter pendant son unique saison à Londres. Et bien entendu, Edward n'aurait jamais supporté qu'elle se comporte ainsi durant leur mariage.

Mais si St. Claire et elle continuaient à s'ignorer, comment l'amènerait-elle à lui faire des excuses ? Il fallait bien que l'un des deux rompe la glace !

Elle toussota. Tout était réuni pour mettre le comble à son embarras ! Sebastian lui semblait plus séduisant que jamais dans sa tenue de soirée — veste noire, chemise neigeuse, gilet argenté, et ces culottes blanches qui moulaient si bien ses longues jambes musclées !

D'habitude, elle n'était pas du genre à remarquer ce genre de chose. Mais après sa conversation matinale avec Lady Bancroft…

Elle s'échauffa au souvenir de leurs propos, tandis qu'elle examinait Sebastian. L'homme avait une présence incroyable et elle n'était que trop consciente de sa proximité physique. Tout ce que Dolly avait évoqué avec tant de complaisance lui revenait à la mémoire — les larges épaules, la poitrine robuste, la promesse des cuisses puissantes…

Oh, mon Dieu !

Elle ouvrit son éventail d'un geste brusque et l'agita devant son visage pour rafraîchir ses joues brûlantes.

Sebastian abaissa enfin vers elle un regard sévère.

— Fâché ? C'est vous qui étiez furieuse contre moi, madame, faut-il vous le rappeler ?

Décontenancée, elle tâcha plutôt de se rappeler comment s'y prenaient les autres femmes, lorsqu'il s'agissait de plaire à un homme aussi désespérément séduisant…

Un regard de côté entre les cils baissés ?

Non, il semblait encore plus renfrogné !

Un mystérieux petit sourire, qu'il pouvait interpréter comme une invite ?

Encore manqué ! Il fixait maintenant sur elle un regard interrogateur.

Et si elle était tout simplement elle-même ? La veille, il avait eu l'air de la trouver suffisamment attirante ainsi.

Elle referma son éventail d'un coup sec, renonçant à toute prétention au flirt.

— Nous savons tous les deux que j'avais de bonnes raisons de l'être, Lord St. Claire.

— Alors pourquoi venez-vous me chercher à présent, bonté divine ?

Le sourire de Juliet se crispa.

— Je ne suis pas *venue vous chercher*, milord ! Je voulais aller parler à Lord Grayson, et il s'est trouvé que vous étiez sur mon passage. Il aurait été impoli de ma part de ne pas vous saluer. Si vous voulez bien m'excuser à présent…

Elle voulut tourner les talons avec toute la dignité dont elle était capable.

Mais Sebastian ne l'entendait pas de cette oreille !

— Milord ! s'exclama-t-elle, comme il lui agrippait le poignet. Vous me faites mal !

Lui faire mal ? Sebastian s'en moquait bien en cet instant. Il aurait voulu lui tordre le cou, le diable l'emporte ! D'abord elle le déconcertait en venant l'aborder. Puis elle semblait quasiment flirter avec lui, pour redevenir deux secondes plus tard la harpie qu'elle était d'habitude.

Décidément, cette femme n'était qu'un fatras de contradictions. Il y perdait son latin !

— Lâchez-moi, voulez-vous ?

Il eut un sourire glacial pour toute réponse.

— Suivez mon conseil, Juliet. Tenez-vous à l'écart de Lord Grayson.

— Je… je vous demande pardon ?

Elle semblait si outragée, si indignée… si vulnérable aussi. Oui, cette femme était une énigme. S'il n'y prenait garde, elle allait le rendre fou !

Il desserra son étreinte autour du frêle poignet et l'attira lentement vers lui, jusqu'à ce que leurs corps se touchent presque. Assez près pour voir le mouvement de ses seins soulevés par sa respiration précipitée, le tremblement de ses lèvres entrouvertes… et pour sentir le souffle tiède de cette petite sorcière lui effleurer le cou avec la douceur d'une caresse.

Si seulement il avait pu écraser ses lèvres sur les siennes, déchirer sa robe et lui faire l'amour jusqu'à la faire crier de plaisir… jusqu'à ce qu'elle clame son innocence !

Dieu savait qu'il mourait d'envie de lui faire tout cela. Des images l'envahirent, si réelles et si intenses qu'il sentit son bas-ventre se tendre, brûlant de désir.

Il serra les mâchoires.

— Vous jouez un jeu dangereux, milady.

Elle cilla sans comprendre.

— Un jeu, milord ? Je ne vois pas ce que vous voulez dire…

— Désolée de vous interrompre, vous deux, mais le dîner est servi !

Juliet se retourna et jeta un regard vide à Dolly Bancroft qui s'avançait vers eux, souriante. Le duc d'Essex se tenait à côté de la maîtresse de maison, prêt à lui offrir le bras pour l'escorter dans la salle à manger. La vingtaine d'invités avait déjà déserté le salon, laissant à Sebastian, une fois de plus, le soin de conduire Juliet à table… Ce qu'il ne désirait sans doute pas plus qu'elle, après leur échange houleux !

Elle lui jeta un regard oblique, qui confirma ses craintes. Loin de ressentir le moindre remords après sa conduite honteuse avec elle ce matin-là, il semblait presque en colère contre elle. Une colère froide, impitoyable, qui altérait les traits de son beau visage d'ordinaire si enjoué.

Elle frissonna. La froideur et l'implacabilité, elle en avait trop fait l'expérience pendant son mariage avec Crestwood. Elle n'allait pas les supporter chez un autre !

D'un mouvement preste, elle s'éloigna de lui et alla placer sa main gantée sur le bras du duc d'Essex, qui retint un geste de surprise.

— Comme c'est gentil à vous de m'attendre, Votre Grâce…

Le duc était trop gentilhomme pour objecter qu'elle usurpait la place de Lady Bancroft !

— Je vous en prie, milady. Si vous voulez vous donner la peine…

Sebastian les regarda s'éloigner tous deux, le regard flamboyant. Il ne lui restait plus qu'à offrir son bras à Dolly, ce dont il s'acquitta sans le moindre enthousiasme.

— Non, ne dites rien ! grommela-t-il, comme elle ouvrait la bouche.

Il n'avait pas la moindre intention d'évoquer avec elle sa conversation du matin avec Bancroft. Ni quoi que ce fût d'autre, d'ailleurs !

— Soyez juste, ne vous avais-je pas mis en garde dès le début contre Juliet ? plaida-t-elle cependant.

— Avant de vous apercevoir que mon sentiment pour elle servait les intérêts de votre mari, répliqua Sebastian avec mépris. Je suppose que je pourrai vous pardonner cela un jour, Dolly. Mais certainement pas aujourd'hui !

Elle secoua la tête.

— La vie ne peut pas toujours être un jeu, Sebastian.

Il lui jeta un regard noir.

— Quand tout ceci sera terminé, il vaudra mieux que nous nous évitions, vous et moi. Au moins un certain temps…

Ces mots la blessèrent, il le lut dans les profondeurs de ses prunelles bleues. Elle n'en inclina pas moins la tête avec sa grâce habituelle.

— Comme vous voudrez, Sebastian.

Il serra les dents. Ce qu'il aurait voulu, c'était n'avoir jamais posé les yeux sur Juliet Boyd. Jamais désiré faire l'amour avec elle. Et surtout, n'être jamais venu à Banford Park pour la séduire.

Par-dessus tout, il aurait voulu pouvoir partir sur-le-champ et oublier tout ce qu'on lui avait dit des soupçons qui pesaient sur elle.

Las, son sens de l'honneur et de la loyauté l'empêchaient d'agir ainsi. Même si Juliet le méprisait un jour pour ce qu'il avait fait, il se devait de lui fournir toutes les chances de se laver des accusations de Bancroft.

Ou pas…

— Vous ne vous sentez pas bien, Juliet ?

Helena, inquiète, se pencha vers le miroir où se reflétait le visage de sa cousine.

Impatiente de se retrouver seule, Juliet l'avait congédiée

d'un geste après qu'elle l'eut aidée à ôter sa robe et les épingles de ses cheveux. Mais il avait suffi d'un coup d'œil à Helena pour s'apercevoir que quelque chose n'allait pas. Juliet était pâle et une ride de contrariété plissait son front.

La soirée n'avait pas été une réussite, c'était le moins qu'on puisse dire. Le déplaisant échange avec Sebastian St. Claire avait été suivi d'un dîner interminable, où elle s'était retrouvée assise entre deux messieurs assommants qui ne savaient discuter que chasse aux renards et chiens courants.

Ensuite, elle s'était laissé persuader d'être la partenaire de Lord Grayson au whist, tandis que Sebastian s'installait à la table de jeu voisine avec la belle Lady Butler. Distraite par les mimiques aguicheuses de cette dernière, qui flirtait ouvertement avec St. Claire, elle s'était montrée si piètre joueuse que Grayson et elle avaient lamentablement perdu.

Juliet s'était sentie soulagée lorsqu'elle avait pu enfin s'excuser et se retirer dans sa chambre.

Mais le pire, c'était la façon dont Sebastian avait paru l'ignorer, visiblement trop occupé ailleurs. Pour la première fois de sa vie, elle avait tenté d'attirer l'attention d'un homme, et celui-ci ne lui avait témoigné qu'indifférence !

— J'ai un peu mal à la tête, c'est tout, prétendit-elle. Mais je peux parfaitement me coiffer toute seule. S'il vous plaît, ajouta-t-elle avec un sourire, allez reposer votre cheville, ma chérie.

Sa fierté avait pris ce soir de si rudes coups qu'il lui tardait d'être seule pour panser ses blessures.

Elle continua à sourire jusqu'à ce qu'Helena ait tourné les talons et quitté la chambre. Certaine d'être seule, elle se relâcha enfin et laissa libre cours à son abattement.

La seule chose qu'elle aurait aimé faire, c'était sortir sur le balcon et respirer la chaude nuit d'été. Le souvenir de ce qui s'était passé la dernière fois qu'elle avait fait cela la retint. Ce serait trop humiliant pour elle si Sebastian la trouvait de nouveau là. Peut-être s'imaginerait-il qu'elle l'avait fait exprès et recherchait sa compagnie.

Non que cela eût de grandes chances de se produire, songea-t-elle avec amertume. Si Sebastian s'était déjà retiré pour la nuit, c'était probablement dans la chambre de Lady Butler !

A demi étendu sur sa courtepointe, Sebastian se livrait à une énième libation de brandy quand il entendit crier.

Il ne lui avait pas été facile d'ignorer les flagrantes invites de Lady Butler, qui souhaitait qu'il vienne la retrouver dans sa chambre. Il lui avait fallu toute sa diplomatie pour décliner l'offre sans offenser la dame. Il y était tout de même parvenu, de même qu'à obtenir du valet de pied une bouteille d'alcool et un verre. Puis il avait gravi les marches deux à deux et s'était précipité dans sa chambre, dont il avait soigneusement verrouillé la porte derrière lui.

Après avoir subi pendant deux heures le spectacle des assiduités de Gray auprès de Juliet Boyd, il n'avait plus qu'un désir — rester seul le reste de la soirée.

Celui-ci enfin exaucé, il avait ouvert en grand les portes donnant sur le balcon, s'était déshabillé et jeté sur son lit, et s'était mis à s'enivrer méthodiquement, dans l'espoir de sombrer dans un sommeil de brute…

La terreur et le désespoir qu'il perçut dans le cri de Juliet lui ôtèrent d'un coup toute envie de dormir. Reposant hâtivement son verre sur la table de chevet, il bondit sur ses pieds.

Il ne lui vint même pas à l'esprit de passer par le couloir et il se rua sur le balcon, où il enjamba la ridicule clôture en fer forgé. Puis il poussa la porte de Juliet, effrayé à l'idée de ce qu'il allait trouver derrière.

La chambre était éclairée par une unique bougie placée sur la coiffeuse, dont le miroir multipliait la diffuse lumière.

Il ne distingua qu'une personne dans la pièce.

Juliet.

Elle était allongée au milieu du lit, les doigts crispés sur ses couvertures remontées jusqu'à ses seins. Les yeux clos, elle tournait et retournait fébrilement la tête sur l'oreiller.

Sebastian la contempla un instant, immobile près du lit. Sa chevelure défaite formait un voile sombre autour de son visage. Ses épaules étaient nues, excepté les minces bretelles de sa chemise de nuit blanche, dont la soie révélait le renflement généreux de ses seins.

Sebastian s'adoucit à ce spectacle. Dieu, qu'elle était belle ! Si fragile, si…

— Non ! cria-t-elle de nouveau, les yeux toujours clos mais les traits déformés par l'effroi. Non, ne faites pas cela. S'il vous plaît !

Elle s'assit brusquement dans le lit, ses grands yeux terrifiés ouverts sur le vide devant elle.

— Je vous en supplie…, gémit-elle.

Et elle enfouit la tête dans ses mains avant d'éclater en sanglots.

Sa détresse était insoutenable. En tout cas, c'était plus que Sebastian ne pouvait en supporter.

Sans la moindre hésitation, il s'assit sur le bord du lit et la prit dans ses bras.

— Tout va bien, Juliet, la rassura-t-il fermement. Il n'y a personne ici pour vous faire du mal.

Il la sentit frissonner et resserra son étreinte autour d'elle pour la bercer contre sa poitrine.

Juliet se figea en sentant une peau nue sous sa joue. Des bras aux muscles d'acier l'entouraient si étroitement qu'elle abandonna tout espoir de leur échapper.

Crestwood !

Il était ici, dans sa chambre. Et s'il était venu, cela ne pouvait signifier qu'une chose.

Non, elle ne pourrait pas souffrir cela ! Plus jamais…

Plus jamais elle ne pourrait rester là, étendue et silencieuse, pendant qu'il…

Puis elle se reprit.

Mais non, Crestwood n'était pas là ! Il ne *pouvait* pas y être.

Crestwood était mort…

Alors qui la pressait ainsi contre lui ?

La chair qu'elle sentait contre ses seins était à la fois douce et musclée. Rien à voir avec cette peau pâle, ridée et déjà légèrement flasque qu'elle s'était habituée à voir chez un homme de plus de trente ans son aîné. Les poils qui frisaient sur la poitrine étaient sombres et non gris et rêches comme ceux de Crestwood.

Juliet leva un regard presque craintif vers l'homme qui la tenait dans ses bras. La mâchoire ferme, les lèvres ciselées, le nez aquilin et les pommettes hautes, le désordre des cheveux châtains striés d'or…

Et enfin, ce regard couleur d'ambre et de miel.

— Lord St. Claire !

Elle essaya de se dégager, mais il resserra son étreinte autour d'elle.

— Lâchez-moi, milord ! pria-t-elle d'une voix entrecoupée.

La voix de Sebastian résonna, basse et envoûtante dans le silence de la chambre.

— Pourquoi donc ?

— Eh bien, parce que… parce que vous ne devriez pas être ici, Sebastian. Pourquoi êtes-vous venu ?

Elle s'écarta un peu pour le regarder. Un si beau visage. Magnifiquement, scandaleusement attirant…

Sebastian plongea dans le regard vert, dont la profondeur lui coupa le souffle.

— Vous ne vous rappelez pas, n'est-ce pas ?

Elle déglutit péniblement.

— Me rappeler quoi, milord ?

— Il y a un instant, vous m'avez appelé Sebastian. Je suis ici parce que vous avez crié dans votre sommeil et que je vous ai entendue depuis ma chambre.

Il lut une soudaine méfiance sur le visage de Juliet, dont le regard se fit fuyant.

— Qui vous a fait cela, Juliet ? Qui vous a blessée au point de vous donner des cauchemars et de vous faire crier même en dormant ?

Elle était déjà pâle avant cela, mais elle blêmit encore, si c'était possible.

— Moi ? Je ne vois pas du tout ce que vous voulez dire, milord…

— Ne me mentez pas, Juliet !

Il la saisit par le haut des bras pour l'empêcher de se détourner.

— C'est Crestwood, n'est-ce pas ? Le diable l'emporte ! Il vous a effrayée d'une façon ou d'une autre.

Il hésita.

— Est-ce pour cela que vous…

Il s'arrêta, les mâchoires crispées. Non, il ne pouvait évoquer cela maintenant.

Elle leva les yeux vers lui, intriguée.

— Que quoi, Sebastian ? Vous n'avez pas achevé votre phrase…

— C'est sans importance.

Elle était si belle et désirable, là, dans ses bras, qu'il ne voulait penser à rien d'autre.

En cet instant, elle était le monde entier.

Juliet sut qu'il allait l'embrasser au moment même où elle vit son regard se poser sur ses lèvres. Un regard d'homme affamé.

Oui, elle savait ce qui allait survenir… et le désirait de toutes ses forces.

Si elle n'avait pas le moindre souvenir d'avoir crié dans son sommeil ni de ce qu'elle avait pu dire, elle l'imaginait aisément. Ce n'était pas la première fois qu'elle était la proie de cauchemars, hélas. Comme les autres fois, elle avait dû rêver de Crestwood, de la façon dont il l'avait blessée.

Si souvent… Et il n'y avait jamais eu personne pour l'en empêcher.

Mais pas ce soir. Ce soir, Sebastian St. Claire était là. Dans sa chambre, et pas dans celle de Lady Butler comme elle l'avait cru. Et elle voulait qu'il la tienne dans ses bras. L'embrasse. La caresse. Pour détruire enfin les douloureux souvenirs d'un temps où Crestwood était son tourmenteur de chaque jour.

Sebastian attendait, les yeux dans les siens.

— Juliet ? appela-t-il dans un gémissement, comme elle se haussait vers ses lèvres.

Une bouche si dure et sensuelle qui réclamait la sienne… Elle s'accrocha à ses épaules, dont elle sentit les muscles jouer sous ses doigts. Non, personne ne pourrait lui faire de mal tant qu'il serait près d'elle. Il était assez fort pour la protéger de n'importe qui.

Même d'un fantôme.

Les yeux clos, elle entrouvrit la bouche pour accueillir la douce intrusion de sa langue, dont la pointe lécha doucement sa lèvre supérieure, puis la barrière de ses dents, avant de poursuivre plus loin et de s'enlacer voluptueusement à la sienne.

Sensuel duo où la langue de Juliet se fit vite tentatrice, s'avançant pour reculer ensuite, l'incitant à aller plus loin…

Sebastian sentit son bas-ventre se durcir. Les courbes si féminines pressées contre lui le rendaient fou de désir et il s'enhardit, explorant cette bouche suave dans ses plus intimes profondeurs.

Mais ce n'était pas assez ; ce ne serait jamais assez avec cette femme-là entre toutes. D'elle, il voulait tout. Il la ferait sienne tout entière…

Sans cesser de l'embrasser, il fit glisser les fines bretelles sur ses épaules et, tirant légèrement sur la chemise, la fit descendre jusqu'à sa taille.

La main dans son dos, il la plaqua contre lui, écrasant ses seins nus sur son torse. Si douce… D'une douceur si chaude, si tentante.

Il brûlait de la toucher, de la caresser partout, jusqu'aux moindres recoins de son corps.

Il soupesa l'un des globes parfaits dans sa paume, malaxant du pouce le mamelon renflé qu'il sentit aussitôt réagir.

Juliet eut l'impression qu'il l'abandonnait lorsqu'il arracha sa bouche de la sienne et plongea un regard interrogateur dans ses yeux.

— Ne vous arrêtez pas, Sebastian. S'il vous plaît…

Quelle que fût la question que lui avaient posée ses yeux, elle y avait apparemment répondu.

Sans cesser de la regarder, il baissa lentement la tête et posa ses lèvres sur son cou. Elle les sentit descendre, légères comme une plume qui lui aurait effleuré la peau.

Plus bas, de plus en plus bas…

Elle gémit et enfonça les ongles dans ses épaules, lorsqu'elle comprit ses intentions.

— Sebastian ?

— Laissez-moi faire, Juliet.

Il releva la tête pour prendre l'une de ses mains dans les siennes et en embrassa légèrement la paume avant de la poser sur le lit à côté d'elle.

Puis il fit de même avec l'autre main.

— Je vous promets que je ne vous ferai pas de mal.

Il la regarda intensément.

— *Jamais* je ne vous ferai mal, Juliet, vous avez ma parole.

Elle s'humecta les lèvres du bout de la langue et remonta sa chemise sur ses seins d'un geste apeuré et pudique.

— Que… Qu'allez-vous faire ?

— Rien que vous n'aimerez pas, ma douce, je vous en fais le serment.

Il attendit un instant, sans essayer de la toucher ni de la contraindre.

— Me faites-vous confiance, Juliet ?

Confiance ? Si elle lui disait non maintenant, s'arrêterait-il ?

Et plus tard ?

Sebastian avait l'impression de lire en elle, tandis qu'elle le fixait de ses yeux pleins d'angoisse. Encore cet effroi ! Il serra les dents, furieux. Il aurait voulu tenir l'homme qui avait éveillé cette peur en elle.

C'était Crestwood, il l'aurait juré. Même Bancroft avait convenu qu'il n'y avait pas eu d'autre homme dans la vie de Juliet depuis douze ans.

La pensée du comte lui fit de nouveau serrer les poings. Au diable Bancroft ! Ce n'était pas le moment de songer à lui, ni à tout ce qu'il avait insinué ce matin. Cet instant appartenait à l'amour, pas à la suspicion.

Il prit doucement le visage de Juliet entre ses mains.

— Cette nuit est à vous, Juliet, à vous seule. Je vous l'offre.

Et il tiendrait sa promesse, même si ce devait être une torture pour lui. Il donnerait à cette femme du plaisir, tout le plaisir qu'elle pouvait prendre, et se contenterait lui-même de la voir jouir. Dieu savait la force de volonté dont il allait avoir besoin pour cela. Mais du moins verrait-il enfin cette expression de crainte disparaître de son visage.

Remplacée par la joie…

— Juliet ?

Elle retenait son souffle, tandis qu'il plongeait dans les abysses verts de ses yeux. Son regard à elle l'interrogeait, le sondait jusqu'au tréfonds. Sans doute à la recherche du moindre signe prouvant qu'il lui mentait.

Mais le regard de Sebastian ne vacilla pas une seconde.

— Oui, dit-elle enfin. Oui, Sebastian. Je veux bien vous faire confiance.

Et elle lâcha l'étoffe de sa chemise, qui glissa doucement sur ses hanches.

Chapitre 8

Sebastian s'écarta légèrement pour mieux jouir du spectacle. Dieu, qu'elle était belle ! Un vrai régal pour les yeux. La lueur de la bougie nimbait sa peau lisse d'un éclat doré et ses cheveux noirs cascadaient jusqu'à sa taille, tel un long voile soyeux.

Quant à ses seins… Ah ! Ils étaient tout simplement parfaits, ni trop gros ni trop petits, avec leurs mamelons rose sombre encore gonflés par ses caresses.

Malgré cela, tout en elle exprimait la crainte — l'expression tendue de son visage, la raideur de ses épaules... Devant ces signes patents d'appréhension, Sebastian jugea bon de la rassurer.

— N'ayez pas peur, Juliet. Je ne vais pas vous brutaliser. Je veux simplement embrasser votre poitrine.

Elle déglutit, ne sachant trop ce qu'il entendait par là… jusqu'à ce qu'elle sente une bouche douce et ferme à la fois se refermer sur la pointe de l'un de ses seins.

Un léger cri lui échappa et elle sentit une onde de chaleur rayonner en elle lorsque la langue de Sebastian se mit à titiller le mamelon sensible.

D'instinct, elle arqua le dos pour lui faciliter la caresse, les yeux intensément fixés sur lui. Il suçota le téton, et ce simple geste éveilla en elle une étrange sensation de langueur, dont la chaleur reflua jusqu'à l'intérieur de ses cuisses.

Un plaisir si étrange, si inhabituel…

Elle leva les bras pour lui enlacer la nuque, les doigts enfoncés dans ses cheveux. La paume de Sebastian se referma sur le second sein, et son pouce traça de petits cercles concentriques sur le bout du mamelon. Fascinée, elle regarda le bourgeon rose enfler et se durcir sous le doigt expert qui le titillait.

Tout cela était tellement nouveau pour elle !

Jusqu'à présent, son corps lui était resté un mystère. Un simple objet que Crestwood prenait quand bon lui semblait, et qu'elle s'efforçait d'oublier entretemps. Pour elle, les seins n'étaient destinés qu'à allaiter un enfant — l'enfant qu'elle n'avait jamais eu.

Et voilà qu'elle prenait un plaisir insensé à être touchée par un homme à cet endroit…

Un gémissement s'échappa de sa gorge ; tout son corps tremblait et brûlait sous la caresse.

Elle eut un geste de protestation quand le mouvement cessa tout à coup, protestation qui se mua en pure jouissance lorsque les lèvres et la langue de Sebastian prirent ensemble le relais.

— Ooooh… C'est si…

— Si quoi ?

— Si… Je ne sais pas !

Elle n'avait pas la moindre idée de ce qui était en train de lui arriver. La sensation de chaleur augmentait entre ses cuisses. Comme si un appel montait de son intimité, tandis que Sebastian continuait à embrasser et caresser ses seins, mordillant un mamelon et malaxant l'autre entre le pouce et l'index. Il ne lui faisait pas mal, non. Ses caresses étaient juste ce qu'il fallait pour accroître l'intensité de son plaisir.

Cet homme si fort et musclé lui faisait l'amour avec

une douceur qu'elle n'aurait jamais soupçonnée en lui. Rassurée, elle se sentit encouragée à le toucher aussi.

Sebastian gémit au contact de ses mains explorant les contours de son dos et de sa poitrine. Il sentait le sang battre dans son membre déjà dur et attira Juliet vers lui pour introduire le mamelon plus loin dans sa bouche, tout en accélérant le mouvement de ses doigts sur l'autre sein.

— Sebastian… C'est trop, je ne…

Elle se laissa retomber sur les oreillers et il se pencha vers elle, abandonnant sa poitrine pour embrasser son ventre et son nombril. Juliet émit une légère exclamation, mais ne protesta pas lorsqu'il fouilla de la langue ce petit creux, si délicieusement érotique.

Sa chemise de nuit était encore drapée autour de ses hanches, gênant toute tentative d'exploration plus osée.

— Puis-je ?

Il s'agenouilla pour la regarder et elle battit des paupières, consentante. Ecartant draps et couvertures, il remonta lentement sa chemise au-dessus de la taille, dévoilant le triangle sombre entre ses cuisses.

Elle tressaillit.

— Non, dit-il.

Il arrêta sa main comme elle tentait pudiquement de rabattre l'étoffe.

— Vous n'avez pas à craindre mon regard. Vous êtes très belle, Juliet. Tout en vous est superbe, chuchota-t-il en se penchant vers elle pour embrasser sa toison.

Elle sentait bon, un délicieux mélange de femme et de fleurs de printemps.

Trop stupéfaite pour regimber, elle se tut lorsqu'il lui ôta tout à fait sa chemise, qu'il jeta négligemment sur le tapis. Elle gardait les yeux fixés sur son visage à lui, incapable d'affronter sa propre nudité.

Jamais elle ne s'était sentie aussi exposée, aussi vulnérable.

Il explora son corps d'un regard assombri de désir, depuis les seins jusqu'à la courbe de son ventre, avant de s'arrêter plus bas, à la jonction de ses cuisses.

Ses yeux s'attardèrent là, en cet endroit précis où elle se sentait si brûlante, si étrangement humide. Cela se voyait-il ?

Elle eut honte tout à coup et esquissa un geste lorsqu'il lui écarta doucement les jambes.

— Non, ne faites pas cela, balbutia-t-elle.

— Si, Juliet, l'encouragea-t-il d'une voix rauque. Je veux rendre hommage à votre beauté.

Il s'agenouilla entre ses cuisses, sans cesser de la regarder.

Juliet écarquilla les yeux. Il la touchait là, capturant entre deux doigts le bourgeon de sa féminité. Elle sentit un nouvel afflux d'humidité entre ses jambes et ne comprit pas ce qui lui arrivait.

C'était si déconcertant !

— Que…

— C'est normal, Juliet. Ici se cache la source de votre plaisir. Et vous voulez éprouver du plaisir, n'est-ce pas ?

Il continua à la regarder dans les yeux, tandis que ses doigts la caressaient avec de plus en plus d'insistance.

Elle était si ardente, si douloureusement en attente, qu'elle ne savait plus si elle voulait qu'il s'arrête ou continue. Elle planta les ongles dans le matelas ; l'impérieux besoin montait en elle, de moins en moins contrôlable, intense à en crier.

— Maintenant, je vais vous embrasser, murmura-t-il.

Elle s'attendait à un nouveau baiser. Mais au lieu de se redresser pour lui prendre la bouche, il se pencha vers ses cuisses ouvertes et sa bouche prit le relais de ses doigts.

— Oh, Sebastian…

Elle n'avait jamais imaginé qu'il puisse exister une telle intimité entre un homme et une femme. Une partie d'elle aurait voulu protester, mais une autre ne demandait qu'à explorer cette possibilité nouvelle.

Et toutes les autres…

La langue de Sebastian allait et venait sur le bourgeon durci entre les boucles de sa toison. Puis il laissa ses doigts continuer la caresse et explora de la langue les replis moites de son intimité, avant de s'immiscer en elle.

D'un mouvement instinctif, elle souleva les hanches vers lui pour lui faciliter l'accès, tandis que l'humidité inconnue sourdait de nouveau en elle. Elle approchait de l'orgasme.

La bouche de Sebastian retourna vers le bourgeon palpitant, et il introduisit ses doigts en elle, centimètre après centimètre.

Son plaisir prit forme puis grandit à l'intérieur d'elle. Un appel presque douloureux à force d'intensité.

Cela menaçait de la submerger…

— Sebastian ! Je ne peux pas, je…

Ses mots s'étranglèrent dans sa gorge lorsqu'il releva la tête pour réclamer sa bouche, sans cesser pour autant le va-et-vient sensuel de ses doigts.

Ce double assaut déclencha en elle une frénésie de désir. Elle souleva les hanches pour accompagner le mouvement, oubliant ses ultimes réserves.

La jouissance, lorsqu'elle vint enfin, ne ressembla à rien de ce qu'elle avait pu imaginer — une explosion brûlante, commencée entre ses cuisses mais qui se propagea bientôt partout, jusqu'aux moindres parcelles de son corps.

Personne ne lui avait jamais dit et elle n'aurait jamais pensé — rêvé même — qu'un tel plaisir puisse exister.

C'était au-delà de toute description…

Sebastian retira doucement ses doigts et la prit dans ses bras tandis qu'elle continuait à frissonner et tressaillir dans les derniers soubresauts de l'extase.

L'orgasme de Juliet avait été si beau, si complet, que son insatisfaction à lui n'avait plus la moindre importance. Tout ce qui comptait en cet instant, c'était elle. Tout ce qu'il voulait, c'était la satisfaire. Son propre désir n'était plus rien à côté.

Elle bougea légèrement dans ses bras.

— Vous… vous n'avez pas…

— Non, et c'est très bien ainsi. Je n'ai pas le moindre regret, je vous assure.

Il se souleva sur un coude et scruta le délicieux visage tout empourpré.

— Vous n'aviez jamais joui ainsi ?

La rougeur s'accentua.

— Non, jamais, chuchota-t-elle d'une voix sourde. Je… je ne savais même pas que c'était possible.

Sebastian fronça les sourcils. Quelle sorte d'époux avait été Crestwood, bon sang ?

Quel homme pouvait regarder Juliet sans vouloir la combler encore et encore ?

Il hésita devant son évidente pudeur dès lors qu'il s'agissait de son intimité.

— Et… n'avez-vous jamais découvert ces plaisirs par vous-même, Juliet ?

Elle parut ne pas comprendre.

— Vous ne connaissez pas très bien votre propre corps, n'est-ce pas ?

— Eh bien, j'ai des bras, des jambes, et le reste…, murmura-t-elle, visiblement perplexe. Je suis faite comme toutes les femmes.

— Mais en prenant votre bain ou en vous habillant, vous n'avez jamais… exploré votre propre corps, touché vos parties intimes, par exemple, et expérimenté le plaisir qu'elles pouvaient vous donner ?

La suggestion sembla la choquer.

— Bien sûr que non !

Sebastian secoua la tête. La chose dépassait son entendement. Juliet avait trente ans, elle avait été mariée au moins dix ans. Il n'arrivait pas à croire qu'il soit le premier à lui avoir procuré du plaisir !

— Donnez-moi votre main.

Il tendit la sienne vers elle, la paume vers le haut.

Elle lui jeta un regard soupçonneux.

— Pourquoi ?

— S'il vous plaît, Juliet.

Encore hésitante, elle obtempéra enfin et poussa une exclamation lorsqu'il guida ses doigts vers le triangle sombre entre ses cuisses.

— Sebastian !

— Je veux vous montrer, rien de plus, promit-il comme elle tentait de se dégager. Touchez, sentez seulement… Là…

Juliet n'avait jamais rien fait d'aussi inconvenant de sa vie. Même en pensée !

Elle n'était pas seulement humide. Les replis de sa chair étaient encore gonflés de sève et si sensibles, si réactifs. C'était tellement déconcertant…

Elle frémit lorsqu'il la dirigea vers le petit bourgeon

niché dans sa toison. Il était encore étrangement dur et le toucher de ses doigts y déclencha une nouvelle petite décharge de plaisir.

Elle leva vers Sebastian un regard surpris.

— Est-ce que ma poitrine aussi est encore… euh… réceptive ?

— Sentez…

Elle prit ses seins dans ses mains en coupe et passa le bout de l'index sur l'un des mamelons. Un frisson de volupté la parcourut.

— Oh, je… Je n'avais pas la moindre idée que cela pouvait être ainsi.

Il eut un sourire malicieux.

— Cette nuit est pour vous, Juliet. Pour vous seule… Ne vous l'ai-je pas donnée ?

Elle laissa retomber ses mains et fixa sur lui un regard aussi vert que les profondeurs de la mer.

— Je ne comprends toujours pas pourquoi vous n'avez pas pris votre plaisir.

Il sourit et, d'un geste doux, écarta une boucle de son front.

— Du plaisir ? Tout ce que je souhaite ce soir, Juliet, c'est vous en combler.

Vraiment, elle ne saisissait pas. Ce qu'elle avait senti sous les caresses de Sebastian ne ressemblait à rien de ce qu'elle avait pu connaître ou imaginer. De l'amour, elle avait tout ignoré jusqu'à ce soir, c'était un fait.

Mais ce qu'elle n'ignorait pas, en revanche, c'était qu'un homme avait besoin d'atteindre le plaisir. A tout prix. Ce plaisir qui était tout ce que Crestwood avait jamais cherché à tirer d'elle.

Or il lui suffisait de jeter un coup d'œil furtif sur

l'entrejambe de Sebastian pour savoir qu'il voulait cela d'elle, lui aussi.

Elle déglutit.

— Peut-être… peut-être souhaitez-vous jouir vous-même à présent ?

Il se rembrunit.

— Est-ce ainsi que Crestwood se comportait avec vous ? demanda-t-il d'une voix pleine de colère. Prenait-il son plaisir sans rien vous donner en retour ?

Elle détourna les yeux.

— N'est-ce pas ce que font tous les hommes ?

Il lui saisit le menton pour l'obliger à le regarder en face.

— Est-ce ce que je viens de faire, dites-moi ?

Elle humecta ses lèvres sèches.

— Non, mais… C'est ce que vous désirez, n'est-ce pas ? dit-elle, jetant un autre regard sur l'éloquente proéminence.

— Ce que je désire et ce que je fais sont deux choses distinctes, Juliet. Ce soir, mes propres besoins ne comptent pas. Je vous l'ai dit, cette nuit est pour vous.

Il remonta les couvertures sur eux.

— Dormez, maintenant. Quand vous vous réveillerez, je vous donnerai de nouveau tout le plaisir que vous pouvez souhaiter.

Elle ouvrit de grands yeux.

— Une femme peut donc faire cela deux fois… dans une seule nuit ?

Il s'amusa de sa surprise.

— Si elle a affaire à un homme pas trop maladroit, aussi souvent qu'elle le désire.

— Mais l'homme, lui, ne peut qu'une fois, n'est-ce pas ?

Elle eut une adorable petite moue.

— Est-ce que ce n'est pas un peu injuste ?

Sebastian la dévisagea, étonné. Il commençait seulement à mesurer l'étendue de son innocence.

Très bien. S'il fallait tout lui expliquer, autant commencer tout de suite !

— Certains hommes peuvent atteindre la jouissance plusieurs fois par nuit.

— Est-ce… est-ce votre cas ?

— Pas avec toutes les femmes. Mais oui, c'est possible.

Il effleura du doigt ses joues brûlantes.

— Avec vous, je suis sûr que je pourrais faire l'amour toute la nuit sans connaître ni fatigue ni satiété.

— Et pourtant, vous refusez de le faire ce soir. Est-ce que ce n'est pas contradictoire ?

Cette conversation n'était pas faite pour diminuer l'excitation de Sebastian, dont la tension physique devenait presque douloureuse.

Il la sonda du regard.

— Savez-vous donner du plaisir à un homme comme je viens de le faire pour vous ?

— On peut vraiment faire cela ? Comment doit-on s'y prendre ?

Le diable emporte ce Crestwood ! songea Sebastian. S'il n'était pas déjà mort, il l'aurait volontiers expédié lui-même *ad patres*.

Non que le défunt amiral ait été un cas unique en la matière… Les femmes du beau monde auraient pris moins souvent des amants, si leurs maris avaient su les satisfaire au lit. La plupart d'entre eux prenaient leur plaisir sans se préoccuper du leur.

Mais le père de Sebastian, le défunt duc de Stourbridge, était d'une autre école. Il s'était donné beaucoup de mal pour enseigner à ses trois fils que lorsqu'on couchait avec une femme, épouse ou maîtresse, on lui devait toutes les attentions possibles. Bref, qu'on ne jouissait pas en égoïste sans rien donner en retour !

Si Juliet était si ignorante des choses de l'amour, c'était parce que son mari avait été l'un des ces hommes qui tirent simplement leur plaisir de la femme étendue sous eux — Juliet en l'occurrence ! — sans se soucier de ce qu'elle éprouve.

Oui, il aurait volontiers tué Crestwood pour cela. Mais en même temps, il lui en était reconnaissant. Son indifférence, son manque d'égards envers sa femme, faisaient de lui, Sebastian, le premier véritable amant de Juliet.

Initier cette superbe créature à tous les plaisirs que peuvent découvrir ensemble un homme et une femme serait de loin l'expérience la plus érotique qu'il ait jamais vécue.

— Il y a un moyen, Juliet, mais ce sera pour plus tard. Ce soir est pour vous seule. Et toute la journée de demain, si vous le voulez bien.

Elle parut scandalisée.

— Voyons, Sebastian, nous ne pouvons tout de même pas passer toute la journée dans ma chambre !

Il sourit.

— Alors il nous faudra faire preuve d'un peu d'imagination pour trouver d'autres endroits !

Il se renversa sur les oreillers et l'attira contre lui, de sorte qu'elle puisse nicher la tête dans son épaule. Puis il se tourna pour souffler la bougie.

Mais elle interrompit son geste d'un petit cri d'effroi.

— Non !

Et comme il l'interrogeait du regard :

— Je… je laisse toujours une lumière dans ma chambre, expliqua-t-elle d'une voix tremblante. Je ne peux pas m'endormir sans cela.

— Pourquoi donc ?

Elle cilla. Pourquoi ? Parce que Crestwood éteignait toujours la chandelle quand il entrait dans sa chambre pour prendre son plaisir ! Parce que dans le noir, elle ne voyait jamais ce qu'il lui faisait. Elle ne sentait que la même douleur, encore et encore…

— La lune est très brillante, Juliet. Est-ce que cela ne suffit pas ?

— Je veux que la bougie reste allumée, s'obstina-t-elle en évitant le regard ambré qui cherchait le sien. Je ne supporte pas le noir.

Sebastian comprit alors que la requête n'était pas anodine. Il y avait quelque chose d'autre sous cette phobie enfantine.

Mais quoi ?

— Voulez-vous que nous en parlions, Juliet ?

La réponse fusa, catégorique.

— Non !

Elle se recroquevilla. La seule pensée de gâcher la merveilleuse expérience qu'elle venait de vivre en ressuscitant les épisodes traumatisants de son mariage lui était insupportable. Elle en tremblait.

— Je voudrais dormir à présent, dit-elle en fermant les yeux. Seulement dormir.

Sebastian resta éveillé longtemps après que le souffle régulier de Juliet lui eut appris qu'elle avait sombré dans le sommeil.

Décidément, la comtesse de Crestwood n'avait pas fini de l'intriguer. C'était une femme de trente ans, pas une gamine. Elle avait dû prévoir quel déchaînement de cancans et de spéculations elle aurait à affronter en venant à Banford Park. Pourtant, elle avait accueilli tout cela avec la gracieuse assurance de la grande dame qu'elle était jusqu'au bout des ongles.

Mais ici, dans l'intimité de sa chambre, elle redevenait la candide jeune fille qu'elle avait dû être quand Crestwood l'avait épousée, quelque douze ans plus tôt.

Un homme pouvait violenter une femme de bien des façons, songea-t-il.

Pas seulement avec ses poings…

Elle le dévisagea, stupéfaite.

— Vous voulez vraiment que nous fassions du bateau sur le lac ?

La question s'était en effet posée de savoir à quoi ils allaient occuper la fin de la matinée. La fin, car il était déjà près de midi…

A son réveil, Juliet s'était sentie quelque peu désorientée de trouver Sebastian St. Claire à côté d'elle. Et encore plus déconcertée par le souvenir de son réveil au milieu de la nuit, toute frémissante sous les lèvres et les mains de Sebastian, qui s'était remis à la caresser.

Un second épisode qui s'était achevé par la plus folle jouissance…

Sebastian ne s'était pas excusé pour sa conversation de la veille avec Dolly. Mais il avait fait bien plus que cela. Cette nuit, pour la première fois de sa vie, Juliet avait pleinement apprécié ce que cela signifiait d'être une femme — et de partager son intimité avec un homme.

Sebastian était couché sur le ventre à côté d'elle, encore endormi, et pendant quelques instants, elle s'était oubliée à le contempler. Sous la chevelure châtain foncé striée d'or, le visage était ferme plutôt que dur, les traits ciselés mais pas implacables, et la courbe moqueuse de la bouche s'adoucissait dans le sommeil. Ses épaules nues étaient puissantes et musclées, son dos long et sensuel appelait la caresse.

Une tentation à laquelle elle n'avait pas su résister bien longtemps…

La veille, après avoir parlé avec Dolly Bancroft, Juliet s'était demandé ce qu'elle ressentirait si elle prenait un amant.

A présent, elle savait. C'était tout bonnement merveilleux ! Et libérateur, comme elle n'avait pas tardé à s'en apercevoir, tandis que ses caresses sur la chair dorée de Sebastian se faisaient plus hardies.

Il avait rouvert les yeux, dévoilant l'or ambré de ses prunelles, et un lent sourire avait retroussé ses lèvres, ô combien séducteur…

— Encore ?

— Encore, avait-elle acquiescé.

Avec Sebastian, elle était désormais au-delà des dénégations hypocrites. Il connaissait son corps mieux qu'elle ne le connaissait elle-même. Comment aurait-elle pu se sentir timide avec lui ?

Ils avaient passé encore une heure délectable au lit. Jusqu'au moment où elle avait dû rappeler à Sebastian que sa soubrette n'allait pas tarder à apparaître, pour lui apporter le petit déjeuner et l'aider à s'habiller.

— J'en serai quitte pour vous dévêtir à mon retour, avait-il plaisanté.

Puis il avait déposé un baiser sur ses lèvres avant de sortir par le balcon… au moment précis où Helena toquait à la porte et se glissait dans la chambre sans attendre, un plateau sur les bras. De toute évidence, elle n'avait pas songé un seul instant que sa cousine pût ne pas être seule !

Sans mot dire, Juliet avait regardé Helena disposer la théière et les toasts sur la table. Sa nuit avec Sebastian St. Claire et son initiation aux plaisirs de l'amour n'étaient pas un sujet qu'elle pouvait aborder avec la jeune fille. Pas pour le moment en tout cas. C'était quelque chose qu'elle voulait prendre le temps de savourer toute seule.

Un délicieux secret…

Fidèle à sa promesse, Sebastian était revenu quelques minutes seulement après le départ d'Helena et s'était mis aussitôt en devoir de la déshabiller… avant de se déshabiller lui-même !

Et maintenant — une bonne heure plus tard —, il lui suggérait de fuir la compagnie des autres invités pour faire cette promenade sur l'étang qu'il lui avait déjà proposée la veille.

— On prépare la maison pour le bal de ce soir et je déteste ce genre de remue-ménage, expliqua-t-il en enfilant sa culotte noire et ses bottes de daim.

Il avait déjà passé un gilet bleu pâle sur une chemise immaculée et sa cravate était impeccablement nouée. Sa veste bleue était posée sur un fauteuil, là où il l'avait jetée en revenant… avant de se remettre au lit avec Juliet.

Il avait adoré la caresser en plein jour, prenant un indicible plaisir à la voir écarquiller les yeux et à l'entendre pousser ses petits cris d'étonnement, quand l'orgasme avait déferlé en elle avec la force d'un raz-de-marée.

Comme si elle ne pouvait encore croire à ce qui lui arrivait…

Juliet ne put retenir un petit rire, tout en arrangeant sa coiffure devant le miroir.

— Les hommes sont bien tous les mêmes !

Sebastian se retourna prestement, piqué au vif.

— J'espère que vous ne croyez plus cela !

Juliet rencontra son regard dans le miroir et détourna les yeux.

— Je parlais seulement du remue-ménage, s'excusa-t-elle avec malice. Vous avez bien dit que vous ne supportiez pas cela ?

— Et comment !

Il traversa la pièce et vint se placer derrière elle pour avoir une vue plongeante sur son reflet. Elle était délicieuse aujourd'hui, dans cette robe rose qui faisait ressortir le noir d'ébène de ses cheveux et la transparence nacrée de sa peau. Oui, sa beauté revêtait ce matin un éclat tout particulier — le vert plus profond du regard, les joues rosies et les lèvres entrouvertes, encore légèrement gonflées de leurs nombreux baisers.

Elle leva vers lui un regard inquiet.

— Je ne voulais pas vous blesser, Sebastian, murmura-t-elle. C'est seulement que…

Il devina aisément la raison de son anxiété.

— Quand bien même ç'aurait été votre intention, je ne vais pas vous battre, rétorqua-t-il. Ce n'est pas mon genre !

Elle se raidit et la couleur s'enfuit de ses joues.

— Je ne crois pas vous avoir jamais dit que mon mari me battait !

Sebastian scruta ses prunelles.

— Etait-ce le cas ?

Elle se détourna.

— S'il vous plaît, ne parlons pas de Crestwood. C'est une trop belle matinée pour la gâcher ainsi.

Il fronça les sourcils.

— La vérité, c'est que vous ne voulez jamais parler de lui. Pourquoi, Juliet ?

Elle se leva brusquement et s'écarta de lui, lui tournant le dos pour enfiler ses gants.

— Mon mari n'a rien à voir avec notre… notre aventure, il me semble.

Ce fut au tour de Sebastian de se raidir.

— Une aventure ? C'est tout ce que je suis pour vous, Juliet ?

— Bien sûr.

Elle était redevenue la fière et un peu distante comtesse de Crestwood — et non plus Juliet, la femme qu'il avait si follement caressée toute la nuit.

Et ce matin encore…

— Que pouvons-nous être l'un pour l'autre, sinon cela ? ajouta-t-elle avec froideur. Nous profiterons mutuellement de notre compagnie tout le temps que nous serons ici, je suppose. Puis vous retournerez à votre vie et moi à la mienne.

Sebastian la dévisagea quelques secondes. Le pli ferme de sa bouche et son petit menton relevé dans un geste de défi lui disaient assez qu'elle n'avait pas l'intention de se laisser questionner davantage sur Crestwood.

Au diable cet homme qui n'avait pas su apprécier une Juliet, quand il avait eu la chance de l'avoir tant d'années auprès de lui !

— Hum… Chercheriez-vous un sujet de dispute, Juliet ?

— Libre à vous de le croire.

Au diable la petite mule ! Une fois de plus, il eut la tentation de la coucher sur ses genoux pour lui administrer une bonne fessée — mais de telle sorte qu'elle prenne plaisir au châtiment. Elle en serait sans doute aussi surprise qu'elle l'avait été cette nuit sous ses caresses !

— Je suis prête, ajouta-t-elle avec hauteur. Si vous l'êtes aussi…

Au fond, tout cela était absurde. Elle n'avait pas le moindre désir de se quereller avec lui, Dieu savait. Elle préférait de beaucoup faire l'amour avec lui, oh oui !

Il inclina le buste avec courtoisie.

— Je suis entièrement à votre service, madame. Vos désirs sont des ordres pour moi.

Une lueur malicieuse pétillait dans ses yeux dorés et Juliet comprit sans peine à quel genre de « service » il faisait allusion.

Elle se sentit rougir de nouveau.

— Vous êtes incorrigible, Sebastian St. Claire !

— Oui, on me l'a souvent dit, ricana-t-il.

Il ouvrit la porte de la chambre et elle passa devant lui pour gagner le couloir, les yeux baissés. Par chance, il n'y avait personne aux alentours. Elle aurait été au comble de la confusion si quelqu'un les avait vus sortir ensemble de sa chambre.

Les derniers mots de Sebastian lui avaient rappelé avec un peu trop d'évidence qu'il était considéré comme un charmant libertin par les autres membres de la noblesse.

Les dames en particulier.

Ce qui la confortait dans l'opinion qu'elle venait d'exprimer, quoi qu'il ait pu lui dire. Pour Sebastian St. Claire, leur relation ne représentait rien d'autre qu'un agréable divertissement… dans une carrière déjà bien remplie de « divertissements » semblables. Elle aurait été bien sotte de se laisser aller à ressentir pour lui davantage que de la curiosité — pour ces plaisirs physiques dont il lui avait fait cette nuit une si magistrale démonstration.

Oui, bien sotte en vérité…

Chapitre 9

— Ah, vous voilà, St. Claire !

Sebastian achevait de descendre le grand escalier avec Juliet quand la voix de leur hôte retentit à l'autre bout du vestibule. William Bancroft, qui sortait de son bureau, s'avança vers eux d'un air affable.

— Et Lady Boyd aussi ! Toujours aussi radieuse…

Il lui sourit, tandis qu'elle le saluait d'une courtoise révérence.

— J'espère que vous ne verrez pas d'inconvénient à ce que je vous enlève Lord St. Claire quelques minutes, ma chère ? J'ai quelque chose d'important à discuter avec lui. Je crois d'ailleurs que ma femme vous cherche.

Juliet voulut lâcher le bras de Sebastian, mais celui-ci la retint et interrogea le comte d'un regard dépourvu d'aménité.

— Cela ne peut-il attendre, Bancroft ? Je m'apprêtais à faire découvrir à Lady Boyd les délices d'une promenade en bateau sur le lac.

Lord Bancroft soutint son regard.

— Une promenade qui demande du temps, si je ne me trompe. Comme il est presque l'heure du déjeuner, peut-être consentirez-vous à la repousser jusqu'à cet après-midi ?

Sebastian pinça les lèvres.

— Je ne…

Juliet, assez près de lui pour sentir la tension qui émanait de son corps, se hâta de l'interrompre.

— Mais bien sûr, nous pouvons attendre !

Elle adressa un sourire au comte.

— Lady Bancroft me cherche, disiez-vous ?

Il eut un petit rire.

— Oh, oui ! C'est à propos de la décoration florale pour ce soir, ou quelque chose de ce genre.

— Oh, mais bien entendu ! Nous pouvons facilement remettre notre petite sortie à plus tard. N'est-ce pas, Lord St. Claire ?

Elle dégagea son bras, baissant les yeux devant un Sebastian visiblement à cran, et dont le regard reflétait la plus vive contrariété.

— Je vous laisse à votre conversation, messieurs.

Et elle s'éloigna souplement pour se mettre en quête de leur hôtesse.

Après tout, ce contretemps était peut-être le bienvenu, se consola-t-elle dirigeant ses pas vers la salle de bal. L'épisode de la nuit passée avait été une révélation pour elle, certes. Mais elle ne devait pas pour autant devenir dépendante de cette intimité. Ni en faire une habitude.

C'était même à éviter absolument !

Resté seul avec le comte, Sebastian ne prit pas la peine de cacher son irritation.

— Je ne suis pas d'humeur à prêter une oreille complaisante à vos stratagèmes et à vos manipulations, Bancroft. Ce n'est pas le jour, dit-il en suivant Juliet des yeux.

Il était d'autant plus mécontent qu'elle avait pris l'annulation de leur promenade avec beaucoup trop de flegme à son goût !

Son interlocuteur abandonna instantanément son rôle d'hôte poli et affable.

— Cette fois, il ne s'agit pas de stratagèmes, St. Claire, mais de faits.

Sebastian lui prêta aussitôt toute son attention.

— Des faits, vraiment ! Et qu'avez-vous découvert ? On a trouvé un roman français dans la chambre de Juliet et vous croyez qu'un code s'y dissimule ? Ou avez-vous trouvé la preuve décisive qui confirme a posteriori vos accusations d'hier ? Parce qu'elle est coupable, bien entendu. Il faut qu'elle le soit, puisque c'est ce que vous pensez !

— Si vous voulez bien vous calmer, St. Claire, et me suivre dans mon bureau, je vous montrerai ce que nous avons découvert.

— « Nous » ?

— Lord Grayson nous attend déjà.

— Ne vous ai-je pas explicitement demandé à tous deux de me laisser faire ? C'était là notre arrangement !

Bancroft haussa les épaules.

— Les événements nous ont pris de court. Je n'y peux rien, St. Claire.

Comme la veille, un frisson d'appréhension parcourut Sebastian. Il avait caressé Juliet cette nuit, à maintes reprises. Pourtant, l'émotion dominante qu'il avait sentie en elle, c'était une sorte de crainte.

Oh, elle avait été émerveillée par les plaisirs auxquels il l'avait initiée, bien sûr. Mais il était évident qu'elle s'était sentie vulnérable de l'avoir laissé pénétrer ainsi dans son intimité. Physiquement vulnérable…

Qu'elle soit innocente des accusations portées contre elle était à présent pour lui une certitude. Il en aurait mis sa main à couper.

Dans ces conditions, qu'est-ce que Bancroft avait bien pu découvrir sur Juliet qui vienne contredire cette intuition ?

— Vous voilà tout à coup bien silencieux, milord !

Juliet lança une œillade taquine à Sebastian, qui maniait les rames en face d'elle avec une science consommée. La barque avançait régulièrement sur les eaux de l'immense étang de Banford Park.

— Auriez-vous préféré renoncer à cette promenade, en fin de compte ?

Sebastian se renfrogna.

— Vous oubliez que c'est moi qui suis venu vous chercher après le déjeuner.

C'était exact. Mais depuis qu'ils avaient quitté la maison et pris le bateau, il s'était montré d'humeur taciturne, c'était le moins qu'on puisse dire.

— Lord Bancroft vous aurait-il transmis de mauvaises nouvelles ce matin ?

De mauvaises nouvelles ? Oui, on pouvait appeler cela ainsi, songea Sebastian, un pli amer aux lèvres. C'était du moins l'avis de Bancroft et de Gray. Pour sa part, il n'était toujours pas convaincu.

Et ne voulait pas l'être…

Le comte était persuadé que quelqu'un s'était introduit dans son bureau. Il n'avait pas retrouvé ses papiers dans l'ordre où il les avait laissés sur sa table, et les tiroirs avaient été fouillés, assurait-il. Celui du haut, bien qu'il n'ait pas été forcé, était ouvert, alors qu'il avait pour habitude de le fermer soigneusement à clé avant de quitter la pièce.

Bref, quelqu'un s'était glissé là à un moment ou un autre après leur conversation de la veille, Bancroft n'étant pas retourné dans cette pièce depuis lors. Et pour lui, ainsi que pour Gray, la coupable était Juliet, évidemment, même s'ils n'avaient pas formulé ouvertement l'accusation !

Sebastian était plutôt enclin à croire que le comte avait tout simplement oublié de fermer son tiroir, et que l'une des servantes avait déplacé les papiers ce matin en faisant la poussière.

Il n'avait pas caché aux deux autres sa façon de voir.

— Ce n'est pas cela qui me fera croire un seul instant à la culpabilité de Lady Boyd ! avait-il lancé en quittant la pièce. Il en faudra un peu plus pour me ranger à votre point de vue.

Il sourit à Juliet et fit un effort pour se détendre.

— De mauvaises nouvelles ? répéta-t-il. Oh, non ! Un petit problème concernant la gestion de ses terres, voilà tout. Le comte voulait avoir mon avis. Rien de bien important, en somme.

Il la regarda, subjugué par sa beauté. Elle était si exquise aujourd'hui, dans cette robe rose à manches courtes qui faisait si bien ressortir ses boucles noires… Des gants blancs complétaient sa tenue, et elle tenait une ombrelle rose au-dessus de sa tête, pour protéger sa peau d'une blancheur d'aubépine contre les ardeurs du soleil. Un regard sur la douce rotondité de ses seins, au-dessus de la ligne basse de son décolleté, suffit à le mettre dans tous ses états.

— Voulez-vous que nous allions sur l'île ? suggéra-t-il d'une voix légèrement rauque.

Juliet entendit vibrer le désir dans sa voix et sentit le rouge lui monter aux joues. Evitant le regard qui cherchait le sien, elle tourna les yeux vers l'île au milieu du lac.

C'était une assez grande étendue de terre, ombragée en son centre par un bosquet de grands sapins.

Un petit bois qui les dissimulerait parfaitement aux regards curieux s'ils décidaient d'accoster là…

Mais si nul ne pouvait trouver à redire à leur canotage sur le lac, que dirait-on si on les voyait disparaître ainsi sous les arbres ? Ce serait de la plus haute inconvenance…

Sebastian parut lire dans ses pensées.

— Ces dames sont occupées à bavarder dans le salon, ou à faire leur correspondance. Et les messieurs sont partis au village à cheval…

Juliet s'empourpra davantage.

— Dans ce cas, pourquoi pas ? J'aimerais bien explorer cette île.

— Ce n'est pas l'île que je veux vous faire explorer, Juliet, murmura-t-il en prenant la direction du petit débarcadère.

Elle le réprimanda du regard.

— Il ne faut pas me taquiner ainsi, Sebastian ! Me voilà toute confuse…

— Que voulez-vous, c'est plus fort que moi. Vous êtes si jolie quand vous rougissez !

Il attacha la barque à l'un des piliers du débarcadère, puis sauta sur le petit quai de bois et tendit la main à Juliet.

Elle était bien consciente de ce qui allait se passer, si elle acceptait de le suivre sous le couvert des arbres. D'autres caresses, d'autres baisers… Cette perspective l'inquiétait et la ravissait à la fois.

Son corps, lui, n'avait pas de ces scrupules. Il frémissait déjà à la perspective des plaisirs qui l'attendaient.

— Tout de même…

Elle accepta la main que Sebastian lui tendait et se leva de son siège.

— … ce n'est pas gentil à vous de vous moquer ainsi de moi, acheva-t-elle en enjambant le rebord de l'embarcation.

— Me moquer, moi ? Voilà une chose que je ne ferai jamais, Juliet, assura-t-il avec le plus grand sérieux.

Il plaça sa petite main gantée dans le creux de son coude et l'entraîna vers les arbres.

Il marchait si vite qu'elle devait presque courir pour s'accorder à son pas.

— Vous êtes donc si pressé, milord ?

Sebastian ralentit aussitôt et haussa les sourcils.

— Cette fois, c'est bien vous qui vous moquez de moi, milady !

— Me moquer, moi ? Voilà une chose que je ne ferai jamais, Sebastian, assura-t-elle avec malice, en contrefaisant sa voix.

Elle était si drôle et si jolie dans sa robe de mousseline claire ! Sebastian chassa résolument de son esprit le souvenir de sa conversation avec Bancroft et Gray et lui rendit son sourire.

C'était une superbe journée, le soleil brillait, les oiseaux pépiaient gaiement dans les arbres. Et surtout, Juliet était auprès de lui, une Juliet si belle qu'on ne pouvait que brûler de lui faire l'amour.

Ce fut seulement en atteignant les frondaisons qu'il se rendit compte qu'il avait fort mal préparé cette escapade. Il aurait dû penser à emporter une couverture ; il l'aurait étendue sur le sol et Juliet aurait pu s'y allonger toute nue.

Qu'à cela ne tienne, il allait improviser !

Un mouvement des épaules lui suffit pour se débarrasser de sa veste parfaitement coupée. Son valet allait avoir une attaque quand il la retrouverait maculée de taches d'herbe. Mais en cet instant, la susceptibilité de Laurent était bien le cadet de ses soucis !

— Asseyez-vous, dit-il en étalant l'élégant vêtement aux pieds de Juliet.

Elle hésita.

— Votre veste va être complètement gâtée. Je ne sais si je dois…

Sebastian s'assit puis lui tendit la main dans un geste d'invite.

— Nous nous contenterons de bavarder, si vous préférez, dit-il en la voyant encore incertaine.

En vérité, elle ne savait pas ce qu'elle voulait vraiment. Enfin si, elle le savait. Mais il lui semblait tout à coup que ce serait terriblement inconvenant de faire cela dehors, en plein jour !

Non pas qu'elle se sentît encore timide à l'idée de se dénuder devant Sebastian. Comment aurait-elle pu être gênée, après l'intimité qu'ils avaient partagée ces dernières heures ?

C'était seulement que la chose lui paraissait bien plus scandaleuse ici, dans la lumière du soleil, en un lieu où n'importe qui pouvait tomber sur eux à l'improviste !

Oh, elle savait que les invités étaient occupés à d'autres divertissements. C'était du moins ce qu'affirmait Sebastian. Mais que se passerait-il si l'un d'eux — ou même tout un petit groupe — décidait inopinément qu'une promenade en bateau serait une excellente idée ?

Elle osait à peine imaginer le scandale si Sebastian et elle se faisaient surprendre dans une situation aussi compromettante !

Et la Veuve noire n'avait pas besoin d'un nouveau scandale, n'est-ce pas ?

— De quoi allons-nous parler ? s'enquit-elle.

Elle accepta la main tendue et s'assit sur le sol, les jambes repliées sous elle dans une pose gracieuse et abandonnée. « Voyons, Juliet ! », s'exclama en elle la voix de la raison. Mais elle choisit résolument de ne pas l'entendre.

En fait, sa propre attitude la stupéfiait. Elle n'avait plus la moindre retenue depuis que Sebastian avait passé la nuit dans sa chambre ! Il avait suffi de quelques heures pour faire d'elle une véritable dévergondée.

— Ce ne sont pas les sujets qui manquent, assura Sebastian.

Il haussa ses larges épaules, dont les muscles saillirent sous les manches de sa chemise.

— Si nous parlions de votre enfance ? suggéra-t-il. A-t-elle été heureuse ?

— Oh, oui, très !

Elle exhala un soupir rêveur, tout en tirant sur sa jupe pour cacher ses jambes.

— Mes parents étaient merveilleux. La bonté et la gentillesse mêmes…

Sebastian hocha la tête.

— Les miens aussi. J'avais seize ans quand ils ont tous deux trouvé la mort dans un accident de voiture.

Cette confidence le surprit lui-même. Il n'avait jamais parlé à personne de la détresse qu'il avait éprouvée en perdant ses parents bien-aimés.

Juliet hocha la tête, compatissante.

— Je sais ce que vous avez dû ressentir. Mon père et ma mère aussi sont morts ensemble. J'avais tout juste dix-huit ans.

Le visage de Sebastian s'assombrit.

— Je ne savais pas…

Il lui prit les deux mains et les serra dans les siennes.

— Ils vous manquent encore ?

— Tout le temps. Et vous ?

— Tout le temps, répondit-il dans un écho sincère.

Non que Hawk n'ait été pour lui un tuteur de premier ordre et Lucian le meilleur exemple dont un jeune homme pût rêver. Quant à leur petite sœur Arabella, ils l'avaient tous trois protégée et chérie.

Mais ses parents avaient fait un mariage d'amour. Un amour qui enveloppait les enfants, au fur et à mesure de leur naissance.

La seule consolation qu'ils avaient éprouvée tous quatre après l'accident, quelque douze ans plus tôt, avait été de se dire que le mariage de leurs parents avait été heureux jusqu'à la fin.

Sebastian ne parlait presque jamais de leur mort. Elle avait dévasté son adolescence. Qu'il se fût ainsi dévoilé devant Juliet avait quelque chose de déconcertant pour un homme tel que lui, qui préférait passer aux yeux des autres pour un charmant libertin.

— Votre mariage a-t-il été moins heureux que votre enfance ? reprit-il avec prudence.

Juliet se braqua aussitôt.

— Je préférerais ne pas en parler.

Sebastian se braqua à son tour. Toujours cette réticence ! Il aurait voulu savoir enfin ce qui se cachait derrière ce silence obstiné.

— Crestwood était-il donc si monstrueux ?

Elle lui lança un regard noir de reproche.

— Sebastian ! Je vous ai dit que je ne voulais pas aborder ce sujet.

— C'est inexact. Vous avez dit que vous ne vouliez pas évoquer votre mariage.

Il était en colère, c'était un fait. Il était en train de la tourmenter, de la blesser volontairement. Et du diable s'il savait pourquoi !

Peut-être parce que la douceur de Juliet, la façon dont elle avait évoqué la mort de ses parents, l'avaient encouragé à évoquer son propre deuil ?

Mais non, ce n'était pas cela. Ce qui le rendait d'humeur si irritable, plus probablement, c'étaient les accusations renouvelées par Bancroft ce matin.

— Les deux sujets sont étroitement liés, observa-t-elle avec raideur.

Ce qui ne découragea pas Sebastian pour autant.

— Vous n'aimiez pas Crestwood ?

Elle soupira.

— C'est exact, admit-elle.

— Peut-être même le haïssiez-vous ?

Son regard prit tout à coup un éclat d'émeraude. Visiblement, l'émotion la submergeait.

Il attendit, suspendu à ses lèvres.

— La haine est une émotion destructrice pour celui qui l'éprouve, commenta-t-elle enfin.

Ce qui était une façon d'éluder la question, songea-t-il, frustré.

— Juliet, la surprise que je vous ai vue manifester devant certaines de mes… initiatives, la nuit dernière et ce matin, m'a clairement montré que votre mariage n'avait pas été heureux.

Elle se redressa brusquement.

— Sebastian, si vous continuez à parler de cela, je vous prierai de me ramener sur-le-champ au château !

La tension qui émanait d'elle était presque palpable et il s'en voulut de la torturer ainsi.

Au diable Bancroft ! Et Gray et Dolly par la même occasion. Au diable leur méfiance à l'égard de cette femme qui d'évidence avait déjà assez souffert comme cela dans sa vie !

Il ne lui restait plus qu'une chose à faire — lui présenter ses excuses.

— Je vous prie de bien vouloir me pardonner, Juliet. Je n'avais pas le moindre droit de m'immiscer ainsi dans vos affaires intimes.

Ce fut au tour de Juliet de se sentir coupable. Sebastian était devenu son amant… ou presque. A ce titre, il était normal qu'il éprouve de la curiosité à l'égard de son mariage avec Crestwood. Surtout quand elle lui avait donné la preuve concrète de son inexpérience en amour ! Bref, elle n'avait aucun droit de le rabrouer ainsi.

Elle prit une profonde inspiration.

— C'est moi qui m'excuse, Sebastian. Si quelqu'un a le droit de me demander ces choses, c'est bien vous. Voyez-vous, j'ai fait un mariage arrangé. Mes parents, j'en suis sûre, étaient persuadés qu'ils faisaient un bon choix pour moi. Après tout, Crestwood avait tout pour inspirer la confiance. Il était comte, c'était un amiral et un héros de guerre respecté. Mais il avait aussi trente ans de plus que moi ; c'était un homme mûr, déjà bien ancré dans ses habitudes et ses opinions.

Elle se tut, pensive.

Leur mariage aurait pu être heureux s'il n'y avait eu que cela. Mais Crestwood pensait qu'une épouse appartenait à son mari au même titre que ses autres biens et qu'il pouvait en user comme bon lui semblait — ce dont il ne s'était pas privé !

Sebastian tendit la main vers elle et lui caressa la joue.

— Et l'une de ses opinions consistait à croire qu'une épouse comme il faut ne doit pas prendre de plaisir au lit, n'est-ce pas ?

Une croyance qui n'était que trop répandue dans son milieu, songea-t-il avec tristesse. Le rôle d'une épouse était de procréer. Pour le plaisir, il y avait les maîtresses…

Voilà pourquoi tant de femmes de la haute société prenaient un amant dès qu'elles avaient accompli leur devoir en mettant au monde un héritier.

Juliet écarquilla les yeux à sa question.

— Ce n'est pas une conversation convenable, Sebastian. Cela… cela me gêne beaucoup !

Certes, ce n'était pas convenable. Et ce n'était pas une bonne façon d'en venir aux caresses dont il avait projeté de la combler cet après-midi.

— Vous avez raison, ma chère Juliet. Parler à une femme de ses relations conjugales alors qu'on s'apprête à lui faire l'amour relève de la goujaterie !

Il l'attira et la fit s'étendre près de lui avant de se tourner sur le flanc pour la regarder dans les yeux. Qu'elle était ravissante en cet instant ! Le soleil faisait jouer des reflets dans ses boucles d'ébène, allumait des paillettes dans le vert profond de ses prunelles et illuminait ses joues d'un éclat doré.

— Vous savez ce que je pense, Juliet ? murmura-t-il. Vous êtes la plus belle femme que j'aie jamais tenue dans mes bras.

Et Dieu savait qu'il était sincère…

Juliet secoua la tête et un sourire malicieux incurva l'arc parfait de sa bouche.

— Allons, plus besoin de me jeter des fleurs, Sebastian ! Je suis déjà conquise.

— L'êtes-vous vraiment, Juliet ? Ou dois-je déployer plus de savoir-faire encore pour vous conquérir entièrement ?

Il était très près tout à coup. Si près qu'elle pouvait sentir la chaleur de son corps, son souffle tiède sur sa joue ; et voir scintiller les petits points de mica dans l'or de ses prunelles, tandis qu'il la fixait avec tant de vertigineuse intensité…

Elle humecta ses lèvres soudain étrangement sèches.

— Plus de savoir-faire, milord ? Je crains de ne pas très bien comprendre…

— Il y a plus que ce que je vous ai montré, Juliet. Beaucoup, beaucoup plus…, dit-il sur un ton de promesse.

Et il se pencha pour l'embrasser.

Elle écarta instinctivement les lèvres pour l'accueillir, tout en nouant les mains autour de sa nuque, les doigts enfouis dans l'épaisseur soyeuse de sa chevelure.

Leur dernier baiser remontait à quelques heures, mais cela lui semblait déjà une éternité.

Elle était affamée de lui, voilà la vérité ! Trop de temps s'était déjà écoulé. Trop de temps sans sentir ses lèvres sur les siennes et ses mains sur son corps. Les sensations affluèrent de nouveau en elle tandis qu'il déboutonnait prestement sa robe et la faisait glisser sur ses hanches avant de la jeter négligemment dans l'herbe près de lui.

Le regard de Sebastian se posa sur sa poitrine, nettement visible à travers l'étoffe diaphane de la chemise. Il prit ses seins dans ses mains et pencha la tête pour lécher ses mamelons déjà turgescents.

Et pas seulement ses mamelons…

Elle exhala un gémissement lorsque les doigts de Sebastian se frayèrent un chemin jusqu'à ce bourgeon si sensible entre ses cuisses.

— Vous brûlez de savoir, Juliet, n'est-ce pas ? Je sens votre impatience…

Il se mit à la caresser, stupéfait par la promptitude de sa réponse. Elle réagissait si facilement à son moindre toucher ! Pas l'ombre d'une inhibition. Aucune femme ne s'était ouverte aussi instantanément à lui, au point qu'il la sentait déjà toute mouillée sous sa toison sombre.

— Sebastian… oh…

Elle tremblait littéralement sous lui, aussi frémissante qu'un instrument sous les doigts habiles d'un musicien.

— Sebastian…

Il leva vers elle un regard assombri de désir.

— Oui, Juliet ?

Elle esquissa un sourire presque timide.

— Vous aviez dit qu'aujourd'hui vous m'apprendriez comment faire pour… pour vous toucher. Peut-être est-ce le moment ?

Le cœur de Sebastian manqua un battement, puis s'emballa quand il eut pris pleinement conscience de l'implication de ces mots.

Elle était si belle, avec son regard vert ainsi levé sur lui. Une vraie sirène… Des boucles noires jouaient sur ses épaules nues et sa chemise humide collait à ses seins ; les extrémités de ceux-ci en tendraient l'étoffe transparente.

Si gonflés de sève, si tentants…

Il s'arracha une seconde à ce spectacle pour relever les yeux sur le délicieux visage empourpré.

— Juliet…

Elle s'humecta les lèvres de la pointe de sa petite langue rose. Des lèvres sensuelles et pleines qui offraient de lui donner du plaisir…

Une sirène, oui.

Et une tentatrice.

Se contrôlait-il assez en cet instant pour lui enseigner l'art subtil de la caresse ?

Saurait-il se retenir suffisamment pour ne pas se répandre comme un collégien affolé au premier contact de ses lèvres, et l'effaroucher du même coup ?

Mais la seule vraie question était de savoir s'il pouvait vivre un seul instant de plus *sans* sentir le toucher de ces lèvres et de cette langue sur son membre déjà en pleine érection !

La réponse était non. Il ne pouvait pas !

— Puis-je ? fit-elle en avançant la main vers les boutons de sa culotte.

— Oui, acquiesça-t-il dans un souffle rauque. Je vous laisse faire. C'est encore votre jour, n'est-ce pas ?

Il se coucha sur le dos pour lui faciliter la tâche, révélant la protubérance indiscrète qui tendait le devant de sa culotte.

— Vous serez patient avec moi ? Je… je manque d'expérience, murmura-t-elle.

D'une main légèrement tremblante, elle défit tour à tour les huit boutons.

En fait, c'était sa maladresse même, sa totale innocence pour tout ce qui concernait les plaisirs de la chair qui rendait son toucher si incroyablement érotique. L'excitation de Sebastian prit de telles proportions qu'elle en devint presque douloureuse.

Il ne la quitta pas des yeux, tandis qu'elle se penchait vers lui et écartait les deux pans d'étoffe pour dénuder entièrement sa virilité.

— Oooh ! fit-elle en écarquillant les paupières. Je ne pensais pas… Je ne m'attendais pas…

Elle se passa de nouveau la langue sur les lèvres et

Sebastian ne put retenir un gémissement à cette vue. La seule perspective de sentir cette petite râpe humide sur sa peau lui fit crisper les poings contre ses flancs.

Il rejeta la tête en arrière, comme elle explorait du bout des doigts son membre turgescent. Mieux valait qu'il ne regarde pas — le spectacle de ces petits doigts fins allant et venant sur son sexe aurait suffi à le faire jouir sur-le-champ ! Le regard tourné vers le ciel, il endurait mieux la délicieuse torture de ces mains caressantes.

Mais combien de temps tiendrait-il encore ? Il voulait, il devait…

— Ohé, y a-t-il quelqu'un sur l'île ?

Juliet poussa un petit cri.

— Mon Dieu, un bateau !

Elle se redressa d'une secousse, avec l'impression d'avoir reçu une douche glacée. Sebastian s'était trompé ! Tous les invités n'étaient pas occupés au château.

Et à présent, quelqu'un approchait de l'île !

Quelqu'un qui allait les surprendre dans une situation plus qu'équivoque…

Chapitre 10

— Que voulez-vous, Gray ?

Debout sur le petit débarcadère de bois où Gray venait d'amarrer son embarcation, Sebastian accueillit son ami d'un regard noir, où couvaient les prémices d'un orage.

Encore en manches de chemise, il avait pris le temps de se reboutonner et d'arranger ses vêtements après avoir quitté le couvert des arbres. Ainsi, tandis qu'il affronterait le visiteur, Juliet pourrait se rajuster.

Mais la protubérance de son pantalon, témoignage de leur activité brutalement interrompue, était une autre histoire, contre laquelle il ne pouvait pas grand-chose !

Grayson eut une grimace désapprobatrice.

— Vous sauver d'une dramatique erreur de jugement, peut-être ?

— Expliquez-vous, bon sang !

— Oh, je vais le faire, n'ayez crainte. Votre apparition très tardive de ce matin, à la comtesse et à vous, a déjà donné lieu à des spéculations chez plusieurs invités. Et votre disparition à tous deux tout de suite après le déjeuner n'a pas été pour arranger les choses, vous vous en doutez bien.

— Et alors ?

Gray soupira.

— Seb, vous êtes censé la séduire pour lui tirer les

vers du nez, c'est tout. Pas devenir vous-même la cible de tous les commérages !

— Ah bon ? Après notre discussion d'hier dans le bureau du comte, je croyais avoir compris qu'on me laissait le choix des moyens !

Gray jeta un coup d'œil méfiant vers le bosquet, puis se retourna de nouveau vers Sebastian.

— Seb, ne voyez-vous pas que la comtesse est la pire femme dont vous puissiez tomber amoureux ? fit-il dans un murmure.

— Qu'allez-vous chercher là, mon vieux ? Je ne suis pas en train de tomber amoureux d'elle !

Amoureux, lui ? Allons donc ! La comtesse de Crestwood, comme toutes ses précédentes maîtresses, était une agréable distraction, rien de plus. Elle ne signifiait pas davantage pour lui que les innombrables femmes avec qui il avait fait l'amour ces dernières années.

Mais Gray semblait toujours en douter.

— Quand Bancroft a eu cette idée, j'ai d'abord trouvé que c'était un bon plan. Mais maintenant, je me fais du souci pour vous, Seb, voilà la vérité.

— Du souci ? Je ne vois vraiment pas pourquoi.

— Parce que je vous connais, comme je connais aussi la fierté des St. Claire, leur indéfectible sens de l'honneur. Ce n'est pas moi que vous bernerez, Seb. Sous ce masque de charmant vaurien que vous avez choisi d'offrir au monde, ces qualités sont aussi présentes chez vous que chez vos frères.

Sebastian secoua la tête.

— Vous ne me connaissez pas aussi bien que vous le croyez, Gray. Autrement, vous ne vous seriez jamais ligué avec Bancroft pour me demander de jouer la comédie à Lady Boyd. Une action fort peu honorable, quoi que vous puissiez dire ! Mais ne vous inquiétez pas, ajouta-t-il en voyant son ami esquisser un geste. Vous aurez sous peu la preuve de son innocence, je ferai ce qu'il faut pour ça.

Il toisa Gray avec mépris.

— Et une fois que vous aurez eu ce que vous voulez, je vous conseille d'éviter de croiser ma route pendant un certain temps. Est-ce que je me fais bien comprendre ?

Grayson grimaça.

— Seb…

Sebastian se campa devant lui, les poings sur les hanches.

— Pourquoi êtes-vous venu ici, Gray ? Qu'y avait-il de si urgent pour que vous veniez interrompre mon duo avec Lady Boyd ? Je suis censé la séduire, l'avez-vous oublié ?

Pour être franc, il n'était plus très certain de savoir lequel des deux était en train de séduire l'autre, quand Gray avait intempestivement débarqué sur l'île. Celui des deux qui était resté sur sa faim, c'était bel et bien lui !

Gray le dévisagea un instant, perplexe. Puis il poussa un profond soupir.

— Il semblerait bien que cette histoire ait altéré notre amitié, Seb. Je ne saurais vous dire à quel point je le regrette…

— Bah, je finirai sans doute par surmonter mon aversion pour vous, Gray. Mais ne me demandez pas quand… Pour l'instant, mieux vaut nous concentrer sur l'affaire en cours et parler d'autre chose. D'accord ?

La lueur de défi qui brillait dans ses yeux ne laissait guère le choix à son interlocuteur.

Gray acquiesça à contrecœur.

— Je suis venu vous chercher parce qu'un nouvel

invité vient d'arriver. Il s'est laissé persuader de rester pour la nuit, afin de pouvoir assister au bal. Comme il vous est apparenté, j'ai pensé que vous voudriez être parmi les premiers à l'accueillir.

Sebastian lui lança un regard acéré.

— Allons donc ! Vous avez surtout pensé que ce serait une bonne excuse pour tenter de me sauver de moi-même, n'est-ce pas ?

En réalité, il était ulcéré. Un membre de sa famille ! Il ne manquait plus que cela pour compliquer une situation déjà suffisamment tendue.

Gray écarta les mains.

— Je vous l'ai dit, mon vieux, je me faisais du souci pour vous.

— Et moi je vous répète vous n'avez pas la moindre raison de vous inquiéter. Lady Boyd ne compte pas plus pour moi que toutes les femmes que j'ai séduites et avec qui j'ai couché ces dix dernières années.

Sa toilette à peu près en ordre, Juliet s'apprêtait à quitter l'ombre protectrice des arbres lorsqu'elle entendit la dernière remarque de Sebastian. Ou plutôt la prit de plein fouet.

Une remarque si cruelle, si douloureuse, qu'elle en resta un instant pantoise.

Non pas qu'elle se soit imaginé un instant que Sebastian ait pu être épris d'elle — aucun d'eux n'avait jamais laissé entendre qu'il puisse éprouver le moindre sentiment pour l'autre en dehors d'un irrépressible désir. Non, ce qui la choquait et la bouleversait ainsi, c'était que Sebastian ose discuter de leurs relations intimes avec une tierce personne.

Ce n'était pas un gentleman, de toute évidence. Aucun

gentleman n'aurait partagé ce genre de confidence avec un autre, fût-il un ami !

Et il n'était pas non plus un homme avec qui elle puisse continuer à rester seule en toute sécurité.

Sebastian l'avait séduite au point qu'elle lui avait accordé d'inqualifiables privautés ; mais jusqu'à présent, il n'avait pas réussi à coucher vraiment avec elle, Dieu merci.

Et après la conversation qu'elle venait de surprendre, il pouvait être sûr qu'il n'y parviendrait jamais !

— Votre Grâce…

D'un air distrait, Sebastian salua d'une courbette Lord Darius Wynter, duc de Carlyne. Les deux hommes s'étaient retrouvés dans le salon de Banford Park, où les invités réunis bavardaient en prenant le thé.

— St. Claire.

Le duc s'inclina à son tour. Les rayons du soleil se déversant par la fenêtre accrochaient des reflets d'or dans ses cheveux, accentuant les méplats de son beau visage arrogant, où brillait un regard bleu aussi dur que l'acier.

Le lien de parenté qui unissait Wynter aux St. Claire était en réalité des plus ténu, n'en déplaise à Gray. Le duc était apparenté en fait à la toute récente épouse de Lucian — un oncle par alliance ou quelque chose dans ce goût-là. Agé de trente-deux ans environ, Carlyne était plus près par l'âge de Hawk que de Sebastian.

Ce qui ne les empêchait pas de se croiser souvent dans leurs clubs londoniens ou autour des tables de jeux de la capitale. Wynter avait été un libertin et un joueur notoire, jusqu'au moment où la mort brutale de son aîné avait fait de lui l'héritier du duché familial, quelques mois plus tôt.

Cependant la distraction de Sebastian était due à

une tout autre raison que l'arrivée de Darius Wynter à Banford Park. Et cette raison était assise avec un petit groupe de dames à l'autre extrémité de la longue pièce.

Apparemment absorbée dans une conversation avec la duchesse d'Essex, Juliet ne réagit pas à son regard, ce qui ne fut pas pour le surprendre. Elle s'était montrée froide et distante pendant tout leur trajet de retour sur le lac. Lorsqu'il l'avait aidée à descendre du bateau, elle l'avait remercié d'un gracieux mais glacial signe de tête. Puis elle avait brandi son ombrelle avant de se hâter de regagner la maison.

Bon, cela avait été une maladresse de la part de Gray de les interrompre ainsi, il en convenait volontiers. Mais tout de même, cela n'expliquait pas la subite froideur de Juliet à son égard. Après tout, ce n'était pas elle mais bel et bien lui qui s'était laissé surprendre dans une posture inconvenante… au sens littéral du terme !

Non, il devait y avoir autre chose pour qu'elle évite ainsi sa compagnie…

Se pouvait-il qu'elle ait entendu sa conversation avec Gray et n'ignore plus rien des soupçons que Bancroft et Grayson nourrissaient à son encontre ?

Pire encore, savait-elle qu'il avait été lui-même chargé de l'innocenter… ou d'établir sa culpabilité ?

— Votre famille va bien, j'espère ?

Ah, oui, le duc de Carlyne ! Sebastian fit un effort pour revenir à la conversation.

— Ils se portent tous très bien pour autant que je sache, Votre Grâce.

— Je vous en prie, appelez-moi Darius, protesta son interlocuteur. Ou Wynter à la rigueur.

Il eut un sourire qui le rajeunit tout à coup et le fit de

nouveau ressembler au viveur impénitent qu'il avait été pendant tant d'années.

— Je crains de ne pas avoir encore bien endossé le manteau de la respectabilité.

Il jeta un regard acerbe aux autres invités.

— Du moins aux yeux du beau monde…

Rouges et excitées, les dames de tous âges comméraient d'évidence à ses dépens, à l'abri de leurs éventails déployés.

Sebastian se détendit un peu. L'ostracisme de la noblesse était précisément l'une des raisons pour lesquelles il avait toujours éprouvé une certaine sympathie à l'égard de Wynter. Entre vauriens, n'est-ce pas…

— Bah, cela ne durera pas ! le rassura-t-il. Hawk prétend que lorsqu'on hérite du titre de duc, les gens passent plus facilement l'éponge sur vos frasques passées. Il en a fait l'expérience lui-même.

— Vraiment ? ricana Wynter.

Son regard bleu pétilla.

— Ce n'est pas encore le cas pour moi, je le crains. Il faudra un certain temps avant que le monde ne me fasse la grâce d'oublier les miennes.

Il ajusta son face-à-main et promena un regard sur la pièce.

— Oh, oh ! N'est-ce pas la délicieuse comtesse de Crestwood que je vois là, auprès de la duchesse d'Essex ?

Sebastian n'aima pas la soudaine lueur d'intérêt qu'il vit briller dans les yeux du duc.

— Je crois qu'elle est encore en deuil de son mari, observa-t-il avec raideur.

— Ce vieux Crestwood ? Oh, non, je ne crois pas, St. Claire. On voit bien que vous ne l'avez pas connu.

C'était un épouvantable raseur. Il avait très exactement l'air d'avoir avalé un parapluie.

Il tapota le bras de Sebastian avec son face-à-main.

— Excusez-moi, voulez-vous ?

Et sans attendre la réponse, il traversa la pièce avec nonchalance pour aborder Lady Boyd, qu'il gratifia d'une élégante courbette. Sebastian se renfrogna en voyant Juliet l'accueillir d'un sourire charmeur.

En fait, la jeune femme les observait tous deux du coin de l'œil depuis qu'elle était entrée dans le salon quelques instants plus tôt, après avoir fait halte dans sa chambre pour se rafraîchir un peu.

Elle se sentait encore offensée par les propos qu'elle avait surpris entre Lord Grayson et son ami St. Claire. Mais une chose était sûre — blessée ou pas, elle n'avait pas la moindre intention de se cacher ni de rester confinée dans sa chambre pendant tout le reste de son séjour à Banford Park.

A quoi cela servirait-il, du reste ? Sebastian était parfaitement capable de s'introduire chez elle pour peu qu'il en éprouve l'envie !

Elle laissa le séduisant duc de Carlyne s'emparer de ses doigts pour les porter à ses lèvres et rougit un peu en rencontrant son regard.

— Je ne me doutais pas que vous seriez des nôtres à Banford, Votre Grâce, dit-elle en lui retirant doucement sa main.

Les yeux d'un bleu profond étincelèrent de malice.

— Pas plus d'une soirée, hélas. J'étais venu conclure une affaire avec le comte de Bancroft, et voilà que je me retrouve au beau milieu d'une fête estivale.

A voir son air, la chose ne lui déplaisait pas. Il souleva les pans de son habit bleu et se posa sur le sofa à côté d'elle. Le brassard noir qui enserrait sa manche témoignait de son deuil récent.

— J'ai cru comprendre qu'un petit bal était prévu ?

Si elle en jugeait d'après le nombre de gens invités, la magnificence de la décoration qu'elle avait pu admirer dans la salle de bal et la montagne de nourriture qui se préparait aux cuisines, Juliet doutait qu'on pût qualifier le bal de *petit*. Mais Carlyne ayant perdu son frère seulement quelques mois plus tôt, Dolly avait peut-être volontairement minimisé l'événement afin de ne pas laisser échapper la chance de le garder ce soir-là. Le duc de Carlyne à Banford Park ! C'était pour elle une occasion inespérée de donner encore plus d'éclat à son bal.

S'il fallait en croire la rumeur, Carlyne s'était montré encore plus insaisissable que Juliet, depuis qu'il avait hérité de son titre.

Au grand désespoir de toutes les mères qui avaient des filles à marier !

— Peut-être me ferez-vous l'honneur de me réserver la première valse ?

Juliet lui lança un regard méfiant. Joueur, libertin notoire et bellâtre insolent, c'était encore un de ces hommes que Crestwood ne s'était jamais soucié d'attirer dans son petit cercle d'intimes. Juliet ne le connaissait donc pas très bien.

Il ne put s'empêcher de rire en la voyant hésiter.

— Rassurez-vous, Lady Boyd. Mes intentions sont fort innocentes.

— Vraiment ?

— Imaginez un peu la tête des gens lorsqu'ils nous verront ensemble ! Les langues vont aller bon train, je les entends déjà.

Juliet plissa le front.

La Veuve noire et le libertin ?

Oh, certes, il y aurait là de quoi alimenter les cancans. Et montrer à Sebastian qu'il n'était pas le seul à la trouver assez attirante pour lui faire la cour… ou la mettre dans son lit.

Oui, Lord Darius Wynter était exactement l'homme qu'il lui fallait. En flirtant avec lui, elle prouverait à Sebastian St. Claire qu'elle se moquait bien de la façon cavalière dont il discutait d'elle avec ses amis !

— Voyons, Sebastian, vous allez vous user les dents à serrer ainsi les mâchoires ! susurra Dolly Bancroft en se penchant à son oreille.

Appuyé contre un mur de la salle de bal, Sebastian regardait virevolter les invités emportés dans le tourbillon de la valse.

Au nom du ciel, pourquoi fallait-il que Juliet ait choisi précisément Darius Wynter comme cavalier ?

Un muscle tressauta dans sa joue, tandis qu'il tournait les yeux vers son hôtesse.

— Pourquoi cet intérêt soudain pour ma dentition ? railla-t-il. Vous craignez peut-être que la comtesse n'ait cessé de s'intéresser à moi ?

Dolly arqua ses sourcils blonds.

— Moi ? Dites plutôt que *vous* craignez cela.

Sebastian n'était pas certain de ce qu'il ressentait en cet instant. Pendant le thé, il n'avait pas trouvé une seule occasion de s'entretenir en privé avec Juliet. Ensuite, elle s'était retirée dans sa chambre, avec l'intention manifeste de se reposer avant de s'habiller pour le bal.

Après son départ, il s'était excusé lui-même, bien décidé à la rejoindre là-haut. Mais il avait trouvé toutes les portes fermées à clé, aussi bien celle du couloir que les portes-fenêtres du balcon.

Sans nul doute, elle avait voulu parer à une éventuelle tentative d'intrusion de sa part. Et elle n'avait pas répondu lorsqu'il avait frappé.

Comme si cela ne suffisait pas, il était arrivé dans la salle de bal légèrement en retard, pour trouver Juliet ouvrant le bal avec Gray, lequel fut suivi de Bancroft, puis du duc d'Essex.

Et à présent, et c'était pire que tout, elle dansait la valse — une danse qui passait encore pour osée aux yeux de bien des membres de la noblesse — avec ce viveur de Wynter !

L'homme la tenait bien trop serrée contre lui et les mots qu'il lui chuchotait la faisaient rougir jusqu'aux oreilles. Que lui disait cet animal ?

Dans sa robe de soie ivoire, une torsade de perles entrelacée à ses cheveux sombres, Juliet ressemblait à un cygne égaré parmi des paons — les autres femmes ayant jugé bon de sacrifier à la mode du jour en arborant couleurs vives et plumes démesurées sur la tête.

Mais la maîtresse de maison avait suivi la direction de son regard.

— Ils forment un beau couple, vous ne trouvez pas ? observa-t-elle d'un ton moqueur.

— Non, je ne trouve pas ! repartit-il en la fusillant du regard. Si vous voulez bien m'excuser, Lady Bancroft.

Il s'inclina brièvement avant de tourner les talons, à la recherche d'un rafraîchissement un peu plus corsé que les verres d'orgeat ou de champagne qui circulaient ici et là.

S'imbiber d'alcool n'était pas forcément une bonne idée, mais en cet instant, il en avait diablement besoin !

*
* *

— Qu'a donc fait St. Claire pour vous offenser à ce point, milady ?

Juliet trébucha légèrement et leva un regard surpris vers le duc de Carlyne.

— Je ne comprends pas, Votre Grâce.

Il corrigea son faux pas avec aisance et la fit virevolter en virtuose. Un sourire taquin éclairait ses traits.

— J'ai cru comprendre que Lord St. Claire et vous canotiez sur le lac quand je suis arrivé cet après-midi.

— Euh… Oui, en effet.

— Tout seuls ?

Juliet se hérissa.

— Il ne s'est rien passé d'inconvenant, Votre Grâce, se défendit-elle avec une certaine dose de mauvaise foi.

— Est-ce pour cela que vous lui en voulez ?

Elle sentit le rouge lui monter aux joues.

— Je vous demande pardon ?

Darius Wynter eut un petit rire.

— Un beau libertin seul avec une femme ravissante… Et il n'a même pas *essayé* de vous séduire ? Je comprends que vous soyez déçue !

Sebastian n'avait pas eu besoin d'*essayer*, songea-t-elle avec dépit. Il y avait déjà beau temps que la chose était faite, malheureusement pour elle !

Elle secoua la tête d'un air réprobateur.

— Vous dites des sottises, milord, avec tout le respect que je vous dois.

— Vraiment ?

Elle lui jeta un regard irrité.

— J'ai trente ans, je suis veuve. Et je ne vois pas quel intérêt je pourrais avoir à encourager les tentatives de séduction d'un homme comme Lord St. Claire.

— Ah, non ?

— Non, Vôtre Grâce.

— Alors expliquez-moi pourquoi vous n'avez pas cessé de suivre tous ses gestes du coin de l'œil depuis une heure que je vous observe ?

Juliet trébucha derechef. Mais cette fois, elle ne permit pas à son cavalier de rattraper son erreur et s'arrêta au beau milieu de la salle. Dieu savait qu'elle était furieuse contre St. Claire et souhaitait ignorer jusqu'à son existence ! Mais force lui était de reconnaître que le duc n'avait pas tort.

Depuis une heure, elle avait été consciente des moindres gestes de Sebastian…

Comment aurait-elle pu ne pas le voir ? Il était si séduisant dans son habit de soirée et sa chemise d'une blancheur éblouissante, avec sa chevelure châtain toute nimbée d'or par la lumière des multiples bougies qui illuminaient la salle !

— Vous attirez l'attention sur nous, Lady Boyd, observa Darius Wynter.

Le ton nonchalant de sa voix montrait clairement qu'il s'en souciait comme d'une guigne.

Elle soupira.

— J'ai un début de migraine, Votre Grâce. Peut-être un peu d'air frais me fera-t-il du bien ? Si vous voulez bien m'excuser…

Elle voulut se dégager de ses bras. Mais il refusa de la lâcher et s'empara fermement de son coude pour la conduire vers la porte-fenêtre ouvrant sur la terrasse.

Il n'avait tout de même pas l'intention de l'accompagner dehors ?

— Veuillez me lâcher, monsieur !

Au grand soulagement de Juliet, il obtempéra aussitôt et lui coula un regard contrit.

— Je crains de vous avoir offensée, dit-il avec un sincère regret.

Elle haussa les épaules, hautaine.

— Pourquoi ? Parce que vous m'avez accusée d'encourager les assauts de Lord St. Claire ? Je ne vois pas pourquoi je me sentirais le moins du monde offensée par cette absurdité.

— Hum… Ce n'est pas exactement ce que j'ai dit, milady. J'ai émis l'hypothèse que vous étiez peut-être offensée parce qu'il n'avait *pas* essayé de vous séduire. La nuance mérite d'être relevée !

Il haussa un sourcil.

— Après tout, peut-être gagneriez-vous à prendre un autre compagnon de promenade…

Elle pinça les lèvres.

— Vous, par exemple ?

— Oh, non, milady. Qui sait ? Vous seriez peut-être encore plus déçue…

— En quoi, Votre Grâce ?

— Bah… Mes dernières expériences avec les femmes m'ont rendu quelque peu méfiant, dira-t-on. Je n'attends plus grand-chose de ce genre de relation.

Juliet le regarda, étonnée par la note d'amertume qui vibrait dans sa voix. Darius Wynter n'avait certainement pas usurpé sa réputation de libertin et de joueur. Mais en tant que duc de Carlyne, il était encore un point d'interrogation.

— *Une* expérience en particulier ?

Il exhala un soupir.

— Peut-être.

Puis il lança un bref coup d'œil par-dessus l'épaule de Juliet et sourit avec malice.

— Je crois que St. Claire s'apprête à vous sauver de ce qu'il doit considérer comme des avances lascives de ma part ! annonça-t-il avec une certaine jubilation.

— Quoi ?

Juliet se retourna juste à temps pour voir fondre sur eux un Sebastian aux traits roides, dont le regard jetait des éclairs d'orage.

— Je crois que c'est notre danse, Lady Boyd ! Avez-vous oublié ?

Il n'attendit même pas la réponse de l'intéressée et lui saisit la main pour l'entraîner dans la salle, où elle n'eut d'autre choix que de le suivre.

— Vous vous donnez en spectacle, madame ! dit-il sèchement, comme le quadrille se mettait en place.

Elle écarquilla les yeux, indignée.

— Comment osez-vous ?

Il s'éloigna sans la quitter du regard et attendit que la danse les ramène face à face pour ajouter :

— Wynter n'est pas un homme avec qui une femme puisse impunément badiner. A moins qu'elle ne tienne à se retrouver dans son lit !

La crudité délibérée du propos la fit sursauter.

— Vous devenez insultant, monsieur !

— C'est précisément mon intention.

Il était si furieux contre elle qu'il se moquait bien d'être entendu des autres danseurs.

Non seulement elle l'avait royalement ignoré depuis qu'ils avaient quitté l'île, mais il avait fallu en plus qu'elle s'esquive de la salle de bal avec Darius Wynter — il revenait juste de la bibliothèque, où il avait absorbé un petit brandy revigorant, quand il les avait vus disparaître tous deux dans l'ombre de la terrasse.

— Vous avez si bien fait que je commence à me dire que votre réputation est fondée, lança-t-il avec colère, lorsqu'ils se retrouvèrent pour la troisième fois en vis-à-vis. Mais vous vous moquez bien de ce que les autres peuvent penser ! Tout ce qui vous importe, c'est de prendre un duc dans vos filets, dussiez-vous courir le risque de vous déconsidérer tout à fait. *Madame la duchesse*, cela sonnerait bien, n'est-ce pas ? A vos yeux, le jeu en vaut sans doute la chandelle !

— Sebastian !

Elle leva vers lui un regard lourd de reproche et il sentit sa petite main trembler dans la sienne. Or, dans l'état d'exaspération où il se trouvait, il en aurait fallu davantage pour le calmer.

— Dès que cette danse sera finie, je vous prie d'aller vous excuser auprès de Lady Bancroft en prétextant une migraine. Je vous rejoindrai ensuite dans votre chambre.

Elle le dévisagea, incrédule.

— Me rejoindre ? Mais monsieur, à quoi songez-vous ? Je n'ai pas la moindre intention de me retirer ! se récria-t-elle.

La danse les sépara et elle dut attendre qu'une nouvelle figure de la contredanse les ramène l'un devant l'autre.

— Comment osez-vous me parler ainsi ? murmura-t-elle.

— Comment j'ose ?

Il éclata d'un rire cynique.

— Je suis votre amant, madame. Pas un blanc-bec que vous pouvez vous permettre d'envoyer promener lorsqu'une prise plus intéressante se profile à l'horizon.

Cette fois, Juliet avait pour de bon la migraine ! Les

tempes douloureuses, elle jeta un regard autour d'elle. Les autres couples les avaient-ils entendus ? Si tel était le cas, ils étaient trop polis pour le montrer. Mais cela ne voulait pas dire qu'ils avaient perdu un mot de leur échange !

Ainsi, Sebastian pensait vraiment, croyait vraiment que… C'en était trop ! Elle eut l'impression que la respiration allait lui manquer.

— Pour votre information, Lord St. Claire, jeta-t-elle à voix basse, sachez que le duc de Carlyne a passé son temps à me presser de questions sur ma relation avec *vous* ! C'était là le sujet de notre aparté.

Il ne put retenir un sourire de satisfaction.

— Oh, vraiment ?

— Vraiment ! J'étais justement en train de lui affirmer que vous et moi n'entretenions pas la moindre relation — quand vous avez jugé bon de revendiquer ma compagnie comme si j'étais votre propriété !

Sebastian fronça les sourcils. Le fait était qu'il se sentait incroyablement possessif, dès lors qu'il s'agissait de Juliet Boyd.

Elle était à lui, bon sang, et plus vite elle s'en apercevrait, mieux cela vaudrait.

Oui, il fallait qu'il la fasse complètement sienne. Et le plus rapidement possible !

— Allez présenter vos excuses à Lady Bancroft, Juliet, lui intima-t-il à voix basse, au moment où résonnaient les derniers accords de la contredanse.

Et comme elle faisait mine de regimber :

— Sinon je le fais pour vous, ajouta-t-il d'un ton menaçant.

Il lui empoigna le coude et la conduisit vers le côté de

la salle de bal brillamment illuminé, écartant la foule devant eux.

Dans les yeux de Juliet, il voyait luire une flamme de colère.

Et quelque chose d'autre.

Se pouvait-il que ce soit… du désir ?

— Nous ne devrions pas faire cela, Sebastian. Je ne crois pas que ce soit raisonnable. Si j'en juge d'après les questions du duc, les gens en sont déjà à se demander si nous n'entretenons pas une relation… particulière.

L'argument agaça Sebastian.

— Je me moque bien de ce que pensent les autres. Pas vous ?

Elle releva le menton.

— Ce dont je me soucie, milord, c'est de vous entendre confier à des tiers que je ne compte pas davantage pour vous que toutes les femmes avec qui vous avez couché depuis dix ans !

Nous y voilà, songea Sebastian, c'était donc ça !

Chapitre 11

Sebastian fit la grimace.

— Je n'ai jamais eu l'intention de vous insulter, Juliet, je vous assure !

Elle le toisa d'un regard dur. Pas question de se laisser circonvenir !

— C'est pourtant ainsi que je l'ai perçu, milord, rétorqua-t-elle, cinglante.

Il se rembrunit. Diable ! Elle n'allait pas lui rendre les choses faciles. Evidemment, si elle avait entendu la réplique tranchante qu'il avait adressée à Gray sur le débarcadère de l'île…

En fait, sa réponse aux inquiétudes de son ami, qui craignait qu'il ne tombe amoureux de Juliet Boyd, avait été purement défensive. Quelque chose en lui s'était rebellé instantanément contre cette pensée.

Il n'était pas en train de tomber amoureux de Juliet, jamais de la vie !

D'accord, il la désirait depuis longtemps. Mais depuis son arrivée à Banford Park, et surtout cet entretien qu'il avait eu la veille avec Bancroft, sa principale préoccupation tournait autour de l'accusation de trahison et de meurtre qui planait injustement sur elle.

Il aurait éprouvé la même chose pour n'importe quelle autre personne victime d'une semblable injustice et dans l'impossibilité de se défendre elle-même. C'était cela, l'honneur et la fierté des St. Claire !

Et Gray lui avait vraiment porté sur les nerfs en ayant l'air de croire que ses sentiments pour Juliet pouvaient aller au-delà.

Exactement comme lui-même avait dû irriter Juliet par cette remarque cavalière qu'elle avait malencontreusement entendue. Peut-être même l'avait-il blessée ?

Il baissa la voix d'un ton.

— Montons, Juliet, je vous en prie. Je ferai mon possible pour vous montrer à quel point je suis désolé d'avoir parlé ainsi. Cela manquait totalement d'élégance, j'en conviens.

Elle arqua ses sourcils noirs.

— Me *montrer* ? De quelle façon ? En couchant avec moi, je suppose ?

Il prit une profonde inspiration.

— Juliet, je…

Elle le coupa d'un ton glacial.

— A l'avenir, monsieur, vous voudrez bien m'appeler Lady Boyd ou Comtesse de Crestwood.

Sebastian fit la moue.

— Même au lit, Lady Boyd ?

Elle le foudroya du regard. Et en plus, il ne la prenait pas au sérieux !

— Décidément, j'ai été folle d'accorder de telles privautés à un homme comme vous. Je m'en rends bien compte.

— Un homme comme moi ? Qu'entendez-vous par là ?

Juliet ne demandait pas mieux que de développer sa pensée.

— Vous êtes le type même de l'égoïste, monsieur.

Quelqu'un qui ne voit pas plus loin que ses besoins et ses impulsions.

— Est-ce à *mes* besoins que j'ai cédé cette nuit et ce matin ?

Il eut un ricanement.

— Pardonnez-moi, madame, mais il semblerait que je n'aie pas gardé le même souvenir que vous de ces divers… épisodes.

Les joues pâles de Juliet virèrent au cramoisi.

— Il n'y aura plus d'*épisodes* de ce genre, Lord St. Claire, faites-moi confiance. Cela vous épargnera d'en rire ensuite avec vos amis, qui ne valent pas mieux que vous !

Sebastian se raidit. Cette fois, c'était son honneur qu'elle insultait !

— Je n'ai pas *ri*, madame !

Elle leva le nez d'un air dédaigneux.

— Cela viendra plus tard, je suppose. A moins que vous n'ayez déjà gagné votre pari, en fin de compte…

Sebastian serra les poings.

— Pour la dernière fois, je vous répète qu'il n'y a jamais eu de pari ! Je suis un gentleman, madame, comme tous les hommes de ma famille. En tant que tels, nous ne clabaudons jamais sur les femmes avec qui nous sommes en relation. Pas plus que nous ne rions d'elles avec nos amis !

— Ah bon ? rétorqua-t-elle avec mépris. Alors je dois avoir été l'exception qui confirme la règle ! A moins que vous ne soyez persuadé que vos règles d'honneur ne s'appliquent pas à moi ? Pensez donc, la Veuve noire, celle que tout le beau monde accuse d'avoir assassiné son mari !

La seule idée que Sebastian ait pu évoquer leurs

relations intimes avec une tierce personne lui était insoutenable. A tel point qu'elle avait le plus grand mal à ne pas gifler son beau visage arrogant !

Elle avait fait confiance à cet homme. A la légère, peut-être. Mais elle avait tout de même remis son honneur entre ses mains. Son amitié. Sa fragilité. Sa totale inexpérience du plaisir physique…

A cause de tout cela, Sebastian St. Claire la connaissait désormais plus complètement, plus intimement qu'aucun autre homme avant lui.

Et sans doute aussi après.

Elle redressa les épaules.

— Je ne nierai pas, ce serait absurde, que vous m'avez profondément blessée, Lord St. Claire. Vous avez profité de mon ignorance, de ma… de ma vulnérabilité.

Elle s'exprimait d'une voix rauque, où vibraient des larmes contenues.

— Mais j'ai reçu là une bonne leçon, vous pouvez être au moins sûr de cela. Une leçon que je n'oublierai pas, aussi longtemps que je vivrai.

Elle tourna les talons, aveuglée par les pleurs.

La tirade de Juliet avait laissé Sebastian sans voix. Comment, elle l'accusait de l'avoir traitée avec moins de respect que les autres femmes, sous prétexte qu'elle était déjà perdue de réputation ?

Mais il retrouva la parole en la voyant s'éloigner. Croyait-elle donc lui échapper ainsi ? Il l'empoigna par le bras et la força à le suivre, tandis qu'il traversait la salle de bal pour gagner la sortie à grandes enjambées.

— Désolé, mais nous n'avons pas encore fini de parler, milady.

Elle dut presque courir pour suivre son allure.

— Sebastian, lâchez-moi, au nom du ciel ! Les gens nous regardent.

Il eut un sourire sans humour.

— Eh bien, qu'ils nous regardent ! Qu'est-ce que cela nous fait ?

Ils pénétraient dans l'immense vestibule quand une voix retentit derrière eux.

— Lord St. Claire ?

Sebastian s'arrêta net et se retourna, furibard.

— Carlyne ? Que diable…

Le duc s'avança résolument et, se plaçant entre l'escalier et Sebastian, s'inclina courtoisement devant Juliet. Un sourire nonchalant jouait sur ses lèvres.

— Je crois me souvenir que la comtesse m'a promis la prochaine contredanse.

Les deux hommes se défièrent du regard.

— Ah oui ? Eh bien, il se trouve que la comtesse m'a promis à moi tout le reste de la soirée !

Le duc ne se laissa pas démonter par l'évidente colère de Sebastian.

— N'est-ce pas à la comtesse elle-même d'en décider ?

St. Claire contracta violemment les mâchoires.

— Voulez-vous avoir l'amabilité de vous écarter de mon chemin ou faudra-t-il que je vous y oblige, au risque d'abîmer un peu votre admirable portrait ?

— Sebastian, non ! s'écria Juliet.

Ignorant l'intervention, il toisa son adversaire de toute sa hauteur.

— Bon sang, de quoi vous mêlez-vous, Wynter ? Ce n'est pas votre affaire !

Au lieu de lui répondre, le duc de Carlyne se tourna vers Juliet.

— Lady Boyd ?

Juliet se mordillait les lèvres, indécise. Que dire ? Si elle demandait au duc de la ramener dans la salle de bal, Sebastian était fort capable de mettre de se livrer à des voies de fait, dans l'humeur massacrante où il était.

Et si elle repoussait l'aide de Carlyne, elle n'aurait plus d'autre choix que de suivre Sebastian en haut…

Or elle ne voulait ni l'un ni l'autre !

Retourner dans la salle de bal avec le duc, quand tout le monde l'avait vue sortir avec Sebastian — ou plutôt avait vu celui-ci l'entraîner de force avec lui —, ne ferait que l'exposer à une nouvelle vague de commentaires. Sa réputation déjà en lambeaux n'y survivrait pas.

Quant à disparaître en haut avec Sebastian, très probablement dans sa chambre, c'était tout bonnement impensable !

Elle humecta ses lèvres sèches.

— Ce que je voudrais surtout, Votre Grâce, c'est un rafraîchissement, dit-elle enfin d'un ton posé. Je meurs de soif.

— Mais bien entendu !

Elle vit briller une lueur de sympathie dans le regard bleu du duc.

— St. Claire ? fit-il d'une voix glaciale. Je crois que vous tenez encore le bras de milady.

Juliet hasarda un coup d'œil vers Sebastian, dont l'expression têtue ne fut pas pour la rassurer. Il fixait son interlocuteur d'un regard si noir qu'il était impossible de distinguer la pupille de l'iris. Les os de ses pommettes saillaient et sa bouche était si serrée qu'elle en était réduite à une mince ligne dure. Il avança la mâchoire d'un geste agressif et elle vit un nerf palpiter dangereusement dans son cou.

Pourvu qu'il ne se laisse pas aller à quelque violence

contre le duc ! pria-t-elle de tout son cœur. Elle en avait assez entendu sur le passé de Darius Wynter pour savoir qu'avant d'hériter de son titre, il n'avait jamais hésité à rendre les coups qu'il recevait.

En fait, il était même capable d'y prendre plaisir !

Elle se tourna vers Sebastian, suppliante.

— Veuillez me laisser aller, milord.

— Est-ce un ordre ? s'enquit-il sans la regarder, les yeux toujours dardés sur le duc.

Le nerf dans son cou palpitait de plus en plus vite, pour la plus grande inquiétude de Juliet.

— Oui, milord. Je...

— Ah, St. Claire, vous êtes là !

Une Dolly Bancroft royalement calme émergea tout à coup de la salle de bal et s'avança vers eux en souriant, le visage aussi impassible qu'un masque.

— Je vous cherchais partout, mon cher ami. Avez-vous oublié que vous m'aviez promis la prochaine contredanse ? Je n'ai pas l'intention de vous laisser esquiver la chose, vous savez !

Juliet ne fut pas dupe un instant de cet air d'insouciance. Dolly ne pouvait pas ignorer la tension presque palpable qui régnait entre Sebastian et le duc de Carlyne. Personne ne pouvait s'approcher d'eux sans la sentir !

Sebastian gratifia l'importune d'un regard mécontent.

— On s'interpose encore, Dolly ?

Elle fronça les sourcils, réprobatrice.

— Moi ? Pas du tout ! Je préférerais seulement éviter les pugilats dans mon vestibule. Bancroft ne serait pas content si du sang venait à tacher ses beaux tapis d'Aubusson.

Sebastian hésita. Son seul désir, c'était de monter avec Juliet, en la traînant de force s'il le fallait, et de vider cette querelle avec elle une bonne fois pour toutes. Il voulait tout lui dire — les soupçons de Bancroft, l'accusation de meurtre et de trahison, ainsi que cette maudite lettre signée J. Et exiger d'elle qu'elle proclame enfin son innocence.

Las, en agissant ainsi, il perdrait définitivement les bonnes grâces de Juliet. Qu'elle soit innocente ou coupable, elle ne lui pardonnerait jamais d'avoir pris part à la conspiration dirigée contre elle, même s'il l'avait fait à son corps défendant.

Au diable, au diable, au diable !

— Très bien, Dolly, allons danser, capitula-t-il avec mauvaise grâce.

Il lâcha Juliet si brusquement qu'elle vacilla une seconde. Mais elle fut assez prudente pour ne pas accepter le bras que lui offrit aussitôt le duc. Un seul regard sur les traits crispés de Sebastian l'avertit à temps que mieux valait n'en rien faire.

Jusque-là, Sebastian St. Claire était connu pour son tempérament aimable, son humour nonchalant, son charme, et surtout l'aisance dont il faisait preuve en toutes circonstances, surtout avec les femmes.

Jusqu'à ces derniers jours…

Lui-même ne comprenait pas ce qui lui arrivait. Depuis son arrivée à Banford Park, il était la proie des émotions les plus violentes — son désir pour Juliet, sa jalousie envers tout homme osant jeter ne fût-ce qu'un regard sur elle. Même en ce moment, il savait qu'il ne contrôlerait plus ses actes si Darius Wynter avait la malencontreuse initiative de poser ne serait-ce qu'un doigt sur elle…

— Merci, Sebastian, fit la maîtresse de maison d'une

voix enjouée. Allons-y, voulez-vous ? Les musiciens attendent.

Soulagée, Juliet offrit à Dolly un regard de gratitude. L'intervention de la maîtresse de maison avait eu au moins le mérite d'empêcher ces messieurs d'en venir aux mains !

Elle sourit au duc.

— Quand vous voudrez, Votre Grâce…

Evitant de se tourner vers Sebastian, elle posa la main sur le bras de Wynter et se dirigea avec lui vers la salle à manger.

Ce qui ne l'empêcha pas de sentir dans son dos le regard farouche avec lequel Sebastian suivait tous ses gestes.

Jamais Juliet ne s'était sentie aussi épuisée de sa vie, tandis qu'elle montait lentement le grand escalier qui menait à sa chambre. Epuisée ? Plus que cela : les émotions l'avaient vidée de toute énergie.

Après la scène du vestibule, St. Claire et le duc de Carlyne ne s'étaient plus affrontés, Dieu merci. Et cela pour la simple raison que Sebastian s'était esquivé de la salle de bal après sa contredanse avec Lady Bancroft.

Et n'avait pas reparu…

La soirée s'était écoulée si lentement après son départ que Juliet avait regretté de ne pas pouvoir suivre son exemple. Mais les convenances l'en avaient empêchée. Qu'aurait-on pensé si elle s'était retirée dans sa chambre si peu de temps après le départ de Sebastian ? Cette double disparition n'aurait fait qu'alimenter les rumeurs sur leur compte. Et Dieu savait qu'elle n'avait pas besoin de cela !

Elle était donc restée au bal à danser toutes les contredanses avec l'un ou l'autre des invités des Bancroft. La dernière, qui venait juste de s'achever, avait été réservée par le duc de Carlyne.

Un homme imprévisible, décidément… Devant les autres — et Sebastian en particulier —, il avait toute l'apparence du séducteur et du libertin qu'il avait la réputation d'être ; mais quand il était seul avec elle, le don Juan s'effaçait pour laisser place à un homme aux manières parfaites, dont elle avait pu apprécier l'intelligence et l'humour.

Ce qui lui prouvait au moins une chose — elle n'était pas douée pour comprendre les hommes !

Avant leur mariage, Crestwood avait donné toutes les apparences d'un homme honorable et sérieux, sur qui les parents de Juliet — complètement aveuglés, les pauvres — ne tarissaient pas d'éloges.

Une fois qu'elle était devenue sa femme, Crestwood s'était révélé un monstre, surtout dans leur chambre à coucher.

Sebastian St. Claire, lui, était tout le contraire d'Edward Boyd. Particulièrement attentif à son plaisir à elle dans l'intimité, et bien déconcertant au-dehors…

Quant au duc de Carlyne, il était lui aussi pétri de contradictions. Visiblement blessé par une mésaventure amoureuse à un moment quelconque de son discutable passé, il souffrait encore de cette désillusion.

Juliet poussa un long soupir. Pourvu qu'Helena ne soit pas en train de l'attendre dans sa chambre ! Avant de la laisser se reposer, sa cousine exigerait un compte rendu détaillé de la soirée. Le bal, les invités, elle voudrait tout savoir, brûlant de satisfaire sa curiosité pour ces mondanités qui ne laissaient pas de la fasciner.

C'était une habitude qu'elles avaient prises toutes deux

au fil des années, la position sociale d'Helena ne lui permettant pas d'assister elle-même à de telles réceptions.

Mais ce soir, Juliet se sentait trop lasse, trop découragée par les événements de la journée pour avoir la patience d'évoquer toutes ces frivolités.

Hélas, son espoir de se retrouver enfin seule s'évanouit dès qu'elle eut ouvert la porte de sa chambre. La pièce était éclairée par plusieurs bougies au lieu de l'unique chandelle habituelle — signe qu'Helena l'attendait bel et bien pour l'aider à se dévêtir et à se mettre au lit…

Plusieurs bougies ? Non, des douzaines, constata-t-elle en entrant dans la chambre. Il semblait qu'il y eût un chandelier sur chaque surface plane, si bien que la chambre était éclairée comme en plein jour.

Bref, une véritable illumination ! Quelle mouche avait piqué Helena, au nom du ciel ?

— Fermez la porte, Juliet.

Elle tourna la tête vers le lit et n'en crut pas ses yeux. Sebastian St. Claire était couché là, les couvertures abaissées jusqu'à la taille, exhibant sans vergogne son torse nu sur le satin des draps.

— Que diable…

Mais la surprise en elle céda vite la place à l'indignation. Elle ferma la porte, oh, oui ! Ou plutôt elle la claqua de toutes ses forces, avant de s'avancer vers le lit, les yeux étincelants de fureur.

— Comment osez-vous ? Après la conversation que nous avons eue ce soir, je ne peux pas croire que vous ayez eu le toupet de penser que je pourrais tolérer de nouveau votre présence dans ma chambre !

Sebastian se redressa contre les oreillers. Ce n'était sans doute pas le moment de dire à Juliet à quel point elle était belle quand elle se mettait en colère. Même si c'était vrai.

Il sentit son cœur s'emballer. Son regard ne pouvait se détacher du délicieux spectacle qu'il avait devant lui. Juliet en beauté, Juliet en majesté ! Ces boucles noires un peu en désordre après tant d'heures de danse, ces yeux à l'éclat d'émeraude, ces joues délicatement rosées…

Et surtout, ô surtout, ces lèvres renflées que retroussait une moue adorable !

Impossible aussi de ne pas remarquer la plénitude du corsage décolleté très bas, qui se soulevait au rythme de la respiration haletante.

Juliet n'était pas seulement belle dans la colère, elle était sublime !

Bien sûr, il n'ignorait pas le risque qu'il avait pris en l'attendant dans sa chambre… ou plutôt dans son lit. Une longue et fastidieuse attente, d'ailleurs. Il n'avait su que faire pour tuer le temps. Sans compter l'appréhension de ne pas la voir reparaître seule ; rien ne lui disait après tout que cet insolent de Carlyne, trop beau pour être honnête et trop manifestement décidé à la séduire, n'était pas parvenu à ses fins…

Non pas qu'il crût Juliet habituée à amener des hommes dans sa chambre. Il était bien placé pour savoir que ce n'était pas le cas. Mais elle était si furieuse contre lui depuis leur retour de l'île qu'elle avait fort bien pu décider de coucher avec Darius Wynter pour se venger.

Le fait qu'elle soit seule en fin de compte lui redonna un peu d'espoir.

Qui sait ? Peut-être finirait-il par la convaincre de lui pardonner ?

— Notre conversation ? répéta-t-il d'une voix sourde. Reparlons-en, si vous voulez bien. Vous m'avez reproché d'avoir abusé de votre vulnérabilité. Eh bien, la vulnérabilité est de mon côté à présent. Et je vous l'offre, Juliet !

Elle fronça les sourcils d'un air qui ne présageait rien de bon.

— De quoi parlez-vous ? Je…

Elle s'interrompit net.

Rejetant les couvertures, Sebastian s'était levé lentement et se dressait devant elle.

Complètement nu !

— Sebastian, au nom du ciel…

Mais la protestation n'eut pas toute la vigueur qu'elle avait souhaité y mettre. Comment aurait-elle pu donner libre cours à son indignation, quand elle était subjuguée par la beauté physique de l'énergumène ?

Grand, mince et musclé, Sebastian St. Claire n'avait pas un seul atome de graisse. Sa chevelure opulente tombait sur ses épaules, masse sombre striée de fils d'or. Une toison soyeuse ombrait les méplats de son torse puissant, au modelé parfait. Presque inexistante sur le bas du thorax, elle s'épaississait de nouveau vers le bas-ventre, autour de son…

Non, elle refusait de regarder !

Dans un effort de volonté, elle releva les yeux et concentra son attention sur le beau visage du lord, qu'elle toisa avec dédain.

— Je ne vois pas là la moindre vulnérabilité, Lord St. Claire. Seulement un homme nu.

Un homme nu en pleine érection, ainsi qu'elle avait pu le constater au passage !

Il écarta les bras.

— Justement ! Si l'on prend en considération les mœurs et les inhibitions de notre société, la nudité n'est-elle pas la plus grande forme de vulnérabilité qu'on puisse offrir à autrui ? Eh bien, je vous offre la mienne.

Que diable voulait-il dire ?

Sebastian s'adoucit devant son évidente perplexité.

— Je vous donne la permission de faire de moi ce que vous voudrez, Juliet. Vous pouvez me toucher, me caresser… m'exciter… Faites tout ce dont vous avez envie, sans restriction. Je ne dirai pas un mot, ni ne vous toucherai en retour, à moins que vous ne me le demandiez. Et je n'essaierai pas de vous arrêter, quoi que vous fassiez.

Il secoua la tête avant d'ajouter :

— Tout à l'heure, vous m'avez accusé de m'être vanté auprès de mes amis de vous avoir fait l'amour. Eh bien je vous offre l'occasion de *me* faire l'amour. Ou pas, à votre guise ! Ce sera votre choix, Juliet. Vous êtes libre d'user de moi à votre fantaisie et de me rejeter ensuite, si tel est votre bon plaisir.

Il avait longuement réfléchi en attendant le retour de Juliet. Quelle preuve pouvait-il lui donner de son sincère respect pour elle ? Il n'en avait qu'une à sa disposition, et c'était précisément la proposition qu'il était en train de lui faire.

Allait-elle accepter ? L'accepter, lui, ou simplement le prier de quitter sa chambre sur-le-champ, et l'ignorer avec superbe pendant tout le reste de son séjour à Banford ?

Quoi qu'elle choisisse, ce serait du moins sa victoire à elle, à elle seule. Son offre avait le mérite d'être claire sur ce point.

Juliet le dévisageait, plongée dans un tourbillon de pensées contradictoires.

La sagesse lui conseillait de le mettre à la porte sans

délai, en lui enjoignant de ne plus jamais l'approcher ni lui adresser la parole.

D'un autre côté, elle pouvait accepter son offre et faire de lui ce qu'elle voulait. User de lui pour son propre plaisir…

L'idée d'avoir Sebastian St. Claire à sa merci l'emplissait d'un délicieux sentiment d'anticipation, il lui fallait bien l'avouer. Elle en tremblait. Caresser toutes les surfaces de ce beau corps sculptural, assouvir toutes ses curiosités, sans que rien ni personne ne vienne l'interrompre, bref, le savourer tout entier comme elle avait brûlé de le faire cet après-midi…

C'était tentant. Terriblement tentant.

Sebastian devait être fou ou ivre, peut-être les deux, pour lui faire une proposition pareille !

Tout de même, une femme ne pouvait pas faire l'amour à un homme contre la volonté du principal intéressé, non ?

Mais il n'avait pas dit non plus qu'il éprouvait la moindre réticence à se laisser séduire. Ses mots impliquaient même tout le contraire. Il l'avait invitée à le toucher, à le caresser. Il la laissait libre d'explorer son corps comme elle voudrait, au gré de ses envies. En retour, il s'était engagé à ne pas prononcer un mot ni tenter un geste sans son autorisation expresse.

Sebastian n'était pas insensé, non. C'était elle qui était folle d'être alléchée !

Le traiter comme un objet, pour sa propre gratification sexuelle, ce serait se comporter comme Crestwood l'avait fait avec elle pendant leurs années de mariage. Ni plus, ni moins !

Sebastian, de son côté, lisait dans ses pensées — ou plutôt dans ses yeux.

D'abord la lueur d'excitation qui avait dansé dans ses prunelles vertes.

Puis l'ombre du doute, tandis qu'elle se demandait si elle avait bien compris le marché.

La certitude enfin, et ce froncement de sourcils indiquant que ses pensées étaient revenues à Crestwood et à la façon indigne dont il l'avait traitée pendant leur mariage.

— Je n'ai pas dit que je n'éprouverais pas de plaisir, Juliet, reprit-il d'une voix douce. En fait, c'est même tout le contraire. Quoi que vous me fassiez, j'aimerai cela, assura-t-il en s'avançant vers elle.

Elle l'arrêta d'un geste.

— Vous rompez déjà votre engagement, Sebastian. Je ne vous ai pas demandé d'approcher, que je sache ! Vous êtes censé…

Elle s'interrompit en entendant la porte de la chambre s'ouvrir derrière Sebastian. Son sang se figea dans ses veines. Qui se permettait d'entrer chez elle sans frapper… et à un pareil moment encore ?

Ce fut Helena qui apparut sur le seuil, un sourire contrit aux lèvres.

— Juliet, je suis désolée de n'avoir pas été là quand vous avez regagné votre chambre. Je m'étais assoupie sur mon lit et…

Elle s'arrêta net, le regard fixé sur la longue silhouette nue de Sebastian St. Claire, qui lui tournait le dos. Horrifiée, Juliet vit sa cousine écarquiller les yeux et devenir rouge comme une tomate.

Oh, Seigneur ! C'était la situation la plus embarrassante que Juliet ait jamais eu à affronter de sa vie !

Que dire à présent ?

Ce fut Sebastian qui prit les choses en mains.

— Sortez ! cria-t-il d'une voix rude, sans même se retourner.

— Je… Oh, oui, bien sûr, balbutia Helena. Je vous laisse, Juliet, je reviendrai demain matin.

Les joues cramoisies, elle esquissa une grimace d'excuse, puis sortit à reculons de la chambre, dont elle referma promptement la porte derrière elle.

Juliet ferma les yeux, en priant de toutes ses forces pour que ce ne soit qu'un rêve. Un cauchemar dont elle allait se réveiller.

Mais non !

Lorsqu'elle rouvrit les paupières, Sebastian était toujours là, nu au milieu de la chambre.

Nu et visiblement en proie à un désir croissant…

La colère déferla en elle. Comment osait-il s'exhiber ainsi devant une jeune fille candide et impressionnable comme Helena ?

Et c'était elle qui allait devoir s'expliquer demain matin avec sa cousine. Un comble !

Pis encore, comment avait-il osé congédier Helena avec tant d'arrogance ?

— Excusez-moi, mais je ne pouvais tout de même pas laisser cette fille…, commença Sebastian.

La bouche de Juliet se raffermit.

— Je ne me rappelle pas vous avoir donné l'autorisation de parler, monsieur St. Claire !

Sebastian se détendit, soulagé. Aussi acerbe qu'elle fût, la réprimande avait au moins un mérite : elle signifiait clairement que Juliet avait accepté sa proposition !

Il voyait cependant briller une lueur de rancune dans les yeux d'émeraude. Des représailles imminentes étaient à craindre…

Furieuse comme était Juliet, nul doute qu'elle allait

lui faire payer cher la façon cavalière dont il venait de renvoyer sa camériste !

Le regard vert chargé de défi soutint longuement le sien avant de s'abaisser vers la preuve tangible de son érection.

L'espace d'un vertige, le temps parut s'arrêter.

Puis, d'un long geste sensuel, Juliet se mit à ôter l'un de ses gants blancs, dont elle extirpa tour à tour chacun de ses doigts.

Lentement, délicatement, sans se presser le moins du monde…

Un sourd gémissement s'échappa de la gorge de Sebastian.

La longue, la suave séance de torture ne faisait que commencer pour lui…

Chapitre 12

Il avait eu tort ! Le mot « torture » n'était pas assez pour décrire le tourment qu'il allait devoir endurer aux mains de Juliet.

Et pas seulement ses mains, mais ses autres instruments d'exploration — ses lèvres, sa langue…

Elle s'avança derrière lui après avoir déposé ses gants sur la coiffeuse. Légers comme le toucher d'une aile de papillon, des doigts de fée effleurèrent ses épaules durcies par la tension avant de parcourir sa colonne vertébrale dans une longue caresse.

Puis elle s'arrêta.

Sebastian ne pouvait la voir, mais il l'entendait bouger dans un doux froissement d'étoffe. Que diable était-elle en train de faire ?

Les secondes, puis les minutes s'écoulèrent, sans qu'il ait la moindre idée de ce qu'elle pouvait bien mijoter. Il n'aurait jamais dû lui faire cette absurde promesse ! Avait-elle décidé de rester simplement là à le regarder, en guise de punition ?

Deux seins nus aux mamelons durcis se pressèrent tout à coup dans son dos.

Un gémissement s'exhala de sa gorge.

— Oh, Seigneur…

Il sentit un voile de cheveux glisser sur sa chair,

tandis que des lèvres chaudes et une langue aventureuse glissaient entre ses omoplates.

Puis plus rien de nouveau.

Etait-ce parce qu'il avait brisé sa promesse de ne pas parler ?

Juliet se tenait si près de lui qu'il sentait la chaleur de son souffle dans son dos.

Elle était là, toute proche… mais elle ne l'effleurait même plus du bout du doigt.

Des gouttes de sueur perlèrent sur le front de Sebastian, qui se mordit la lèvre pour ne rien dire. Il devait impérativement se taire s'il voulait que Juliet continue à le caresser — s'il voulait sortir enfin de l'enfer de douloureuse insatisfaction où l'avaient plongé ces dernières vingt-quatre heures passées à donner du plaisir à cette femme sans jamais la prendre.

Il tressaillit en sentant le souffle de Juliet descendre tout au long de son épine dorsale, puis s'arrêter à hauteur de ses jambes légèrement écartées. Sans doute était-elle à genoux derrière lui.

Qu'allait-elle faire ensuite ?

Il faillit pousser un cri lorsque les mains de la jeune femme remontèrent lentement le long de sa cuisse avant de se refermer en coupe autour de sa virilité.

Il serra les dents de toutes ses forces pour s'empêcher de bouger.

Lentement, elle lui caressa le membre, de la base au bourgeon, qu'elle massa délicatement du pouce. Quelques gouttes de sève perlèrent, qu'elle recueillit sur son ongle.

Sebastian n'avait jamais rien vécu d'aussi érotique de sa vie. Si elle n'arrêtait pas tout de suite, il allait jouir avant même qu'elle n'ait eu le temps d'aller plus loin !

— Juliet ! supplia-t-il.

— Oui, milord ?

— Il… il faut que je vous embrasse. Je ne peux pas résister plus longtemps.

Tant pis pour sa promesse !

Il se retourna prestement, la releva, la prit dans ses bras, puis s'empara farouchement de ses lèvres.

Ce fut un baiser d'affamé, un baiser profond qui trahissait son désir — plus que cela, son envie désespérée de plonger enfin en elle.

Elle le lui rendit avec une égale ardeur, les bras jetés autour de ses épaules, les doigts enfouis dans ses cheveux. Mais elle lui tira la tête en arrière lorsqu'il voulut poser la main sur la rotondité d'un sein.

— Pas encore, Sebastian.

Et d'ajouter avec malice :

— Je n'ai pas terminé mon exploration. Laissez-moi le temps.

Elle lui prit la main d'un geste charmant et le fit asseoir au bord du lit.

— Qu'est-ce que…

Sa question s'acheva dans un râle lorsqu'elle s'agenouilla devant lui pour le caresser enfin comme elle avait tant brûlé de le faire cet après-midi-là. La permission qu'il lui avait donnée d'user librement de son corps l'avait rendue plus audacieuse qu'elle ne l'avait été de sa vie.

Inventive… libertine.

Elle agissait d'instinct plutôt que consciemment. Mais l'érection croissante de Sebastian, dont elle sentait battre la virilité sous sa main, puis bientôt sous ses lèvres, lui apprit assez que ses caresses étaient appréciées.

Elle le taquina du bout de la langue, surprise de son ampleur, de sa puissance.

A bout d'endurance, il baissa les yeux vers la tête

brune nichée entre ses cuisses. Il allait devenir fou si elle continuait ainsi !

— Juliet, arrêtez ! s'écria-t-il, lorsqu'elle le prit enfin dans sa bouche.

Cette sensation chaude et humide faillit avoir raison de lui. Il enfouit les mains dans sa longue chevelure soyeuse et lui tira la tête en arrière.

— C'est trop. Je ne pourrai plus me retenir si vous continuez ainsi, lui dit-il lorsqu'elle leva les yeux vers lui.

Des yeux verts où dansait une lueur mystérieuse, indéchiffrable…

Elle s'humecta les lèvres de la pointe de cette petite langue qui aurait tenté tous les saints du paradis.

— Ah, je croyais… Ne m'avez-vous pas dit qu'un homme pouvait faire l'amour toute la nuit quand c'est avec la femme qu'il faut ?

Il déglutit péniblement.

— Oui, je l'ai dit, mais…

— Insinueriez-vous que je ne suis pas la femme qu'il faut, Sebastian ?

Elle s'assit sur les talons et lui jeta un regard de défi. Sa respiration soulevait ses seins gonflés, aux mamelons proéminents.

— Qu'allez-vous chercher là ? Bien sûr que si, vous êtes cette femme !

— Ah bon. Et…

Elle fit mine de chercher ses mots.

— N'avez-vous pas dit aussi que je pouvais faire avec vous ce que bon me semblait ?

Oui, il avait dit cela, le diable l'emporte !

Mais sa frustration était à son comble. Le point de rupture était proche…

— J'ai besoin d'être en vous, plaida-t-il d'une voix que le désir rendait à peine audible.

— Oh, vous allez y être, repartit-elle en se relevant.

Le souffle coupé, il embrassa d'un regard sa souple nudité. Les jambes soyeuses, l'affolant triangle de boucles sombres entre ses cuisses, les hanches doucement incurvées et la plénitude de ces seins magnifiquement galbés… Elle avait encore les lèvres gonflées de leurs baisers et son regard vert se fit provocant lorsqu'elle fit allonger Sebastian sur le lit et enfourcha ses cuisses musclées.

— Seulement, ce ne sera pas tout de suite… Un peu de patience, voulez-vous ?

Il la laissa faire tandis qu'elle lui levait les bras au-dessus de la tête, sur l'oreiller. Les seins tentateurs le narguaient, tout proches, mais hors de portée de sa bouche.

Elle bougea doucement, frottant sa nudité contre la sienne, mais sans le prendre complètement en elle.

Et pendant tout ce temps, le regard vert ne quitta pas le sien, charmeur, séducteur… Sebastian gémit. C'était presque au-dessus de ses forces…

Il avait déchaîné une Circé ! De toute évidence, elle avait l'intention de le rendre complètement fou…

Juliet l'observait entre ses cils mi-clos. Il souffrait et se consumait, c'était indéniable. Mais ce dont il ne se rendait pas compte, c'était qu'elle se torturait elle-même en le punissant ainsi.

Elle aurait tant voulu sentir ses lèvres sur ses seins, et l'introduire enfin en elle !

— Je n'en peux plus, Juliet…

— De quoi, Sebastian ?

— Bonté divine, prenez-moi, espèce de sorcière ! Vous tenez vraiment à me supplicier ?

Elle soutint son regard en se laissant descendre lentement vers lui. Ses seins étaient enfin à portée, se réjouit-il en prenant avidement dans sa bouche l'un des boutons de rose durcis.

Juliet sentit un nouveau flot d'humidité sourdre en elle et sut qu'il était temps.

Or, malgré la hardiesse dont elle venait de faire preuve, elle n'était pas absolument sûre de savoir comment s'y prendre. Elle manquait d'expérience, c'était un fait !

Heureusement, Sebastian passa à l'action. Il se retourna brusquement dans le lit et la fit basculer sous lui, renversant ainsi les rôles. Puis il lui écarta les cuisses et la pénétra d'une longue poussée avant d'observer une pause, le temps qu'elle s'habitue à sentir sa plénitude à l'intérieur d'elle.

L'espace d'une seconde, il posa son front humide contre le sien.

— Surtout ne bougez pas ! lui intima-t-il d'une voix basse.

Il était à la limite de répandre sa sève. Le seul fait d'être en elle menaçait de lui faire perdre tout ce qu'il lui restait de contrôle.

Elle était si chaude, si mouillée… Les petits spasmes qui l'agitaient indiquaient qu'elle était elle-même proche de l'orgasme…

Les yeux dans les siens, il se laissa rouler sur le flanc en l'entraînant avec lui et glissa la main entre leurs deux corps joints pour atteindre cette délicate efflorescence, source de son plaisir féminin. Une seule caresse sur cette chair sensible suffit à déclencher instantanément la jouissance. Elle cria, le corps secoué par le raz-de-marée du plaisir.

C'en était trop pour Sebastian, après la longue torture

à laquelle il avait été soumis. Il ne pouvait se retenir plus longtemps !

Il la retourna sur le dos et plongea en elle encore et encore, continuant son va-et-vient même après qu'il eut joui, jusqu'à ce qu'il sente s'apaiser en elle les ondes successives du plaisir.

Puis il se laissa retomber sur elle, incapable de bouger, de respirer. Tout ce qu'il voulait, c'était rester là, enfoui en Juliet, ne plus faire qu'un avec elle.

Mais c'était impossible, ne serait-ce que parce qu'il allait l'écraser de son poids s'il restait ainsi !

Il manœuvra doucement pour se dégager.

— Attendez-moi, dit-il dans un murmure. Je reviens tout de suite.

Il se leva et marcha jusqu'à la table de toilette, où étaient disposés un broc rempli d'eau et une cuvette en porcelaine. L'eau était tout juste tiède, mais c'était mieux que rien. Sebastian humecta une serviette et revint près de Juliet.

Elle ouvrit les yeux, inquiète, lorsqu'il repoussa les draps qu'elle avait tirés sur elle pour voiler sa nudité.

— Que faites-vous ?

— Là, là… N'ayez pas peur, Juliet, chuchota-t-il, comme il aurait calmé une pouliche ombrageuse. Je ne vous ferai pas de mal.

Avec des gestes légers, il lui essuya le bas-ventre avec la serviette humide, pour la nettoyer et la rafraîchir en même temps.

Elle eut une petite exclamation et rougit violemment.

— Je… je ne suis pas certaine que vous devriez faire cela…

— Moi je le suis. Laissez-moi m'occuper de vous, mon amour.

Il lui écarta les cuisses pour continuer ses soins. Le problème, c'était qu'il avait de nouveau envie d'elle !

Constatation qui acheva de le troubler…

Il venait juste de faire l'amour avec cette femme, il avait joui au point d'en perdre toute notion, eu l'impression d'avoir tout donné, de n'avoir plus une seule goutte de sève.

Et voilà qu'il sentait de nouveau vibrer l'élancement du désir, à la seule vue des charmes de Juliet !

Il remonta le drap sur elle avant d'aller reposer le linge et la cuvette sur la table de toilette. Le besoin de lui refaire l'amour le tenaillait, pour son désarroi. Il ne comprenait pas cet élan insensé qui le poussait à la reprendre encore et encore, jusqu'à l'épuisement de ses forces.

Pourquoi Juliet seule avait-elle le pouvoir d'éveiller en lui un désir aussi incendiaire ? Qu'est-ce qui la rendait si différente des femmes qu'il avait connues jusqu'ici ?

Couchée dans le lit, elle l'observait en silence tandis qu'il arpentait nerveusement la chambre. Le regard de Sebastian se détournait chaque fois qu'il rencontrait ses yeux, ce dont elle se réjouissait à part elle. Elle se sentait encore terriblement confuse, après les soins intimes qu'il venait de lui rendre. Elle le regarda rassembler ses vêtements, une expression fermée sur le visage.

Elle n'avait pas la moindre idée de ce qu'il pensait en cet instant, mais dans sa tête à elle, ce n'était qu'agitation et confusion.

Elle avait ressenti du plaisir et un sentiment d'émerveillement quand Sebastian lui avait fait l'amour. Et aussi de la surprise.

Parce qu'il ne lui avait pas fait mal — pas une seule

fois. Il n'aurait pourtant pas pu s'enfoncer plus profondément en elle !

Elle éprouva de la haine pour Crestwood. Lui l'avait blessée, non pas une fois, mais sans cesse. Et elle savait à présent qu'il n'y avait rien là de fatal. Un peu de patience et de gentillesse de sa part, et toutes les souffrances qu'elle avait endurées pendant les longues années de sa vie d'épouse auraient été évitées.

Sebastian St. Claire — un homme qu'elle ne connaissait que depuis quelques jours ! — avait fait preuve envers elle de cette douceur et de ce respect que son mari ne lui avait jamais montrés.

Ou plutôt n'avait jamais *voulu* lui montrer…

— Il faut que je m'en aille, déclara abruptement Sebastian.

Il s'assit pour enfiler les jambes de sa culotte.

— Il vaut mieux que votre femme de chambre ne me trouve pas de nouveau ici s'il lui prend fantaisie de revenir.

— Non, en effet, balbutia-t-elle.

Mais elle sentait son cœur se serrer. Sebastian allait s'en aller… Pourquoi cette hâte soudaine ? S'il avait peur d'être surpris par Helena, il était un peu tard pour s'en inquiéter. La jeune fille avait déjà eu un aperçu de sa nudité, au moins de dos ! En outre, elle avait précisé qu'elle ne reviendrait pas avant le lendemain matin.

Non, Sebastian ne s'en allait pas par souci des convenances, mais parce qu'il le voulait bien.

Elle déglutit, la gorge nouée. L'avait-elle donc tellement déçu ? Elle était si novice ! Sans doute avait-il pris peu de plaisir à ses caresses inexpérimentées. Si peu de plaisir qu'il saisissait le premier prétexte pour la quitter…

Humiliée, elle sentit des larmes de dépit lui brûler

les paupières. Des larmes qu'elle ne verserait pas devant lui, se promit-elle farouchement.

Sebastian se leva pour enfiler sa chemise par-dessus sa tête, ébouriffant au passage ses cheveux châtains striés d'or où la lumière des bougies accrochait de mouvants reflets.

— Nous en parlerons demain matin, reprit-il d'un ton évasif.

Le reste de ses vêtements dans une main et ses bottes dans l'autre, il se dirigea vers la porte-fenêtre.

Demain ? Elle doutait fort qu'ils aient quoi que ce fût à se dire au matin. Ou à n'importe quel autre moment. Il avait eu ce qu'il était venu chercher, et maintenant, son intérêt pour elle était retombé, voilà tout.

Aussi dur que ce fût pour elle, il lui fallait bien admettre que ce qui avait dû motiver Sebastian St. Claire, c'était l'attrait de la conquête.

A présent que c'était chose faite…

— Bien sûr, dit-elle d'une voix atone. A demain, Sebastian.

L'espace d'un instant, il s'arrêta sur le seuil pour la regarder.

Elle était si pâle contre les oreillers…

— Juliet ?

Elle se souleva avec effort.

— Oui ?

Il fronça les sourcils, mal à l'aise.

— Il vaut mieux que je m'en aille, vous comprenez cela, n'est-ce pas ? Je ne veux absolument pas que votre soubrette me trouve ici à son retour, que ce soit cette nuit ou demain matin.

Elle hocha la tête, évitant son regard.

— Mais oui, Sebastian. Je vous ai déjà dit que je comprenais.

Alors, elle était plus avancée que lui ! maugréa-t-il à part lui. Parce que pour sa part, il n'avait pas la moindre idée de ce qui s'était passé ce soir, entre eux comme en lui-même. Tout en lui n'était que désordre et confusion !

Et tant qu'il ne comprendrait pas, il préférerait mettre un peu de distance entre Juliet et lui…

— Je ne veux pas en parler maintenant, Helena, prévint tout de suite Juliet, comme la jeune fille pénétrait dans sa chambre le lendemain matin.

Désappointée, Helena traversa la pièce pour rejoindre sa cousine languissamment installée dans un fauteuil près de la fenêtre.

Juliet constata qu'elle ne boitait presque plus à présent. Ce qui était déjà une bonne chose.

— Mais…

— J'ai dit non, Helena.

Juliet se leva, le visage aussi pâle que la chemise et le peignoir qu'elle avait endossés après le départ précipité de Sebastian.

— Il y a des sujets qui sont… trop intimes pour que j'en discute, même avec vous, ma chère Helena. Sebastian St. Claire en fait partie.

— Ainsi, c'était donc là le beau Sebastian St. Claire, celui dont les autres servantes n'arrêtent pas de s'entretenir depuis que nous sommes ici ?

Songeuse, Helena se mit en devoir de ramasser les vêtements que Juliet avait si négligemment semés partout la veille au soir.

— Elles disent que c'est le frère d'un duc… Est-ce vrai ?

Juliet fronça les sourcils, agacée par cette insistance.

— Je ne peux vraiment pas en parler, Helena. Ne me demandez plus rien, je vous en prie.

Sa voix se brisa presque sur ces derniers mots. Elle croyait pourtant ne plus avoir de larmes… Elle avait tant pleuré après le départ de Sebastian qu'elle en avait encore la gorge douloureuse, les paupières rouges et gonflées.

Au nom du ciel, qu'est-ce qui lui avait pris de relever le défi du jeune homme, lorsqu'il l'avait invitée à user de lui selon son bon plaisir ? Quelle folie l'avait saisie pour le provoquer et le tourmenter de cette manière éhontée ? Elle s'était comportée avec tant d'inconvenance qu'elle avait choqué Sebastian lui-même, au point qu'il s'était esquivé dès que les règles de la politesse le lui avaient permis !

— Epouser un simple lord, ce ne serait pas tout à fait aussi glorieux que d'être comtesse, bien sûr, mais…

— Au nom du ciel, Helena, je n'ai pas la moindre intention de l'épouser !

Sa jeune cousine lui lança un regard malicieux.

— Si mes souvenirs sont bons, il n'était pas non plus dans vos intentions de prendre un amant.

Juliet ferma les yeux et prit une profonde inspiration, dans un effort pour contrôler le flot d'émotions qui l'assaillaient. Que répondre à cela ? Les faits parlaient d'eux-mêmes.

Cette nuit, Sebastian St. Claire était bel et bien devenu son amant, dans le plein sens du terme. Le seul souvenir des plaisirs auxquels il l'avait initiée lui ôtait toute force. Cela avait été un tel enchantement !

Quant à la façon intime dont elle l'avait touché et embrassé en retour…

Comment pourrait-elle jamais le regarder en face

sans se souvenir des choses scandaleuses qu'elle avait osé lui faire ?

Pire encore, comment pourrait-elle le regarder en face sans se rappeler le dégoût qu'il lui avait manifesté après cela ?

— Je vous préviens, Gray, je ne suis pas d'humeur à prêter l'oreille à vos hypothèses et autres insinuations, fit Sebastian d'un ton sec, comme l'autre pénétrait dans la salle du petit déjeuner.

Il contemplait le fond de sa tasse vide quand Gray avait fait son apparition. Personne ne l'avait dérangé depuis qu'il s'était attablé, en dehors du valet venu demander s'il pouvait le servir. Sebastian avait refusé, l'estomac encore brouillé par la simple tasse de thé qu'il avait ingurgitée. La seule idée d'absorber de la nourriture solide lui donnait la nausée.

Complètement imperméable à la mauvaise humeur de son ami, Gray se servit lui-même du thé et s'installa en face de Sebastian.

— Puis-je me permettre au moins de vous signaler que vous avez une tête impossible ce matin ?

S'il n'y avait que cela ! songea amèrement Sebastian. Mais il se sentait en capilotade après avoir fait l'amour à Juliet la moitié de la nuit et passé le reste à s'agiter dans son lit sans trouver le sommeil.

— Je préférerais que vous gardiez vos observations pour vous, repartit-il sèchement.

Il n'avait pas besoin des remarques de Gray pour savoir qu'il avait une mine épouvantable. Son valet avait eu beau lui assurer que son apparence était aussi impeccable qu'à l'accoutumée, il ne pouvait rien faire pour masquer sa pâleur et les cernes bleuâtres qui entouraient ses yeux.

— Et si vous n'avez rien d'autre à faire que de me porter sur les nerfs, je vous suggère aimablement d'aller voir ailleurs si j'y suis.

— Moi, je vous porte sur les nerfs ?

— Intensément !

— Ah bon !

La chose n'inquiétait manifestement pas Grayson. Il eut un sourire nonchalant.

— J'ai à faire à Londres ce matin. Pourquoi ne m'accompagneriez-vous pas ? Cela vous changerait les idées. Soit dit sans vous offenser, mon cher, il semblerait que vous en ayez grand besoin !

Sebastian fit la grimace.

— Vos *affaires* auraient-elles quelque chose à voir avec la comtesse de Crestwood ? Parce que si tel est le cas, allez au diable !

— Qu'allez-vous chercher là ? Mes actions et mes pensées ne tournent pas uniquement autour de la comtesse, mon cher ami.

La moue de Sebastian s'accentua. Ses actions et ses pensées à lui n'étaient pas censées non plus tourner exclusivement autour de la comtesse de Crestwood, bonté divine ! Mais elles étaient tout de même assez concentrées sur elle pour que la perspective de quitter Banford Park, ne fût-ce que quelques heures, lui apparût comme un soulagement.

Oui, à la réflexion, c'était tout à fait ce dont il avait besoin…

La nuit passée avait été pour lui une véritable révélation. Mais la révélation de quoi ? A vrai dire, il ne savait pas trop.

Qu'il soit resté de longues heures étendu sans dormir dans son lit à désirer Juliet longtemps après l'avoir quittée était un fait incontournable.

Qu'il ait dû faire appel à toute sa force de volonté pour ne pas retourner près d'elle et lui faire de nouveau l'amour était tout aussi incontestable.

Mais que cette femme entre toutes puisse avoir sur lui un effet aussi dévastateur était encore pour lui une totale énigme. En vérité, cela le dépassait complètement !

D'autant qu'il y avait encore autre chose. Mais quoi au juste ?

Il plissa le front dans un effort de réflexion. Un minuscule événement s'était produit cette nuit, quelque chose qui l'avait troublé sur le moment. Seulement il n'arrivait pas à se souvenir de quoi il s'agissait.

S'éloigner une demi-journée au moins de Banford Park et de Juliet l'aiderait peut-être à remettre la main sur ce souvenir…

Chapitre 13

— Encore là, Votre Grâce ? Vous avez donc décidé de rester un peu plus longtemps avec nous ? s'enquit Juliet avec un intérêt poli.

Darius Wynter la gratifia d'une courtoise courbette avant de poser sur le siège voisin sa longue et élégante silhouette. Assise sur la terrasse, Juliet regardait les autres invités disputer une partie de cricket plutôt mouvementée.

— Plus rien ne me presse, maintenant que j'ai fini de discuter affaires avec Bancroft.

Un léger sourire parut sur les lèvres du duc.

— Seriez-vous tentée par une autre promenade sur le lac, milady ? Si c'est le cas, je suis votre homme.

Juliet secoua la tête d'un air désolé.

— Je crains que mon intérêt pour le canotage n'ait fait long feu, votre grâce.

Comme son intérêt pour Sebastian St. Claire, compléta-t-elle en silence.

Ou plus exactement, la possibilité de s'intéresser à lui, puisqu'il venait de quitter Banford Park à l'improviste !

Ce matin-là, elle s'était attardée dans sa chambre longtemps après qu'Helena l'eut aidée à s'habiller et se coiffer, reculant le moment où elle se retrouverait face à face avec lui. Le seul souvenir de ses actes éhontés de la nuit la faisait encore rougir jusqu'à la racine des cheveux. Comment avait-elle pu ?

Mais son amour-propre déjà fort ébranlé avait pris un nouveau coup lorsqu'après être enfin descendue, elle apprit de Dolly que deux de ses invités — Lord Gideon Grayson et Lord Sebastian St. Claire — avaient pris la route de Londres à cheval de très bonne heure.

— Sans un mot d'explication, à part de vagues excuses. Et je ne sais même pas quand ils reviendront, avait ajouté perfidement la maîtresse de maison.

Un implicite « s'ils reviennent jamais » avait flotté un instant dans l'air.

Partir ? Juliet avait retourné la question en tous sens pendant les longues heures de sa nuit sans sommeil. A l'aube, sa décision était prise et elle avait abordé Dolly avec la ferme intention de lui annoncer son départ imminent de Banford Park. La cheville d'Helena était pratiquement guérie et plus rien ne l'empêchait de reprendre la route.

Mais elle ne s'attendait certes pas à apprendre que Sebastian avait lui-même quitté Banford Park, sans même avoir la politesse de lui faire ses adieux !

Le regard bleu du duc s'attarda sur elle, pétillant de malice.

— Je vois… Canoter avec moi ne présente pas le même attrait qu'avec… eh bien, disons Sebastian St. Claire, par exemple.

Juliet se drapa dans sa dignité.

— Le canotage ne présente plus le moindre attrait pour moi, que ce soit avec ou sans Lord St. Claire, répliqua-t-elle.

— Je vois…

Darius Wynter fit craquer ses doigts avant de tourner son regard perçant vers les autres invités.

Rouges et excités, les joueurs de cricket couraient sur

la pelouse avec un enthousiasme qui aurait pu rivaliser avec celui de la marmaille qu'ils avaient confiée à leurs nurses.

— C'est curieux, ce genre de plaisirs rustiques ne m'a jamais beaucoup intéressé, avoua-t-il en observant ces gesticulations d'un air nettement désapprobateur. Cela ressemble trop à des enfantillages…

Juliet eut une moue contrite.

— Je ne les apprécie guère non plus, je l'avoue.

Le visage de Wynter s'assombrit brusquement.

— D'un autre côté, les contraintes du veuvage sont parfois bien éprouvantes, ne trouvez-vous pas ?

Juliet se souvint alors que la femme du duc était morte l'année précédente. Comme elle, Wynter avait dû sans doute se conformer aux règles de la bienséance qui régissaient toute période de deuil.

Même si le bruit courait dans les salons que cette perte ne l'avait pas affecté outre mesure…

— Très éprouvantes, milord, renchérit-elle. Du moins quand l'union était sans amour.

Le regard bleu se fit encore plus acéré.

— Ce qui est très souvent le cas. Dans notre milieu, les mariages d'amour sont loin d'être la règle, nous en savons quelque chose.

Juliet esquiva l'allusion.

— Se précipiter tête baissée dans une autre relation qui peut s'avérer tout aussi désastreuse n'est pas la solution, murmura-t-elle d'une voix mal assurée.

— Pour ma part, je n'ai aucune intention d'agir ainsi.

— Ni moi.

Il y eut un court silence.

— St. Claire est parti pour Londres tôt ce matin, m'a-t-on dit ?

Juliet se raidit, aussitôt sur la défensive.

— Oui, c'est justement ce que vient de m'apprendre Lady Bancroft.

Les sourcils blonds se soulevèrent au-dessus des prunelles bleu roi.

— Comment, il ne vous en a pas informée lui-même ? Cela m'étonne.

— Je ne vois pas pourquoi il l'aurait fait, Votre Grâce. Il n'y avait pas la moindre raison.

Elle émit un petit rire où elle tâcha de faire vibrer une note d'insouciance.

Sans le moindre succès…

— Ah non ? fit le duc avec une œillade significative.

Elle déglutit, gênée. Sa relation naissante avec Sebastian St. Claire crevait-elle à ce point les yeux ? Pour le duc de Carlyne, en tout cas, elle ne semblait pas faire le moindre doute. En était-il de même pour les autres invités ?

Quand elle se rappelait la conduite arrogante de Sebastian la veille au soir, lorsqu'il l'avait entraînée manu militari hors de la salle de bal, force lui était de s'avouer que la réponse était très probablement oui.

Et le départ inattendu de St. Claire allait alimenter de nouveau les commentaires. « Comment, il la quitte déjà ? », allaient chuchoter ces dames derrière leur éventail.

Bref, encore une humiliation publique pour Juliet Boyd ! songea-t-elle avec amertume.

Aussi, pourquoi avait-elle accepté cette stupide offre qu'il avait osé lui faire ? « Usez de moi à votre fantaisie ! » Le résultat, c'était qu'elle s'était comportée en catin, ni plus ni moins. Elle s'était montrée si licencieuse que Sebastian lui-même en avait été dégoûté, à telle enseigne qu'il était rentré à Londres sur-le-champ pour ne plus la revoir.

Cette pensée lui fut si insupportable qu'elle se leva de sa chaise.

— Si le cœur vous en dit, Votre Grâce, je ne pense pas que les contraintes de notre veuvage nous interdisent de faire quelques pas ensemble dans les jardins de Banford Park. Qu'en dites-vous ?

Le duc lui sourit, une étincelle de malice au coin des yeux. Puis il se leva à son tour, élégante silhouette en habit brun, gilet de soie brodé d'or, pantalons beiges et bottes de cuir fauve.

— Avec plaisir. Ce sera une joie de me promener un peu avec vous avant de prendre congé, assura-t-il en lui offrant le bras.

En débouchant sur la terrasse, Sebastian fut pris d'un accès de rage froide comme il n'en avait jamais éprouvé de sa vie. La vue d'une Juliet souriante déambulant dans le jardin bras dessus, bras dessous avec Darius Wynter était bien ce qu'il lui fallait pour mettre le comble à son exaspération !

Gray et lui étaient déjà à mi-chemin de Londres, quand son compagnon avait cru bon de lui avouer qu'en fin de compte, c'était bien sur l'injonction de Bancroft qu'il se rendait dans la capitale. Le comte ne pouvant se déplacer lui-même, avec sa maison pleine d'invités, c'était lui qui avait été chargé de rencontrer ses agents secrets et de lui rapporter les informations qu'il attendait.

— Nous espérons obtenir des renseignements importants qui pourraient nous permettre de débusquer l'agent J., avait précisé Gray, pour la plus grande fureur de son ami.

— Très bien ! avait riposté Sebastian, hors de lui.

Puisqu'il en est ainsi, vous irez à Londres sans moi. Je retourne à Banford Park.

Certes, il avait des réserves d'ordre personnel sur la poursuite de ses relations avec Juliet. Mais la révélation de Gray lui avait brusquement ouvert les yeux. Il ne pouvait tout simplement pas abandonner la jeune femme ainsi, quand quelques jours plus tôt à peine, il s'était fait la promesse de la protéger contre les accusations de Bancroft.

En organisant sa rencontre avec Juliet à Banford Park, il avait eu l'intention de se livrer à un agréable flirt avec elle. Suivi d'une entreprise de séduction rondement menée.

Il avait flirté, il avait séduit.

Et avait été séduit en retour.

L'affaire aurait pu en rester là, comme il avait l'habitude.

Mais les soupçons tenaces de Bancroft et de Gray à l'encontre de la jeune femme lui interdisaient purement et simplement de laisser les choses finir ainsi. L'honneur, ce maudit honneur des St. Claire, qu'il avait tété avec le lait de sa nourrice, lui commandait ne pas laisser Juliet se tirer seule de ce guêpier.

La réponse de Gray à sa soudaine décision de faire demi-tour, si elle était hautement prévisible, ne l'en avait pas moins irrité.

— Eh bien, moi, je continue, mon cher. Et si vous aviez le moindre sou de jugeote, vous en feriez autant.

Et de continuer avec aplomb, sans voir monter la colère de son interlocuteur :

— Faut-il vous rappeler qui est Lady Boyd ? D'abord, elle est plus vieille que vous ; elle est veuve ; et vous connaissez comme moi les soupçons qui pèsent sur elle depuis la mort de son mari. Bref, ce n'est pas une femme recommandable !

La réponse percutante de Sebastian à ces insultes intolérables avait sans doute été moins prévisible pour Gray. Mais bah, l'hématome violet qui avait fleuri sur sa mâchoire finirait bien par s'effacer… avec le temps.

Sur quoi Sebastian avait tourné bride et regagné Banford Park ventre à terre… tout cela pour retrouver Juliet dans le jardin en compagnie de ce lascar de Wynter — une Juliet ô combien ravissante dans sa robe de mousseline vert d'eau, et qui semblait fort bien se passer de sa compagnie !

Elle avait l'air si radieux sous son ombrelle de soie couleur jade qu'il se sentit complètement stupide de s'être inquiété pour elle.

— Ah, non, St. Claire, pas de ça ! Vous n'allez pas recommencer la scène d'hier soir, je vous le déconseille fortement…

Sebastian se retourna vivement et jeta sur son hôte un regard flamboyant de colère.

— Mes prétendus amis m'ont déjà donné mon content de conseils ce matin, Bancroft, merci.

Peu émotionné, le comte accueillit cette sortie d'une simple grimace.

— Je ne crois pas que vous et moi ayons jamais été amis, St. Claire.

Et il y avait peu de chances qu'ils le deviennent après ces deux semaines de cohabitation, songea Sebastian. Même son amitié avec Dolly lui semblait plus que compromise. Quant à Gray…

Ils ne seraient plus jamais proches comme autrefois, c'était à craindre.

— Les attentions de Wynter pour Lady Boyd ne sont pas votre affaire, St. Claire. Vous n'avez pas à vous en soucier, croyez-moi.

— Expliquez-vous, Bancroft !

Le comte se redressa.

— Je n'ai pas pour habitude de m'expliquer auprès de qui que ce soit.

Sebastian tourna les yeux vers Wynter. Penché vers Juliet, l'homme lui susurrait quelque remarque qui la fit de nouveau pouffer, de ce rire de gorge si doux et sensuel à la fois…

— Ne me dites pas qu'il est lui aussi l'un de vos espions ! s'exclama-t-il, furieux.

— Certes non ! Je voulais simplement vous rassurer. Wynter n'est pas plus intéressé que moi par une liaison avec la comtesse de Crestwood.

Sebastian eut une moue sarcastique.

— Je suppose que c'est vous que je devrais remercier pour cela ?

Bancroft haussa les épaules d'un geste las.

— Prenez-le comme vous voudrez, St. Claire.

Ce que Sebastian *voulait*, c'était que toute cette mascarade s'achève enfin. Il en avait assez de ces énigmes !

— Espérez-vous que les documents que Gray est censé récupérer aujourd'hui vous permettront d'identifier la personne qui espionne pour le compte des Français ?

Le fait que Sebastian soit au courant de la mission de Gray à Londres ne parut pas troubler Bancroft.

— Peut-être. Je n'en continue pas moins mon enquête ici.

Cette précision ne surprit pas Sebastian. C'était bien pour cela qu'il avait tourné bride et regagné Banford Park. Juliet avait besoin de sa protection !

— Et… avez-vous appris du nouveau ? hasarda-t-il.

Le comte hocha la tête avec une solennelle gravité.

— J'ai d'autres informations, en effet.

Le regard de Sebastian s'étrécit. Allons, le moment était venu…

— Ne me dites pas qu'il s'est passé quelque chose cette nuit ?

Bancroft haussa ses sourcils gris.

— Pourquoi me demandez-vous cela ?

Sebastian grimaça. L'indiscrétion qu'il allait commettre ne l'enchantait pas.

Mais il le fallait, pour Juliet…

— Parce que si c'est le cas, sachez que Lady Boyd était avec moi. Nous étions ensemble dans sa chambre.

— Je ne crois pas que vous puissiez vous porter garant de *tous* ses faits et gestes durant la nuit, St. Claire. Mais en l'occurrence, je reconnais qu'elle n'a pas quitté sa chambre depuis le moment où elle s'est retirée hier soir jusqu'à ce matin.

Sebastian n'eut pas de mal à deviner comment Bancroft pouvait le savoir. Quelqu'un — l'un des domestiques peut-être — avait été chargé d'espionner Juliet.

Cette seule pensée lui donnait la nausée.

— En ce cas, peut-être consentirez-vous à m'éclairer sur ces *autres informations* dont vous disposez ?

Le comte soutint tranquillement son regard.

— Ou peut-être pas… C'est selon.

Sebastian se renfrogna. Il en avait décidément assez de tous ces mystères.

— Voulez-vous que je vous dise ? Toute cette affaire me semble totalement futile. Nous ne sommes plus en guerre avec la France, bon sang !

— Allez dire cela aux familles de tous ceux qui sont morts à cause des renseignements que l'agent J. a transmis aux Français !

— Je ne peux tout simplement pas croire que Juliet puisse être impliquée dans une telle trahison !

— Prouvez-moi son innocence de façon irréfutable, et je demanderai volontiers à mes hommes d'abandonner la piste.

— Vos hommes ? Dites plutôt vos espions !

Le comte s'assombrit de nouveau.

— Comme Grayson l'a souligné l'autre jour, raisonneriez-vous ainsi si c'était votre frère Lucian qui était tombé à Waterloo ?

Sebastian dut s'avouer que Bancroft avait fait mouche. Non, il ne réagirait probablement pas de la même façon si Lucian était resté sur le champ de bataille, à l'instar du frère de Gray. C'était pour cette raison du reste qu'il n'arrivait pas à en vouloir vraiment à Gray, bien qu'il fût ulcéré contre lui.

Une voix dont il reconnut aussitôt les aristocratiques intonations s'éleva à cet instant dans son dos.

— Quelle agréable surprise de vous voir de retour, St. Claire ! Et si promptement…

Sebastian plaqua un masque d'indifférence et d'ennui sur son visage avant de pivoter pour faire face au duc de Carlyne. Il se réjouit d'autant plus de s'être composé une attitude que Juliet était encore au bras du duc, sa main gantée nichée au creux de son coude.

— Wynter… Lady Boyd…

Et de gratifier la jeune femme d'une sèche et protocolaire courbette.

En regagnant le château avec le duc, Juliet était loin de s'attendre à découvrir Sebastian sur la terrasse en grande conversation avec le comte de Banford.

Elle n'en crut d'abord pas ses yeux. Pourquoi Sebastian

avait-il tourné bride avant d'arriver à Londres, où il avait initialement prévu de se rendre ?

— Lord St. Claire…

Les cils baissés, elle plongea dans une courte révérence, évitant le regard d'ambre qui cherchait le sien. Sebastian avait quitté Banford Park ce matin-là sans même lui adresser un mot d'adieu. Une telle attitude, après la nuit qu'ils avaient passée ensemble, était tout bonnement impardonnable !

Aussi sa décision fut-elle bientôt prise.

— Si vous voulez bien nous excuser, messieurs…

Elle sourit au comte de Banford.

— Sa Grâce m'a proposé de faire une petite promenade sur le lac.

Elle coula au duc un regard d'excuse pour ce revirement inattendu. Mais si Darius Wynter fut surpris, il était beaucoup trop homme du monde pour le laisser paraître. Il se contenta d'incliner la tête, dans un muet mais gracieux acquiescement.

Le menton relevé et les yeux étincelants de défi, Juliet se tourna vers Sebastian, dont le visage exprimait en cet instant le plus parfait mépris.

Comment osait-il la regarder avec tant de dédain, après l'indigne façon dont il l'avait quittée cette nuit et son brusque départ ce matin ?

Oui, comment osait-il ?

— Vous n'avez pas assez admiré la faune de l'île, hier ? s'enquit-il d'un ton insultant.

Juliet sentit le rouge de la honte lui empourprer les joues. Elle n'en continua pas moins à soutenir le regard railleur qui la provoquait.

— Oh, notre petite excursion d'hier m'a beaucoup appris, monsieur St. Claire. Mais je gage que cette nouvelle visite avec M. le duc sera tout aussi instructive… sinon plus.

Cet échange tissé de sous-entendus ne laissa plus à Sebastian le moindre doute, s'il en avait encore. Juliet était furieuse contre lui !

Et elle avait toutes les raisons de l'être, admit-il à contrecœur. Surtout après la façon cavalière dont il l'avait abandonnée cette nuit !

Mais était-elle en colère au point de laisser le duc l'accompagner sur l'île et la séduire ?

Son cœur bondit dans sa poitrine à cette seule pensée.

— Je suis navré, répondit-il, de ne pas m'être montré assez… pédagogue. Peut-être devrais-je vous accompagner, afin de bénéficier moi aussi des leçons de M. le duc ?

Juliet l'aurait volontiers giflé ! Son attitude était tout bonnement intolérable. Inexcusable même. Surtout après son comportement de cette nuit ! Ne lui avait-il pas clairement montré qu'elle ne présentait plus le moindre intérêt pour lui, à présent qu'il avait enfin réussi à coucher avec elle ?

Quant à prétendre qu'il avait quoi que ce soit à apprendre du duc de Carlyne en ce domaine, c'était tout simplement ridicule. Leurs ébats nocturnes lui avaient prouvé qu'en matière d'amour, Sebastian St. Claire n'avait besoin des leçons de personne. Leurs jeux amoureux avaient été si divinement exquis qu'elle en frémissait encore…

— Je doute que la barque soit assez spacieuse pour trois personnes, milord. Et même si elle l'était, vous avez déjà exploré l'île et l'excursion ne présenterait aucun intérêt pour vous.

Sebastian crispa les mâchoires.

— C'est *votre* opinion !

— Mon opinion mûrement réfléchie, milord, répliqua-t-elle avec une gracieuse inclination de tête.

Et se tournant vers le duc :

— Allons-y, Votre Grâce. Sinon, nous n'aurons pas le temps de faire notre promenade avant le déjeuner.

Le duc l'enveloppa d'un regard amusé et complice.

— Vos désirs sont des ordres, belle dame.

— Merci, Votre Grâce. Vous êtes décidément le plus accommodant des hommes, repartit-elle, en défiant des yeux Sebastian.

— C'est plus prudent quand on a affaire aux dames, ricana le duc. St. Claire, Bancroft… Milady et moi vous retrouverons un peu plus tard.

Sebastian jura entre ses dents. Oh, oui, il avait bien l'intention de retrouver Juliet plus tard, elle ne perdait rien pour attendre !

Obligé de rester sur la terrasse, il la regarda s'éloigner vers le lac au bras de ce libertin notoire de Carlyne. Un homme, comme chacun savait, aussi séduisant que volage…

— Eh bien, avez-vous trouvé le duc aussi bon professeur que vous l'espériez ?

Juliet se figea sur le seuil de sa chambre, stupéfaite de découvrir l'élégante silhouette de Sebastian allongée derechef sur son lit, la tête contre une pile d'oreillers.

Dieu merci, il était décemment vêtu cette fois !

La partie de canotage avec le duc avait été une expérience très plaisante, bien plus agréable qu'elle ne s'y attendait. Loin des regards curieux des autres membres de la haute société, Darius Wynter s'était révélé un compagnon tout à fait charmant, qui n'avait pas tenté un seul instant de flirter avec elle.

Il s'était même montré assez courtois pour ne pas faire allusion à la façon dont elle s'était ravisée pour accepter son invitation. Et il n'avait pas non plus cherché à connaître la raison de ce revirement. Bref, un vrai gentleman…

Pas comme cet arrogant St. Claire ! Qu'il se fût une nouvelle fois introduit dans sa chambre était tout bonnement intolérable.

— J'ai trouvé qu'il méritait d'être connu, en effet, rétorqua-t-elle.

Elle referma la porte et s'avança dans la pièce.

— Cela dit, je ne me souviens pas de vous avoir autorisé à entrer dans ma chambre comme dans un moulin, Sebastian.

— Ah non ?

Il se redressa et s'assit sur le bord du lit, ses pieds bottés sur le tapis.

— Je croyais que ce que nous avions fait la nuit dernière suffisait à me donner ce droit.

Elle arqua les sourcils, dédaigneuse.

— Etant donné la hâte avec laquelle vous m'avez laissée après avoir obtenu ce que vous vouliez, je ne vois pas pourquoi il en serait ainsi !

Sebastian ravala la réplique mordante qui lui était montée aux lèvres.

— Ne me poussez pas trop, Juliet ! Ce n'est pas le jour, je vous préviens.

Le regard d'émeraude lança des éclairs entre les épaisses franges de cils noirs.

— La menace ne prend pas avec moi, Sebastian, épargnez-vous cette peine.

Jamais elle n'avait été plus belle qu'en cet instant, convint-il à part lui. Qu'il lui aurait volontiers fait l'amour ! Mais leur échange du matin, ainsi que le regard de défi dont elle l'avait gratifié avant de partir canoter avec Wynter, étaient là pour lui rappeler qu'il ne devait pas tenter la moindre approche en ce sens tant qu'elle était de cette humeur.

Une humeur dont son attitude cavalière était en grande partie responsable. S'il ne l'avait pas quittée ainsi la nuit passée…

Il prit une longue inspiration et s'obligea à se détendre.

— Juliet…

— S'il vous plaît, Sebastian, voulez-vous avoir l'amabilité de sortir ? le coupa-t-elle avec impatience. Je ne demande qu'une chose, c'est oublier ce qui s'est passé entre nous cette nuit.

— Fadaises ! Vous êtes aussi incapable que moi de l'oublier.

Elle leva le menton d'un air belliqueux.

— Vous vous surestimez, milord. Soyez certain que les attentions d'un homme comme le duc de Carlyne sont plus que suffisantes pour effacer de ma mémoire tout ce que nous avons pu vivre ensemble.

Sebastian se figea, les poings serrés contre ses flancs. Puis il se contraignit à respirer à fond, luttant contre des impulsions contradictoires. En cet instant, il avait autant envie de lui fermer la bouche d'un baiser que de la coucher sur son genou pour lui administrer une magistrale fessée, jusqu'à lui rougir son adorable petit derrière !

Mais céder à l'une ou à l'autre de ces tentations l'aurait éloignée encore davantage de lui — si c'était possible…

— Juliet, je vous prie de m'excuser si mes actions vous ont offensée.

— Ni vous ni vos actions n'ont le pouvoir de m'offenser,

Lord St. Claire. J'ai beau avoir peu d'expérience en la matière, je sais que ce sont là les mœurs de la noblesse. On flirte allègrement pendant ces séjours à la campagne, puis on se sépare pour courir vers d'autres amusements.

Elle eut un rire de dérision.

— La seule différence, je suppose, c'est que vous avez dû me trouver beaucoup moins sophistiquée que les femmes dont vous avez l'habitude.

Un muscle tressaillit dans la joue de Sebastian.

— Je ne crois pas vous avoir fourni la moindre raison de penser que c'est ainsi que je vous considère.

— Et moi, je ne crois pas que vous m'ayez manifesté la moindre *considération* quand vous avez déserté ma chambre la nuit dernière. Ou quand vous avez quitté si soudainement Banford Park que vous n'avez même pas pris le temps de me faire vos adieux !

— Mais je suis revenu.

— Et je suis supposée vous en remercier ?

— Disons que vous auriez pu attendre au moins un jour ou deux avant de complaire à Carlyne ! explosa Sebastian, incapable de contenir plus longtemps sa jalousie.

Elle haussa les épaules.

— Le duc ne reste qu'un jour…

— Et vous avez donc saisi votre chance au vol avec lui. A présent que vous voilà une femme libérée, qui sera le prochain ? Bancroft, peut-être ? Ou Grayson ? A moins que vous ne souhaitiez mettre à profit votre expérience récemment acquise en jetant votre dévolu sur le duc d'Essex ? Etant donné son âge, je doute qu'il fasse encore des étincelles au lit. Mais peut-être retrouvera-t-il sa vigueur avec une femme plus jeune que lui !

C'était plus que Juliet ne pouvait en supporter.

— Vous êtes… méprisable ! jeta-t-elle d'une voix entrecoupée.

Et elle le gifla en plein visage.

— Oh, mon Dieu ! s'exclama-t-elle aussitôt.

Elle écarquilla les yeux, consciente de l'énormité de ce qu'elle venait de faire.

— A… allez-vous-en, Sebastian ! balbutia-t-elle.

Elle porta les mains à ses joues cramoisies.

— Partez avant que nous ne nous fassions davantage de mal, je vous en prie. Nous nous sommes déjà trop blessés l'un l'autre.

Sebastian ferma les yeux une seconde, dégrisé. La réaction de Juliet avait eu du moins le mérite de lui faire recouvrer son sang-froid.

— Nous ne devrions pas nous blesser du tout, murmura-t-il en rouvrant les paupières.

— Pourtant, c'est bien ce que nous faisons.

— C'est vrai, admit-il avec lassitude.

Il écarta les mains d'un air contrit.

— Je n'aurais pas dû vous quitter aussi abruptement cette nuit.

— Non, vous n'auriez pas dû.

— Ni partir ce matin sans prendre congé.

— Heureuse de vous l'entendre dire.

Sebastian soupira.

— Tout ce que je peux faire, c'est m'excuser de nouveau, Juliet.

Elle inclina la tête avec raideur.

— Très bien. J'accepte vos excuses.

— Tout de même, je me sentirais mieux si vous m'assuriez que vous n'avez pas été assez folle pour succomber aux avances de Carlyne…

— *Folle*, milord ? répéta-t-elle d'un ton acerbe. Je ne vois pas en quoi.

Sebastian fit la grimace.

— Peut-être ai-je mal choisi mes mots…

— *Peut-être ?* Dites-moi, milord, pourquoi serait-il plus *fou* de ma part de me laisser séduire par le riche et honorable duc de Carlyne que par Lord Sebastian St. Claire ? Ne m'avez-vous pas affirmé vous-même qu'un duc était une prise plus intéressante qu'un simple lord ? Si c'est vrai pour un mari, cela doit l'être aussi pour un amant…

C'était exact, se rappela-t-il avec dégoût. Il avait fait et dit bien des choses blessantes à cette femme…

Que n'aurait-il donné pour reprendre ses paroles !

S'il était resté éveillé quasiment toute la nuit, c'était précisément pour trouver une réponse à tout cela. Las, ses réflexions n'avaient abouti qu'à cette question : pourquoi Juliet avait-elle ce pouvoir d'éveiller en lui une possessivité dont il ne se croyait même pas capable ? Une possessivité qui le mettait fort mal à l'aise…

— Wynter est-il votre amant ? insista-t-il.

Elle haussa les sourcils.

— A ma connaissance, le duc se trouve actuellement dans sa chambre, en train de préparer son départ. Il quitte Banford Park aujourd'hui même.

— Pour l'amour du ciel, vous n'avez pas répondu à ma question !

— Et je n'y répondrai pas ! A présent, il est vraiment temps que vous regagniez votre chambre, Lord St. Claire.

Sebastian pinça les lèvres, blessé par ce ton formel.

— Juliet…

— Tout de suite ! Je ne sais si je vais rester encore un peu à Banford Park ou prendre congé de mes hôtes.

Mais soyez assuré que si je décide de rester, je demanderai à Dolly Bancroft de me changer de chambre dès que possible.

Sebastian ricana.

— Qui sait ? Le duc de Carlyne se laissera peut-être persuader de rester aussi, si vous vous faites donner la chambre voisine de la sienne.

Les joues de Juliet virèrent au cramoisi.

— Ce n'est pas impossible !

Sebastian dut de nouveau respirer à fond pour tenter de reprendre son calme.

— Savez-vous ce que je pense ? Nous sommes en train de vivre notre première querelle d'amoureux, Juliet !

— Vous vous trompez, milord, riposta-t-elle. Ce n'est pas notre première querelle, mais la dernière !

Il eut un sourire incrédule.

— Etes-vous en train de me dire que vous voulez rompre notre relation ?

— Vous vous êtes déjà chargé de le faire. Et avec beaucoup d'efficacité, je dois dire. Vous êtes venu à Banford Park bien décidé à séduire la première femme qui vous tomberait sous la main. Vous avez plus que réussi.

« Réussi au-delà de mes rêves les plus fous ! », songea-t-elle non sans amertume.

— A présent, il est temps d'en finir.

— Et si je ne le souhaite pas ?

— Eh bien, si cela devait être le cas…

— C'*est* le cas, Juliet !

Elle esquissa une grimace.

— Alors j'en suis désolée pour vous, mais c'est terminé, Sebastian.

Quelle que soit la folie qui l'avait possédée et l'attraction que Sebastian exerçait encore sur elle, elle devait mettre fin à cette histoire si elle voulait sauver les dernières bribes de sa fierté.

Immédiatement.

— Vous ne pouvez tout de même pas…

Il s'interrompit net au son d'une voix essoufflée, qui retentit soudain derrière eux.

— Désolée, Juliet, je suis encore en retard… Je me suis attardée en haut et…

Helena !

Juliet fit volte-face et découvrit sa cousine littéralement figée dans l'embrasure de la porte. Au comble de l'embarras, la jeune fille la dévisagea, avant de couler un regard incertain vers Sebastian.

— Je vous en prie, Helena, entrez ! Vous arrivez à point nommé. Lord St. Claire était justement en train de prendre congé.

Elle se retourna vers ce dernier, une expression de défi sur le visage.

Sebastian serra les poings en lui rendant son regard, au comble de la frustration. A voir l'expression déterminée de Juliet, il était facile de deviner que s'il partait maintenant, elle ferait tout ce qui était en son pouvoir pour s'assurer qu'ils ne se retrouveraient plus jamais seuls.

Mais ils ne pouvaient non plus continuer leur conversation devant la servante…

Il congédia donc Helena d'un regard comminatoire.

— Revenez plus tard, mademoiselle. Votre maîtresse et moi n'avons pas terminé notre conversation.

— Il n'en est pas question, milord, s'insurgea Juliet.

Sebastian serra les lèvres.

— Nous n'avons pas fini de parler, Juliet.

— Oh, si ! rétorqua-t-elle d'une voix étrangement rauque. C'est fini, Sebastian, et bien fini.

Il lui suffit de la regarder pour comprendre qu'elle ne parlait pas seulement de leur entretien : cet air calme, ce menton fièrement pointé ne lui laissèrent pas le moindre doute à ce sujet. Juliet avait bel et bien l'intention de mettre un point final à leur relation !

Chapitre 14

Sebastian se tourna vers la femme de chambre, les sourcils froncés.

— Eh bien, qu'attendez-vous ? Je crois vous avoir dit de disposer, mademoiselle !

Indécise, la jeune fille tourna son regard bleu pâle vers Juliet.

— C'est *moi* qui vous donne cet ordre, répéta-t-il d'une voix rude.

Juliet intervint avec hauteur.

— Heureusement, vous n'avez pas le pouvoir d'interférer dans la gestion de ma maisonnée, monsieur. Ce n'est pas à vous qu'il incombe de dire « oui » ou « non » à mes serviteurs !

Jamais elle n'avait usé avec lui d'un ton aussi formel, aussi guindé.

— Celui qui va quitter cette chambre, c'est vous. Et je vous conseille de le faire avant que je ne demande à Helena d'aller chercher Lord Bancroft. A votre place, je m'épargnerais la honte d'une expulsion manu militari.

Sebastian se renfrogna. Le fait était qu'il se comportait comme son frère Hawk en cet instant ! Même arrogance, même aplomb... exaspérant Juliet, par-dessus le marché !

Alors que tout ce qu'il voulait, c'était lui parler, bonté divine !

Ou plutôt non, se reprit-il dans un sursaut de franchise.

Il mentirait s'il prétendait cela. Il ne voulait pas seulement *parler* à Juliet ; il lui suffisait d'être dans la même pièce qu'elle pour avoir envie de lui refaire l'amour.

Mais vu l'humeur où elle était, autant lui proposer un plongeon dans l'eau glacée du lac ! Toute approche sensuelle serait sans doute aussi fraîchement accueillie...

Il fit un effort pour se détendre, relaxant ses épaules.

— En ce cas, puis-je vous demander poliment de bien vouloir congédier votre femme de chambre, madame la comtesse ?

— Demande rejetée, milord. Ce n'est pas Helena, c'est vous que je veux voir sortir.

Cette obstination le fit grimacer.

— Puis-je avoir au moins votre promesse que vous ne quitterez pas Banford Park avant que nous ayons eu l'occasion de reprendre cette conversation ?

Juliet secoua la tête avec impatience.

— Je ne peux pas prendre un tel engagement, monsieur. N'insistez pas.

Pourquoi ne s'en allait-il pas sans faire d'histoires, au nom du ciel ? Ne voyait-il pas qu'ils n'avaient plus rien à se dire et que sa seule présence dans cette chambre la mettait affreusement mal à l'aise ?

— Que je reste ou que je parte, je prendrai ma décision en fonction de mes propres impératifs. Pas ceux de Sebastian St. Claire !

Un muscle tressaillit dans la joue de Sebastian.

— Vous ne...

— C'est inacceptable, monsieur ! se récria tout à coup Helena, oubliant son rôle de soubrette. Vous n'allez pas continuer à bousculer ainsi Jul... euh... ma maîtresse !

Sebastian se tourna vers elle, l'incrédulité et le dédain luttant sur son visage. En tant que fils et frère de duc, il ne devait pas souvent daigner prendre note de la présence des domestiques, supposa Juliet. A plus forte raison s'entendre apostropher ainsi par l'un d'eux !

La sortie d'Helena aurait été infiniment comique en d'autres circonstances. Mais Juliet n'avait pas la moindre envie de rire en l'occurrence.

— Je suis sûre que Lord St. Claire s'apprêtait justement à prendre congé, assura-t-elle, en jetant un coup d'œil impérieux à l'intéressé.

Elle s'irrita de constater qu'au lieu d'esquisser le moindre geste en ce sens, il continuait à foudroyer Helena du regard.

— Sebastian ? fit-elle sèchement. Je crois vous avoir dit quelque chose…

Il reporta son attention sur elle.

— Si tel est votre désir, marmonna-t-il, un pli de contrariété au front. Mais à votre place, je ne me hâterais pas trop de quitter Banford Park, Lady Boyd. Le duc va peut-être s'en aller, mais Lord Grayson revient ce soir, il me l'a assuré. Dès qu'il en aura terminé avec les affaires urgentes qui l'appelaient à Londres…

Juliet lui lança un regard méfiant.

— Pourquoi me dites-vous cela ? Les faits et gestes de Lord Grayson ne m'intéressent pas du tout, si cela peut vous rassurer.

— Allons donc ! Le cher Gray fait partie de vos plus fervents admirateurs !

Juliet voyait exactement où il voulait en venir. Mais la perspective de passer ne fût-ce qu'une soirée de plus à Banford Park lui devenait de plus en plus insupportable. Elle n'avait pas la moindre envie de prolonger ce supplice !

— Que ce soit vrai ou pas, j'ai décidé que c'était mon dernier jour ici.

— Vraiment ? N'est-ce pas une décision un peu… précipitée ?

— La compagnie ici n'est pas à mon goût.

Sebastian fixa sur elle un regard sombre avant de s'incliner avec raideur.

— A plus tard, Lady Boyd.

Et il sortit de la pièce à grandes enjambées, sans accorder un seul regard à Helena.

Laquelle attendit qu'il ait disparu pour se tourner vers sa cousine avec une moue navrée.

— Oh, Juliet, je suis vraiment désolée ! Je me suis rendu compte trop tard qu'une soubrette ne devait pas parler ainsi à Lord St. Claire. Je me suis adressée à lui avec tant de familiarité…

Juliet alla s'asseoir devant la coiffeuse et haussa les épaules.

— N'y pensez plus, ma chérie, fit-elle d'un ton las. Ce qui est fait est fait.

Après tout, si Helena s'était exprimée ainsi, c'était dans le seul but de la défendre. Elle ne pouvait décemment lui en vouloir.

Helena fit une petite moue.

— C'est seulement que je me suis sentie incapable de rester là à ne rien dire, pendant qu'il se montrait si brutal avec vous. Cela m'a rappelé la façon dont Crestwood vous traitait…

Juliet fronça les sourcils. Quels que soient ses griefs contre Sebastian, c'était là une comparaison qui ne lui serait pas venue à l'esprit. Elle ne pouvait imaginer deux hommes plus différents que son mari et Sebastian St. Claire !

Sebastian riait volontiers, tandis que Crestwood était toujours sévère. Il était chaleureux quand Crestwood était toujours si froid. Enfin, il était un amant parfait, alors que le comte…

Elle se secoua pour chasser ces pensées troublantes de son esprit. Crestwood était mort, au nom du ciel ! Disparu, enterré !

Comme l'était désormais sa relation avec Sebastian…

— Lord St. Claire peut bien se comporter comme il veut. C'est sans importance, Helena. De toute façon, nous partons bientôt.

Helena vint se placer derrière elle et commença à arranger ses cheveux.

— Si j'étais vous, je ne laisserais pas un homme comme lui me forcer à partir malgré moi.

Juliet eut un sourire sans joie.

— Oh, mais ce n'est pas malgré moi, je vous assure. Je n'ai plus qu'un désir, m'en aller d'ici aussi vite que la politesse me le permettra.

Helena secoua la tête.

— Savez-vous quoi ? En fin de compte, je ne le trouve pas aussi irrésistible que les autres servantes le prétendaient.

Juliet lui lança un coup d'œil espiègle dans le miroir.

— Peut-être avez-vous préféré ce que vous avez vu hier soir ?

Helena rougit jusqu'aux oreilles.

— Hem… Est-ce que… est-ce qu'il est aussi bon amant que son corps semble le promettre ?

Sa cousine pouffa doucement en guise de réponse, pour le plus grand amusement d'Helena.

— Alors, peut-être ce beau milord réussira-t-il à vous convaincre de rester, en fin de compte ?

Juliet retrouva aussitôt tout son sérieux.

— Je crains que non, ma chérie. Ma décision est bien arrêtée. Votre cheville est-elle tout à fait remise ? s'enquit-elle avec sollicitude.

Et comme Helena hochait la tête :

— Alors, je vais informer ce soir Lady Bancroft de notre prochain départ. Faites préparer nos affaires, voulez-vous ? Nous prendrons la route demain matin très tôt.

Une fois revenue dans le Shropshire, elle espérait pouvoir chasser définitivement Sebastian St. Claire de ses pensées.

Si du moins son impitoyable mémoire voulait bien le lui permettre…

— Laurent ?

— Oui, milord ?

Sebastian jeta un regard dans la psyché à son sémillant valet, lequel s'évertuait à chasser des peluches imaginaires sur l'élégant habit de soirée de son maître.

Depuis cinq ans que Laurent était à son service, il l'avait toujours trouvé aussi calme qu'efficace, et surtout fort peu enclin à colporter des ragots, contrairement à ses prédécesseurs.

Ce qu'il regrettait en la circonstance !

— Laurent…, recommença-t-il au bout d'un instant.

— Oui, milord ?

Cette fois, le valet s'interrompit, le temps de lever sur lui un regard interrogateur.

Sebastian se détourna du miroir et arrangea les manchettes en dentelle de sa chemise, afin qu'elles dépassent légèrement des manches de sa veste.

— Etes-vous… confortablement installé ici ?

La question était si inhabituelle que Laurent en resta un instant interloqué.

— Oui, milord, je n'ai rien à redire.

Sebastian opina, en évitant le regard du domestique.

— Et… est-ce qu'on bavarde beaucoup à l'office ? Les commérages de toutes sortes doivent aller bon train, je suppose ?

Laurent grimaça.

— Il en est toujours ainsi à l'office, milord, ce n'est pas nouveau.

— Bien sûr, marmonna Sebastian, le regard toujours détourné. Et… que dit-on, par exemple ?

Laurent haussa les sourcils sous les mèches grises qu'il ramenait en avant pour dissimuler sa calvitie naissante.

— Je ne vois pas de quoi…

— Pour l'amour de Dieu ! s'exclama Sebastian, perdant patience. Arrêtez de faire celui qui ne comprend pas ! Je veux savoir ce que vos pareils racontent sur les invités, puisqu'il faut vous mettre les points sur les i.

Le valet ouvrit des yeux stupéfaits.

— Voyons, milord, un serviteur digne de ce nom ne doit même pas prêter l'oreille à…

— Balivernes !

Comme s'il ignorait que les domestiques étaient au courant des moindres détails de la vie de leurs maîtres ! Surtout de leurs histoires d'alcôve…

— Allons, dites-moi un peu ce qui se raconte et ne vous faites pas prier ! Sinon, je vous expédie dare-dare dans le Berkshire, où vous aurez un mois entier pour vous occuper de ma garde-robe.

Laurent parut impressionné par la menace. Le Berkshire ! Autant dire les contrées sauvages de l'Angleterre…

— Très bien, milord. Pour commencer, on raconte

que Lady Butler n'a pas réussi à attirer l'attention d'un certain gentleman, pour qui elle s'était mise particulièrement en frais.

Sebastian parut amusé.

— Allons, pas de périphrases ! Ce gentleman, c'est moi, n'est-ce pas ?

— Hem… Eh bien… oui, milord. Déçue, la dame a tourné ses batteries vers Lord Montag…

— Là, je vous arrête ! Je n'ai pas la moindre envie de savoir qui cette personne cherche à faire entrer dans son lit.

Laurent eut une expression perplexe.

— Si monsieur voulait bien me dire exactement ce qui l'intéresse…

Sebastian poussa un soupir excédé. Dieu, qu'il détestait cette conversation ! Mais il était conscient aussi qu'il devait agir vite, à présent que Juliet lui avait fait part de sa décision de partir le lendemain.

— Je veux savoir si on bavarde sur la comtesse de Crestwood.

Les sourcils de Laurent se haussèrent un peu plus.

— Vous parlez de la dame qui loge dans la chambre voisine ?

— Très exactement !

— Des commérages sur la comtesse de Crestwood… et qui, milord ?

— Moi, bien entendu !

— Vous, monsieur ?

Le valet semblait sincèrement surpris.

— La femme de chambre de la comtesse n'a donc pas bavardé avec les autres serviteurs, à propos de mon… euh… de mon intérêt pour sa maîtresse ? Voyons, essayez de vous souvenir !

Laurent s'offusqua.

— Miss Jourdan est la discrétion même, milord. Tout comme moi, ajouta-t-il avec raideur.

D'évidence, le sujet lui était aussi pénible qu'à son maître.

— Si miss Jourdan n'en a pas parlé, c'est peut-être tout simplement qu'elle n'a pas connaissance de cet… intérêt, hasarda-t-il.

Sebastian avait des raisons d'en douter, vu le spectacle qui s'était offert aux yeux effarouchés de la soubrette quand elle avait pénétré la veille dans la chambre de Juliet.

— Hum… Vous croyez cela ? Je crains que son silence ne soit plutôt dû au fait qu'elle ne m'aime guère et n'approuve pas ma conduite.

Laurent parut choqué à cette idée. Une femme de chambre n'avait pas à approuver ou désapprouver les fréquentations de ses maîtres !

— Vous devez vous tromper, milord. Peut-être avez-vous pris sa timidité pour de la désapprobation ?

— C'est possible, admit Sebastian après un instant de réflexion.

A vrai dire, il n'en croyait rien. Le franc-parler dont miss Jourdan avait fait preuve cet après-midi-là ne plaidait guère en ce sens…

Laurent hocha la tête.

— Chaque fois que j'ai parlé avec miss Jourdan, je l'ai trouvée très modeste et posée. C'est une jeune fille très bien, j'en suis sûr.

— Entre compatriotes, vous devez avoir beaucoup à vous dire. Vous avez évoqué ensemble vos souvenirs de France, je présume ?

Laurent eut un air de regret.

— Pas vraiment, milord. Il y a de nombreuses années que j'ai quitté la France, comme vous savez. Et miss Jourdan, bien qu'elle éprouve un visible plaisir à bavarder et à écouter les autres serviteurs, ne parle pratiquement jamais d'elle-même.

— Ah bon ?

— Ni de sa maîtresse, milord, je vous assure. Je ne l'ai jamais entendue proférer un seul mot sur elle.

Sebastian eut un mince sourire.

— Vous me jurez donc que mon secret est en sécurité entre vos mains et celles de miss Jourdan ?

Laurent prit son air le plus innocent.

— Quel secret, milord ?

Sebastian éclata de rire.

— Parfait ! Vous m'avez été d'une grande aide, Laurent, je vous en remercie.

— C'était la moindre des choses, milord, marmonna le valet.

Il se racla la gorge, hésitant.

— Qu'y a-t-il, Laurent ?

— C'est seulement que je viens juste de me rappeler quelque chose, milord. Miss Jourdan a fait un lapsus qui m'a semblé curieux.

— Lequel ?

— Eh bien, une fois, elle a dit « ma cousine » au lieu de « ma maîtresse ». Je m'étais dit que sa langue avait fourché, voilà tout. Mais comme vous semblez vous intéresser à elle, j'ai pensé qu'il valait mieux vous en parler.

— Et vous avez bien fait, murmura Sebastian d'un air songeur.

Comprenant que la conversation était close, Laurent se mit en devoir de ramasser les vêtements que son maître venait d'ôter. Puis il sortit silencieusement de la pièce, en serviteur stylé qu'il était.

Sebastian resta dans sa chambre un long moment après son départ, un pli soucieux au front. Le temps s'écoulait à une vitesse vertigineuse. Il ne lui restait plus que quelques heures à peine pour confondre Juliet… ou proclamer son innocence.

Ce qui voulait dire qu'il devait absolument trouver des preuves, dans un sens ou dans l'autre.

Et pour commencer, il avait quelques mots à dire à Bancroft…

— Comme nous sommes tous deux en disgrâce auprès de Dolly, nous pourrions peut-être engager la conversation ensemble ?

Sebastian !

Juliet avait fait son possible pour ignorer sa présence dans le salon, où les invités s'étaient réunis en attendant le dîner. Occupée à bavarder avec l'un ou l'autre des convives, elle avait constamment évité de tourner les yeux vers l'endroit où St. Claire s'entretenait avec leur hôte.

Ce qui ne l'empêchait pas d'être consciente de sa proximité physique ! Dans son habit de soirée bien coupé et sa chemise à la blancheur impeccable, l'homme était trop séduisant pour ne pas captiver son attention. Même si ce n'était pas raisonnable…

— Milord ? fit-elle en se retournant.

Dieu, qu'il était beau et altier, à la lumière des bougies qui accentuaient les reflets d'or de ses cheveux ! Juliet sentit tout son corps s'embraser à cette vue. Elle déglutit, la bouche sèche et les joues cramoisies.

Son émotion était d'autant plus embarrassante que Sebastian, lui, n'avait pas perdu un pouce de son assurance.

Exactement comme s'ils ne s'étaient jamais disputés… Le diable emporte cet individu !

Il lui dédia ce sourire nonchalant qui n'appartenait qu'à lui.

— Dolly m'en veut à mort, ma chère. Je viens de l'informer que j'avais l'intention de partir demain et elle m'a tout bonnement accusé de vouloir saboter sa partie de campagne.

Juliet écarquilla les yeux.

— Vous partez aussi ?

Il haussa les épaules.

— Bien entendu ! Je ne vois aucun intérêt à rester ici après votre départ.

Juliet sentit son cœur bondir dans sa poitrine. Sans raison valable, du reste… Que Sebastian prétende abréger son séjour à cause d'elle ne la concernait en rien. Surtout quand elle avait la ferme intention de l'oublier dès qu'elle aurait quitté Banford Park !

Elle leva vers lui un visage renfrogné.

— Si ce n'est que cela, vous trouverez ici bien d'autres dames prêtes à accueillir les avances du séduisant Sebastian St. Claire !

Sans compter que leur double départ le lendemain ne ferait qu'alimenter les commérages !

L'argument laissa Sebastian de marbre.

— Le séduisant St. Claire, comme vous dites, ne voit personne ici à qui il ait envie de prodiguer ses attentions. Vous étiez la seule, ne vous en déplaise.

— Au nom du ciel, Sebastian ! Ne voyez-vous pas que vous perdez votre temps avec moi… et que vous me faites perdre le mien ?

— Je commence à me demander si vous n'êtes pas convenue avec Wynter de le retrouver ailleurs. Cela expliquerait pourquoi vous voilà soudain si impatiente de rompre toute relation avec moi…

Cette accusation sans détours laissa Juliet abasourdie.

— Le duc et moi ? Voyons, Sebastian, ne soyez pas ridicule !

— Ah bon, je suis ridicule ?

— Autant qu'on peut l'être. Le duc de Carlyne s'est montré gentil à mon égard aujourd'hui, pas davantage.

— Wynter n'est pas spécialement connu pour sa gentillesse !

Le regard d'émeraude lança des éclairs.

— Tandis que la vôtre est légendaire, c'est cela ?

En fait, Sebastian était célèbre pour son caractère enjoué et son charme séducteur. Or ces deux éminentes qualités semblaient fondre comme neige au soleil dès qu'il s'approchait de Juliet ! Désertion qu'il ne s'expliquait d'ailleurs pas. Pourquoi fallait-il qu'il se montre si désagréable avec elle, quand son seul désir était de la tenir dans ses bras et de lui faire sauvagement l'amour ? C'était un mystère pour lui !

— J'aimerais le croire, en effet.

Elle secoua la tête d'un geste navré.

— Nous ne sommes pas bons l'un pour l'autre, Sebastian. Nous passons notre temps à nous déchirer. Ne le voyez-vous pas ?

— Oh, si, Juliet, nous sommes bons l'un pour l'autre, assura-t-il dans un sensuel murmure.

Elle ne parut pas convaincue.

— Ce n'est pas l'impression que vous m'avez donnée lorsque vous avez fui si brusquement ma chambre l'autre nuit. Je comprends que vous ayez été désappointé, mais tout de même…

Sebastian la dévisagea, stupéfait. Qu'était-elle allée s'imaginer ?

— Bon sang, Juliet ! Ce n'est pas parce que j'étais déçu par nos… ébats que je vous ai laissée.

Bien au contraire ! S'il était parti, c'était parce que l'amour avec Juliet avait été si différent de tout ce qu'il avait connu jusqu'alors qu'il en avait été complètement désorienté.

L'amour avec elle, c'était… tellement plus que tout ce qu'il avait jamais vécu avec aucune autre femme !

Mais Juliet était encore sur la défensive.

— Ah bon ?

— Bien sûr que non ! Combien de fois faudra-t-il vous le redire ?

Son regard s'étrécit.

— Est-ce que c'est là que le bât blesse, par hasard ?

Et comme elle ne répondait pas :

— Auriez-vous encouragé les attentions de Carlyne pour me punir de vous avoir quittée ainsi la nuit dernière ?

Si tel était le cas, la manœuvre avait été efficace. Toute la journée, les sentiments qu'il éprouvait pour elle avaient fluctué entre la frustration, le désir… et une colère à tout briser autour de lui.

Elle se redressa fièrement.

— Vous vous surestimez, monsieur.

— Juliet, je ne…

Une voix grave résonna soudain derrière eux.

— Si vous voulez bien m'excuser, Lady Boyd… J'ai une affaire urgente à discuter avec Lord St. Claire.

Sebastian foudroya l'importun des yeux.

— Cela ne peut-il pas attendre, Bancroft ? Vous voyez bien que je suis en conversation avec madame…

Le comte soutint tranquillement son regard.

— Je crains que non, St. Claire. Lord Grayson vient de rentrer de Londres et il y a des choses dont nous devons parler tous trois avant le dîner. Si vous voulez bien me suivre dans mon bureau…

Il s'inclina devant Juliet avec un sourire d'excuse.

— Je suis désolé, Lady Boyd…

Elle acquiesça d'un gracieux hochement de tête.

— Je vous en prie, monsieur le comte. Lord St. Claire et moi en avions terminé, de toute façon.

Sebastian enrageait. Terminée, leur conversation ? Allons donc, elle commençait à peine !

— Je vous rejoins dans une minute, Bancroft, déclara-t-il sèchement.

Et il empoigna Juliet par le bras pour l'empêcher de s'éloigner.

Ce léger toucher suffit à le rendre pleinement conscient de la douceur satinée de sa peau — à lui rappeler comment il en avait caressé et embrassé chaque parcelle. Et l'érection instantanée qui s'ensuivit lui apprit à quel point il brûlait de recommencer.

Il faillit gémir tout haut, affamé qu'il était de poser les lèvres sur sa chair soyeuse et de sentir sa chaleur sous ses doigts.

Bon sang ! Son désir pour cette femme allait le rendre fou…

Lord Bancroft le dévisagea un instant en silence, les paupières mi-closes. L'expression déterminée de Sebastian lui apprit sans doute qu'il était plus sage de capituler. Du moins pour l'instant.

— Très bien. Mais ne tardez pas trop, St. Claire, je vous attends.

Il s'inclina brièvement devant Juliet.

— Ma chère…

Juliet attendit que Bancroft ait rejoint sa femme. Puis elle se tourna vers Sebastian et tenta de dégager son bras. En vain… Elle fureta autour d'elle, gênée. Nul doute qu'ils étaient le point de mire de l'assemblée ! En habitués des salons, ces piliers du beau monde ne se seraient pas abaissés à les observer franchement, bien entendu. Mais sous couvert de s'intéresser à d'autres choses, ils ne devaient pas perdre une seule miette de l'échange passionné entre Lord St. Claire et la comtesse de Crestwood !

— Au nom du ciel, Sebastian, cessez d'attirer ainsi l'attention sur nous !

Il contracta les mâchoires et resserra son étreinte autour de son bras.

— Pourquoi le devrais-je ?

— Parce que je n'aime pas cela ! N'est-ce pas une raison suffisante pour vous ?

Elle fit la grimace avant d'ajouter :

— Je déteste sentir les regards converger ainsi vers moi. Je sais trop ce qu'ils pensent tous… Sebastian, il vaudrait mieux que vous alliez attendre Lord Bancroft dans son bureau !

— Que Lord Bancroft aille au diable ! lâcha-t-il sans la quitter des yeux.

Une expression intense brûlait dans son regard.

— Juliet, j'ai besoin de vous parler. Il y a des choses que je dois absolument vous dire.

— Cela ne peut-il attendre, bonté divine ?

Il jeta un bref coup d'œil en direction de Bancroft. La menace était là, probablement imminente.

— Non, dit-il fermement. Je ne crois pas.

Elle secoua la tête tout en examinant le beau visage

penché vers elle. Ainsi animé par la passion, il était d'une beauté à couper le souffle.

— Je ne comprends pas ce que vous voulez de moi, Sebastian. Une autre nuit comme celle d'hier ?

Elle étouffa un sanglot.

— Je ne peux pas faire cela. Hier soir, j'ai cru que c'était possible. J'ai pensé que, comme la plupart de ces dames, je pouvais prendre un amant et jouir de l'aventure avant d'aller reprendre ma vie tranquille dans le Shropshire, sans l'ombre d'un regret... Mais je ne peux pas. Oh, je ne condamne ni ne juge celles qui le font. Seulement ce n'est pas ainsi que je veux mener ma vie.

Sebastian comprit à son air déterminé qu'elle pensait vraiment ce qu'elle disait. Et la fermeté du ton lui apprit qu'elle ne voulait réellement plus rien avoir à faire avec lui.

Il avait voulu cette femme, il l'avait désirée, depuis le premier moment où il l'avait remarquée à cet insipide bal, des années plus tôt. Ce désir avait grandi au point de le dominer pendant ces quelques jours où il l'avait côtoyée de près.

La seule pensée de la laisser partir le lendemain matin pour regagner le Shropshire lui était intolérable ; mais la résolution qu'il lisait sur son visage était éloquente, hélas. Elle n'avait pas la moindre intention de lui laisser le choix...

A regret, il laissa sa main descendre le long du bras de Juliet, avec la sensuelle lenteur d'une caresse. Puis il la lâcha enfin.

— Très bien. Nous reprendrons cette conversation avant votre départ.

— Franchement, je ne crois pas que ce soit très sage, Sebastian.

— Au diable la sagesse ! Il ne me semble pas qu'elle nous ait guidés, tous ces derniers jours.

Sa voix s'adoucit lorsqu'il vit une lueur d'inquiétude s'allumer dans ses yeux.

— Quel mal cela peut-il faire si cela arrive une dernière fois ?

Le mal, songea-t-elle, résidait précisément là.

Ce serait *la dernière fois*.

Pendant toute cette conversation, elle s'était efforcée de maintenir Sebastian à distance, mais elle avait échoué. Toutes ses défenses étaient tombées peu à peu et une évidence avait fini par s'imposer à elle — quelque chose de si profond, de si troublant, qu'elle osait à peine y penser.

Elle était amoureuse de Sebastian St. Claire !

Et pas de façon superficielle. Pas comme une jeune fille qui s'entiche d'un bel homme séduisant parce qu'il a su la flatter et la charmer. Non.

Totalement, follement, irrévocablement amoureuse de lui…

Chapitre 15

— Juliet ?

Elle le regarda sans comprendre, la bouche sèche et la respiration difficile.

La découverte qu'elle venait de faire avait de quoi la déstabiliser. Elle, amoureuse de Sebastian St. Claire !

D'un amour absolu. Et si inutile, hélas, si totalement vain…

— Juliet ! répéta Sebastian, inquiet.

Elle semblait si loin, tout à coup, avec son teint blême et son regard étrangement assombri.

Il scruta le ravissant visage aux traits si délicats.

— Qu'est-ce qui ne va pas, au nom du ciel ? Vous semblez si bizarre soudain…

— Ce qui ne va pas ?

Elle émit un rire brisé et fit un visible effort pour se reprendre.

— Qu'est-ce qui pourrait bien ne pas aller, Sebastian ? J'ai été séduite par vous. Et vous m'avez laissée vous séduire en retour. A présent, nos chemins se séparent. N'est-ce pas l'issue habituelle pour le genre de relation qu'on noue lors de ces parties de campagne ?

Sebastian aurait eu du mal à répondre, n'ayant jamais participé à de tels séjours avant celui-ci. En fait, il les avait toujours considérés comme le comble de l'ennui.

Mais s'il en croyait le peu qu'il avait pu observer

autour de lui pendant ces quelques jours, Juliet n'avait certainement pas tort.

Il prit une expression déterminée.

— Rien ne nous oblige à nous séparer. Au lieu de regagner chacun nos pénates en partant d'ici, nous pourrions aller ensemble à Londres. Qu'en dites-vous ?

Elle secoua la tête.

— J'ai des responsabilités dans le Shropshire. On a besoin de moi là-bas.

— En ce cas, pourquoi ne vous accompagnerais-je pas dans le Shropshire ?

En réalité, il n'avait pas pensé un seul instant qu'il pourrait la suivre là-bas ! Mais à peine eut-il prononcé ces mots que tous les avantages du projet lui apparurent. Du reste, Londres était désert en ce moment. La petite saison n'y ramènerait pas les membres de la haute société avant plusieurs semaines.

Des semaines qu'il pouvait passer dans le Shropshire avec Juliet…

Elle écarquilla les yeux, surprise par la proposition.

— Désolée, mais je crains que ce ne soit pas possible, Sebastian.

— Pourquoi donc ?

Il prit l'une de ses mains dans les siennes et caressa du pouce la paume gantée, dont il sentait la tiédeur à travers la dentelle.

— Nous pourrions continuer à explorer et savourer cette passion dont nous brûlons l'un pour l'autre. Rappelez-vous, l'autre nuit…

Juliet sentit ses genoux mollir sous elle à la pensée de passer tant d'heures, de jours et peut-être même de semaines seule à seul avec Sebastian, dans l'intimité de sa maison.

Libres de s'adonner pleinement à ces délectables plaisirs physiques qu'elle avait récemment découverts dans ses bras…

Mais cette faiblesse ne dura qu'un instant. La découverte qu'elle venait de faire s'imposa de nouveau à elle, avec toutes ses cruelles implications. Elle aimait trop cet homme pour ne pas souffrir affreusement quand viendrait, inévitablement, le moment de se séparer.

Elle le regarda en face et esquissa un sourire qui n'atteignit pas ses yeux.

— Non, milord. Aussi délectables qu'aient été ces quelques jours, mon désir pour vous est complètement épuisé, j'ai le regret de vous le dire.

Elle dégagea sa main et recula d'un pas.

— S'il vous plaît, plus un mot à ce sujet ! reprit-elle, comme il ouvrait déjà la bouche pour répliquer. Nous avons vécu un très agréable… interlude, et je vous en remercie sincèrement. Mais vous devez retourner à votre vie et moi à la mienne.

Et, sur une froide inclination, elle tourna les talons pour rejoindre un groupe de dames qui bavardaient à l'autre bout de la pièce.

— Puis-je me permettre, mesdames ? s'enquit-elle avec un sourire poli.

Elle fut chaleureusement accueillie, au contraire de ce qui s'était passé quelques jours plus tôt à son arrivée à Banford Park. Grayson avait eu raison. Sa relation avec St. Claire avait eu au moins pour résultat de lui concilier les bonnes grâces du beau monde.

Sebastian la regarda s'éloigner, ignorant le geste que lui adressait Bancroft pour l'inviter à le suivre.

Il venait bel et bien d'être congédié et ne savait encore contre qui diriger sa colère.

Contre lui-même, pour s'être laissé entraîner dans une situation qui jouait en sa défaveur ? Ou contre Bancroft et Gray, pour l'y avoir impliqué ?

Il était encore furieux lorsqu'il quitta enfin le salon pour rejoindre le comte et Gray dans le bureau du maître de maison. Il ouvrit la porte sans prendre la peine de frapper et jeta un regard étincelant de rage aux deux hommes déjà installés dans la pièce.

— J'espère que ce que vous avez appris en vaut la peine, Bancroft. Je ne suis plus d'humeur à supporter cette comédie, sachez-le !

Le comte fronça les sourcils.

— Il ne s'agit pas de comédie, St. Claire. Cette fois, nous possédons une preuve irréfutable de culpabilité. Et c'est vous qui m'avez aidé à l'obtenir sans le savoir. Oui, vous m'avez donné cet après-midi, sans vous en douter, une information essentielle…

Et comme Sebastian le dévisageait, debout dans l'embrasure de la porte :

— Si vous voulez bien vous donner la peine d'entrer, dit-il en se levant derrière son bureau. Nous avons à parler tous trois en privé.

Il arborait une expression si grave que Sebastian sentit son cœur sombrer dans sa poitrine. Hochant la tête, il s'avança, après avoir refermé silencieusement la porte derrière lui.

Juliet promena un regard surpris autour d'elle. A peine le dîner — assommant — s'était-il achevé qu'un valet de pied était venu discrètement la prier de se rendre dans le bureau du comte. Mais elle n'avait pas la moindre idée du pourquoi de cette convocation. Et elle ne devinait pas davantage ce que Lord Grayson et

Sebastian faisaient là — le premier debout devant la fenêtre aux rideaux tirés, l'autre derrière la chaise où on l'avait priée de s'asseoir, l'air sévère et distant malgré sa pose protectrice.

Elle jeta un coup d'œil interrogateur à Lord Bancroft, qui se tenait en face d'elle, près de la cheminée.

Que lui voulaient-ils, au nom du ciel ?

William Bancroft esquissa une grimace.

— C'est une affaire… plutôt délicate que nous avons à discuter avec vous, Lady Boyd.

— Je ne vois pas de quoi il peut s'agir, mais vous allez sans doute éclairer ma lanterne.

Il émit un petit toussotement.

— Une affaire *très* délicate, en fait.

Il semblait à présent tout à fait embarrassé, ce qui ne lui ressemblait guère.

Juliet tourna la tête pour jeter un regard perçant à Sebastian, qui avait posé une main sur le dossier de sa chaise. Mais elle ne put rien lire sur son beau visage à l'expression toujours aussi lointaine.

Un terrible soupçon la traversa. Il n'avait tout de même pas discuté de leurs relations intimes avec ces deux hommes ? Et même s'il l'avait fait, quel intérêt cela pouvait-il présenter pour eux, bonté divine ?

— Et si vous lui annonciez d'abord la bonne nouvelle, hein, Bancroft ? dit alors Sebastian. A moins que vous ne préfériez que je m'en charge moi-même ? Oui, il vaut mieux, n'est-ce pas…

Il contourna le siège de Juliet pour venir se placer à côté d'elle.

— La bonne nouvelle, Juliet, c'est que, contrairement à ce que Lord Bancroft et Lord Grayson s'étaient d'abord imaginé…

Il s'arrêta une seconde pour lancer aux deux hommes un regard méprisant.

— Vous n'êtes *plus* soupçonnée d'être une espionne à la solde des Français ! acheva-t-il d'un ton sarcastique.

Elle pâlit, la bouche ouverte. Ses prunelles vertes reflétaient une profonde stupéfaction.

— Je ne suis plus… Mais de quoi parlez-vous, au nom du ciel ?

Bancroft jeta un regard réprobateur à Sebastian.

— Peut-être devriez-vous me laisser expliquer les choses à la comtesse, St. Claire.

Sebastian ne lui prêta pas la moindre attention. Ses yeux demeuraient rivés sur Juliet.

— Vous avez été invitée à Banford Park dans un but bien précis, Juliet — permettre à Bancroft et à ses amis les agents de la Couronne d'acquérir les preuves nécessaires pour vous inculper de trahison à l'encontre de votre pays et de meurtre sur la personne de votre époux.

— Assez, St. Claire ! fit le comte d'une voix glaciale.

— Assez ? Oh, non, ce n'est qu'un début ! riposta Sebastian, hors de lui.

La colère le faisait bouillir — une colère impuissante, hélas.

Juliet savait à présent. Elle savait qu'il était au courant depuis le début des soupçons qui pesaient sur elle et n'avait rien fait pour les détourner.

Elle ne lui pardonnerait jamais, c'était certain.

Et le pire, c'était qu'il ne pouvait même pas lui donner tort !

Certes, il avait affirmé haut et fort à Bancroft et Gray qu'il ne croyait pas à la culpabilité de Juliet. Il leur avait assuré qu'il devait y avoir une autre explication aux preuves qu'ils avaient réunies contre elle. Et que même si, contre toute vraisemblance, elle avait tué son mari, elle l'avait fait pour des raisons personnelles — raisons qui n'avaient rien à voir avec la trahison dont ils la suspectaient.

Mais en dépit du tour intime qu'avaient pris ses relations avec elle, il n'avait rien fait pour arrêter les investigations de Bancroft, ou tout au moins lui mettre des bâtons dans les roues.

Le silence qu'il avait gardé le condamnait à ses propres yeux. Aux yeux de Juliet, il allait devenir un tricheur et un menteur.

La stupeur de la jeune femme avait achevé de le faire sortir de ses gonds. Comment avait-on pu soupçonner cette femme un seul instant ? Elle était l'innocence même !

— Les soupçons d'assassinat qui pèsent sur moi depuis la mort de mon mari ne sont pas chose nouvelle, hélas, reprit la jeune femme d'un air résigné. Mais pourquoi m'accuser de trahison ? Je ne vois vraiment pas…

— Parce que c'est pour cela que Crestwood est mort, lui expliqua-t-il. Pendant des années, il a renseigné les Français sur les mouvements des troupes anglaises et les batailles qui en ont découlé. Certaines de ses indiscrétions ont permis la fuite de Napoléon de l'île d'Elbe. Et donc la bataille de Waterloo.

Elle ouvrit la bouche, abasourdie.

— Edward ? C'est impossible, vous devez vous tromper ! Edward était la loyauté même à l'égard de la Couronne. Il l'a toujours été. Il n'aurait jamais fait les choses dont vous l'accusez !

— Pas sciemment, admit Sebastian.

Elle le regarda sans comprendre.

— Que voulez-vous dire ?

Il prit une profonde inspiration.

— On sait maintenant que les renseignements étaient soutirés à Crestwood pendant et après des moments… euh… d'intimité, dirons-nous.

Juliet sentit le sang se retirer de ses joues. Elle se rappelait trop bien ses propres moments d'*intimité* avec Crestwood.

Ils ne se parlaient pas. Ni avant, ni pendant, ni après.

Jamais.

Elle ravala une brusque nausée à la pensée de ces nuits où Crestwood s'introduisait dans sa chambre et prenait possession de son corps, tirant son plaisir d'elle avant de repartir, sans qu'un seul mot ait été échangé entre eux, gentil ou pas.

Sebastian St. Claire connaissait mieux que personne sa totale inexpérience de l'intimité physique avec un homme. Y compris son mari ! Alors penser qu'elle avait pu séduire Crestwood au point de lui extorquer des secrets d'Etat… C'était absurde !

Une autre interrogation la traversa soudain. Quel rôle avait joué Sebastian dans l'enquête de William Bancroft ? Se pouvait-il qu'il ait délibérément entrepris de la séduire dans le seul but de la faire parler et d'acquérir les preuves dont ils avaient besoin ?

Un froid glacial la traversa. Mais Sebastian la tira brusquement de ses réflexions.

— La coupable est démasquée. C'est votre cousine Helena.

Juliet porta la main à sa gorge, suffoquée par la révélation.

— Quoi ? cria-t-elle.

Lord Bancroft jeta à Sebastian un nouveau regard de reproche.

— L'espionne au service des Français, c'était effectivement Helena Jourdan, dit-il d'une voix douce. C'est elle aussi qui a provoqué la mort de votre époux, lorsqu'il a enfin compris le rôle qu'elle jouait et l'a ouvertement affrontée.

Juliet était si pâle que Sebastian craignit de la voir s'évanouir.

— Vous devez vous tromper, monsieur, fit-elle d'une voix tremblante. Les parents d'Helena ont été tués par les Français il y a des années de cela. Elle est restée elle-même prisonnière pendant plusieurs jours avant de réussir à s'échapper et à passer en Angleterre, où elle a trouvé refuge à Falcon Manor. Elle…

Lord Bancroft l'enveloppa d'un regard compatissant.

— Nous avons eu un entretien tout à l'heure avec votre cousine. Elle a reconnu la véracité de toutes les charges qui pèsent contre elle.

Juliet se leva brusquement. Des plaques rouges marbraient ses joues livides.

— Elle a dit cela en croyant me protéger, j'en suis certaine. Parce qu'elle pense que vous me croyez coupable de ces crimes ! Helena ne ferait jamais les choses dont vous l'accusez. Comment le pourrait-elle ? Ses propres parents — mon oncle et ma tante — ont été tués par les soldats de Napoléon.

Sebastian la coupa d'un geste.

— Juliet, c'est Helena elle-même qui avait informé ces soldats des sympathies de ses parents pour la cause de l'Angleterre. C'est à cause d'elle s'ils ont lancé cet assaut sur le manoir.

Il se tut, navré. Dieu savait qu'il détestait ce qu'ils étaient en train de faire à Juliet. Oui, il en avait horreur, mais il ne pouvait rien y changer.

Et il ne pouvait rien non plus contre l'accusation qu'il

lut dans les yeux de Juliet, quand elle tourna enfin la tête vers lui.

— C'est faux ! s'exclama-t-elle avec colère. Helena hait Napoléon et tout ce qu'il représente. Et elle n'avait que seize ans à l'époque, au nom du ciel !

Ce fut au tour de Bancroft de l'interrompre.

— Elle était amoureuse d'un capitaine français, qui était devenu son amant. Celui-là même qui commandait les soldats, le jour où ses parents ont été tués et le manoir mis à sac.

D'un geste las, Sebastian se laissa tomber dans le fauteuil placé de l'autre côté du bureau. Il était soulagé que Bancroft prenne la relève. Pour sa part, il se sentait incapable de faire encore du mal à Juliet. De dévaster en quelques instants la vie qu'elle s'était patiemment reconstruite depuis la mort de Crestwood…

Juliet resta un moment silencieuse. Son regard alla de William Bancroft à Lord Grayson, avant de s'arrêter enfin sur Sebastian.

— Et vous, Lord St. Claire ? Vous m'avez dit tantôt que ces deux messieurs étaient des agents de la Couronne. Quel rôle avez-vous joué vous-même dans cette charade en action ? Mais peut-être, ajouta-t-elle d'un ton méprisant, ne devrais-je même pas vous le demander ?

Sebastian serra les mâchoires.

— Juliet…

Bancroft s'interposa derechef.

— Vous devriez remercier Lord St. Claire, milady. C'est grâce à lui si votre nom est enfin blanchi de tout soupçon dans cette affaire.

— Vraiment ?

Le regard dédaigneux de Juliet restait fixé sur Sebastian

et il n'eut pas de mal à deviner quelles pensées, quels souvenirs devaient lui traverser l'esprit.

La façon dont il avait tenté de la séduire dès son arrivée à Banford Park. Sa cour obstinée, ses assiduités incessantes. Le tout couronné de succès…

La tension entre eux était à couper au couteau, mais Bancroft l'ignora.

— Soyez-en sûre, ma chère. C'est lui qui m'a mis sur la piste en me révélant cet après-midi que votre soubrette n'était pas votre soubrette, mais votre cousine française, Helena Jourdan. J'ai compris qu'elle avait pu aisément être l'auteur de tous les méfaits précédemment commis. Et aussi qu'elle avait eu toute latitude pour fouiller mon bureau en mon absence…

Juliet haussa les sourcils.

— Votre bureau a été visité ?

— Hier. Quelqu'un avait ouvert mon tiroir et déplacé mes papiers personnels. Cet incident, puis la découverte de St. Claire concernant l'identité de votre servante, et enfin les informations que Gray a ramenées ce soir de Londres, m'ont incité à interroger votre cousine, qui a tout avoué.

— Je vois…

Juliet se tourna vers Sebastian.

— Je suppose que votre nom sera favorablement cité dans le rapport de Lord Bancroft sur cette affaire, observa-t-elle.

Sebastian cilla. La colère de Juliet ressemblait à celles de son frère Hawk. Ce qui s'exprimait, c'était seulement la partie visible de l'iceberg. Dix pour cent à la surface, et le reste dissimulé sous des couches abyssales de mépris !

Le mépris qu'elle ressentait désormais pour lui et son implication dans cette enquête…

Juliet prit une longue inspiration avant de carrer résolument les épaules.

— Je voudrais parler à Helena. Conduisez-moi auprès d'elle, je vous prie.

— Je ne crois pas que ce soit une bonne idée, lui opposa le comte d'un ton calme.

— Oh, mais j'insiste, milord ! A partir du moment où vous l'accusez de crimes si haineux…

Ils avaient beau dire, elle restait persuadée qu'ils se trompaient, qu'il devait y avoir une erreur quelque part. Sa cousine ne pouvait pas être coupable de ces affreux forfaits.

Ni même Crestwood.

Son mari avait été beaucoup de choses, mais elle ne l'imaginait pas trahissant son roi et la Couronne. Il ne…

Elle s'arrêta net, prise d'une subite nausée. Elle venait soudain de se rappeler quelque chose. Quelque chose que Bancroft avait dit…

— Vous soupçonnez Crestwood d'avoir fourni des renseignements pendant et après des… euh… des moments d'intimité ? Voulez-vous dire que… qu'il aurait pu…

Sebastian s'avança.

— Juliet, votre cousine a reconnu que votre mari et elle étaient amants, expliqua-t-il avec douceur. Leur liaison a commencé très peu de temps après l'arrivée d'Helena sous votre toit, il y a six ans.

Non !

Elle ferma les yeux, horrifiée.

— Ce n'est pas possible. Helena n'aurait jamais… Crestwood n'était pas un homme sensuel. Il était froid comme la glace. Insensible. C'était un homme totalement dénué de chaleur humaine.

Lord Bancroft parut gêné.

— Si, ma chère, Crestwood était bien un homme sensuel, mais peut-être pas de la façon dont vous l'imaginiez. Au temps où il était encore dans la marine, plusieurs années avant votre mariage, il était déjà attiré par… disons de très jeunes filles.

Il détourna les yeux, incapable de soutenir le regard effaré de Juliet.

— Des gamines totalement… euh… dépourvues de formes féminines, si vous voyez ce que je veux dire. Il n'a pas fallu longtemps à votre cousine pour deviner ses préférences. Dès qu'elle a découvert chez lui cette faiblesse, elle l'a mise à profit de toutes les façons possibles.

Juliet le fixa sans le voir, tandis qu'elle tâchait de saisir la pleine signification de ses paroles. Elle se revit telle qu'elle était douze ans plus tôt, quand Crestwood l'avait demandée en mariage.

Une fille très mince, toute fraîche émoulue de la nursery…

C'était ensuite qu'elle avait acquis une silhouette de femme, au fil des années. Perdant du même coup tout attrait aux yeux d'un homme comme Crestwood, fasciné avant tout par l'immaturité de ses partenaires…

Oh, Seigneur !

— Tant qu'il a été en mer, ses goûts sont passés inaperçus, ou ont été tolérés, continua Bancroft. Mais les choses ont bien évidemment changé lorsqu'il a quitté la marine et commencé à siéger au cabinet de guerre. Là, un tel comportement n'était plus acceptable. D'où sans doute ce mariage tardif avec une femme beaucoup plus jeune que lui…

Avec elle, Juliet. Une jeune fille de dix-huit ans à peine, à la silhouette d'adolescente et totalement ignorante des réalités physiques de la vie.

Surtout du genre de relations que Bancroft venait d'évoquer !

Elle se sentait malade, littéralement. Toutes ses années de mariage avec Crestwood revivaient dans sa mémoire, si douloureuses, si horribles…

Lord Grayson s'avança vers elle.

— Lady Boyd, je suis vraiment désolé…

Il voulut s'emparer de ses mains tremblantes pour les serrer dans les siennes, mais elle eut un mouvement de recul.

— Laissez-moi !

Elle ne pouvait pas supporter qu'on la touche. Elle se sentait souillée, salie par ce que Lord Bancroft venait de lui apprendre sur l'homme qui avait été son mari pendant de si nombreuses années.

Crestwood était un pervers, un…

Elle s'arrêta, incapable de penser le mot adéquat, encore moins de le dire à voix haute.

Elle se tourna vers Bancroft.

— Je veux parler à ma cousine maintenant, fit-elle d'une voix atone.

Si Sebastian n'avait pas déjà eu des raisons d'admirer cette femme, il l'aurait fait en cet instant. La tête bien droite, elle les défiait tour à tour du regard, avec la fierté de quelqu'un qui refuse de plier, même après toutes les horreurs qu'elle venait d'entendre.

Oui, si une femme méritait d'être considérée comme une grande dame, c'était bien Juliet Boyd.

Une grande dame désormais hors de sa portée.

A jamais…

*
* *

— Que faites-vous ici ? lança-t-elle sombrement, comme il pénétrait dans sa chambre par le balcon. Vous êtes venu jubiler, c'est cela ?

— Loin de moi cette pensée.

Une expression de tristesse voilait ses traits.

— Juliet…

Il s'approcha d'elle et voulut la prendre dans ses bras.

— Bas les pattes !

Ni lui, ni personne d'autre ne poserait la main sur elle. Si qui que ce soit la touchait, la fragile carapace qu'elle avait érigée autour d'elle ces deux dernières heures volerait en éclats.

La laissant exposée à la terrible douleur qu'elle s'efforçait de repousser pour ne pas être submergée par elle…

La douleur d'avoir entendu Helena admettre — admettre ? non, revendiquer fièrement ! — sa culpabilité.

Cette Helena avec qui Juliet s'était entretenue tout à l'heure était une étrangère pour elle. Ce n'était plus la petite fille avec qui elle avait joué autrefois, ni l'amie et la confidente de ces six dernières années.

Helena avait trahi ses parents. Elle avait trahi l'Angleterre et elle avait trahi aussi Juliet.

Tout cela sans le moindre remords, pour autant que sa cousine ait pu en juger.

Dieu savait que tout cela était déjà assez difficile à supporter — et aurait été encore quasiment impossible à croire si Helena n'avait reconnu haut et fort ses propres actes.

Mais aussi affreux et confondant que ce soit, ce n'était pas là le pire.

Juliet souffrait d'une désillusion encore plus atroce.

Une souffrance bien plus grande que tout ce qu'elle

avait pu endurer par le passé. Pire que l'enfer de son mariage avec Crestwood.

La fourberie et la duplicité de Sebastian durant ces quelques jours, c'était cela, l'humiliant, l'insupportable — savoir qu'il avait flirté avec elle, l'avait séduite et lui avait fait l'amour uniquement pour découvrir si elle était innocente ou coupable de ces crimes abominables.

Et dire qu'elle s'était follement éprise de cet homme ! Un homme qui depuis le début jouait un rôle, dans le seul but de la prendre au piège !

Elle prit une longue inspiration, dans un effort désespéré pour surmonter son désarroi.

— Allez-vous-en, Lord St. Claire ! Je ne veux pas de vous ici.

Sebastian sentit son cœur se serrer dans sa poitrine. Voilà, ses pires craintes s'étaient réalisées. Pour en être persuadé, il suffisait de voir l'expression horrifiée de Juliet, d'entendre le mépris qui vibrait dans sa voix…

— Juliet, laissez-moi au moins vous expliquer, je vous en conjure !

— Il n'y a rien à expliquer. Aussi impossible que cela paraisse, ma cousine m'a avoué qu'elle avait bel et bien commis tout ce dont l'accuse Lord Bancroft.

Sa voix défaillit un instant sous le déferlement de l'émotion.

— Il n'y a rien de plus à dire, milord. Ni là-dessus, ni sur quoi que ce soit d'autre, ajouta-t-elle en retrouvant sa fermeté. Mon seul désir à présent, c'est de retourner chez moi, dans mon manoir du Shropshire. J'ai besoin qu'on me laisse tranquille.

Sebastian grimaça.

— La confession de votre cousine a eu du moins le mérite de vous disculper de toute implication dans la mort de votre mari. Ce qui veut dire que la société va vous rouvrir ses portes…

Les yeux de Juliet étincelèrent.

— Mais moi, je ne veux pas retourner dans la société ! Ne comprenez-vous pas ? Helena est ma cousine. Depuis six ans, elle a été ma confidente et ma compagne de tous les instants. Apprendre qu'elle a causé la mort de ses propres parents aussi bien que celle de Crestwood, c'est plus que je n'en peux supporter !

Sa poitrine se souleva à un rythme accéléré, tandis qu'elle cherchait sa respiration.

— J'en suis presque à regretter que ce ne soit pas moi qui aie tué Crestwood, plutôt qu'Helena ! Si seulement cela pouvait chasser de moi le terrible sentiment de souffrance et de trahison qui m'accable…

Sebastian n'eut pas besoin de l'entendre dire qu'elle éprouvait exactement la même chose à son égard. C'était là, dans le regard qu'elle levait vers lui, dans la moue de ses lèvres.

— Juliet, vous devez me croire quand je vous affirme que je ne vous ai jamais crue coupable d'aucun des forfaits dont vous accusait Bancroft. Bien au contraire, j'ai tout fait pour le persuader de votre innocence.

— Vous pouvez me dire ce que vous voulez, Lord St. Claire, je ne veux plus vous écouter. Et encore moins vous croire !

Elle observa une courte pause, le temps de reprendre son souffle.

— Je pars demain aux premières lueurs de l'aube. Nous ne nous reverrons plus jamais.

— Juliet…

Elle releva la tête, hautaine.

— Plus jamais, Sebastian.

Chapitre 16

Deux mois plus tard, chez la comtesse de Crestwood, Berkeley Square, Londres.

Juliet leva les yeux de sa broderie en devinant la silhouette de son majordome sur le seuil. Le vieil homme demeurait immobile, visiblement hésitant.

— Qu'y a-t-il, Haydon ?

— Je... euh... Vous avez un visiteur, milady. Il attend dans l'antichambre.

Juliet fut aussitôt sur ses gardes.

— Un visiteur, Haydon ?

Le majordome hocha la tête avec raideur.

— Oui, milady. Un certain Lord St. Claire.

Juliet déglutit péniblement. Sebastian ! Car ce ne pouvait être l'un de ses frères...

Etait-elle prête à le revoir si vite ?

Oh, elle savait qu'il lui faudrait le revoir avant de regagner le Shropshire et elle s'était faite à cette idée. Mais fallait-il vraiment que ce soit ce matin ? Elle aurait préféré que cet inévitable tête-à-tête ait lieu plus tard, quand elle se sentirait un peu plus à même de prendre sur elle pour l'affronter.

Haydon s'éclaircit la gorge, de plus en plus gêné.

— Hem... Ce monsieur insiste beaucoup.

Juliet cilla à son tour. Apparemment, cela ne *pouvait* pas attendre !

Le majordome grimaça.

— Pour tout vous dire, ce Lord St. Claire…

— A déclaré qu'il ne bougerait pas de l'antichambre tant que milady n'aurait pas accepté de le recevoir ! compléta pour lui une voix sonore.

Et Sebastian fit son entrée dans le salon.

Sidérée, Juliet le vit tendre sa canne et son chapeau au vieux serviteur. Puis il lui tint la porte ouverte et le convia à sortir d'un impérieux froncement de sourcils.

Du Sebastian tout pur ! Telle était la force de son arrogance que Haydon obtempéra sans un murmure de protestation.

Les mains tremblantes, Juliet replia soigneusement son ouvrage et le posa à côté d'elle.

— Ah, enfin ! fit Sebastian avec une évidente satisfaction.

Il referma la porte d'un geste ferme avant de se tourner vers elle.

— Vous ne le croirez peut-être pas, mais c'est un soulagement pour moi de constater que l'autorité des St. Claire n'a rien perdu de sa légendaire efficacité.

Juliet se leva lentement, sans quitter le visiteur des yeux. Quant à savoir comment elle y parvint, c'était un mystère même pour elle, quand son cœur avait cessé de battre dans sa poitrine — quand chaque parcelle de son corps vibrait à la seule présence de cet homme.

Les images de Sebastian qui la hantaient depuis deux mois, images pourtant si vivaces qu'elle ne parvenait pas à les chasser un seul instant de son esprit, ne rendaient pas justice à l'original qu'elle avait à présent sous les yeux.

Sebastian St. Claire était bien plus beau encore que dans son souvenir !

Ses cheveux sombres striés d'or étaient plus longs qu'elle ne se les rappelait et légèrement en désordre, comme s'il les avait dérangés d'une main impatiente avant de pénétrer dans la pièce.

Ses yeux d'une chaude couleur d'ambre — c'était au point qu'elle n'arrivait plus à regarder une carafe de whisky sans songer à lui ! — la fixaient avec hardiesse, comme s'il la mettait au défi de le repousser.

Un sourire sans humour retroussait sa bouche — cette bouche indécemment sensuelle qui avait exploré et embrassé chaque centimètre de son corps.

Quant au corps musclé et puissant…

Non, aussi vivants qu'ils fussent, les souvenirs de Juliet étaient loin d'être aussi troublants que l'homme en chair et en os !

Elle fit un effort pour se reprendre.

— Avez-vous jamais eu la moindre raison de douter de votre autorité ?

— Oh, oui ! J'en ai douté plus d'une fois ces deux derniers mois.

Deux mois pendant lesquels il n'avait pas vu Juliet, récapitula-t-il à part lui. Ou plus exactement neuf semaines, deux jours et près de trois heures, qui s'étaient écoulés avec une affreuse lenteur, depuis l'instant où il avait regardé la voiture de Juliet descendre la grande allée de Banford Park et franchir les grilles avant de disparaître au tournant de la route.

Pas une seule seconde depuis il n'avait cessé d'évoquer son image. De se demander si elle allait bien, si elle pensait à lui comme il pensait à elle.

Si elle le haïssait encore…

Il traversa le salon en deux longues enjambées et se retrouva devant elle. Elle était si extraordinairement belle, dans cette robe jaune pâle qui mettait en valeur le noir profond de ses cheveux, et dont les courtes manches bouffantes dévoilaient ses bras et la naissance de sa gorge ! Jamais son teint de magnolia ne lui avait paru aussi pur, aussi lumineux.

Une délicatesse en totale opposition avec la lueur de colère qui scintillait dans les yeux aux reflets d'émeraude...

— Vous m'avez manqué, Juliet, dit-il d'une voix rauque.

Le cœur de Juliet, erratique, laissa passer un battement avant de se remettre à cogner follement contre ses côtes.

Non, elle n'allait pas se laisser séduire de nouveau par cet homme !

Sauf que...

A présent qu'il était tout près, elle découvrait de subtils changements dans son apparence — un réseau de rides très fines au coin de ces yeux à l'incroyable nuance d'or et de miel, deux plis soulignant la fermeté de la bouche. Le visage plus maigre aussi. Plus dur et certainement moins enclin au sourire...

Elle ne put cacher son inquiétude.

— Allez-vous bien, Sebastian ?

— Mis à part le fait que je n'arrive plus à manger, à dormir et à faire la fête comme avant, je vais parfaitement bien, merci.

Elle ne répondit pas. Comment prendre au juste ces derniers mots ? Etait-il en train de lui dire que la responsable de ses insomnies et de son manque d'appétit — que ce fût pour la nourriture ou les délices charnelles dont il était autrefois si friand —, c'était elle, Juliet ?

Ou n'étaient-ce pas plutôt les événements de l'été, cette

plongée dans les sombres et douloureuses réalités de la vie, qui avaient provoqué en lui cette métamorphose ?

Aussi longtemps qu'elle ne connaîtrait pas la réponse à cette question, elle ne saurait que lui dire. En fait, elle doutait même d'avoir quoi que ce fût à lui dire !

Ce fut lui derechef qui rompit le silence.

— C'en est au point que, ne sachant plus que faire de mon temps, j'ai rouvert les écuries de mon domaine du Berkshire. J'entraîne mes chevaux, quand je ne suis pas à la recherche de quelque bon étalon pour la saillie.

Il haussa les épaules, presque embarrassé par l'étonnement de Juliet.

— Il n'y a rien de surprenant à cela, vous savez. Même mon pire ennemi vous dirait que personne ne sait mieux que moi reconnaître un bon cheval. Elever des trotteurs, c'est certainement le meilleur emploi que je puisse faire de mon temps et de mon argent…

— Voilà qui est nouveau ! Je croyais que votre temps et votre argent étaient tous deux consacrés à la recherche du plaisir…

— Cela ne m'intéresse plus, je vous l'ai dit. Tout cela appartient désormais aux neiges d'antan.

Il ne précisa pas que chaque fois qu'il regardait une femme, c'était le visage de Juliet qu'il voyait à la place. Et que ni le jeu ni la boisson ne parvenaient à la chasser de ses pensées.

Mais elle était loin d'être convaincue par ses paroles.

— Vraiment ?

Il soupira.

— Juliet, je sais que ma cause n'est pas défendable. Mais me permettez-vous au moins de vous demander pardon pour ce qui s'est passé cet été ?

Elle se raidit.

— De quoi parlez-vous au juste, Sebastian ? J'ai été complètement innocentée par les aveux de ma cousine et son arrestation. Depuis, Lord Bancroft a mené toute une campagne auprès du beau monde afin que la société me rouvre ses portes et me fasse bon accueil si je souhaite y rentrer. En somme, tout est rentré dans l'ordre. Je ne vois donc pas de quoi vous me demanderiez pardon.

Sebastian ne se laissa pas tromper une seconde par la logique de ce raisonnement. Le ton amer de Juliet contredisait ses propos. Elle souffrait encore d'avoir perdu ses illusions sur l'affection et la loyauté de sa cousine. Rien de ce qu'elle venait d'évoquer ne pallierait jamais le terrible sentiment de perte et de trahison qu'elle éprouvait encore.

— Je regrette profondément d'avoir été en partie responsable de la blessure qui vous a été infligée…

— Votre rôle n'a pas été aussi déterminant que vous voulez bien le croire, Sebastian. Certes, vous avez délibérément cherché à me séduire et vous êtes parvenu à vos fins. Que vos raisons aient été répréhensibles, c'est un fait. Toutefois…

Il l'interrompit d'un geste.

— Mes seules raisons, c'était que je vous désirais depuis la première fois où je vous avais vue. Depuis ce bal chez les Chessingham où j'ai escorté ma sœur Arabella il y a deux ans. Vous souvenez-vous ?

Elle le regarda, incertaine. Plaisantait-il, par hasard ?

— Que me racontez-vous là ?

Il se mit à arpenter fébrilement la pièce.

— Vous n'allez pas me croire, je le crains. Pourquoi me croiriez-vous, du reste ? Mais si j'ai souhaité vous rencontrer l'été dernier et lier connaissance avec vous chez les Bancroft, c'était pour des raisons purement personnelles. Vous m'aviez plu, je voulais vous revoir. C'est en toute innocence, si j'ose dire, que je suis allé voir Dolly et l'ai priée de vous inviter à Banford Park.

— Vous lui avez demandé de m'inviter, vous ? répéta-t-elle avec stupéfaction.

Elle avait du mal à imaginer que Sebastian l'avait vue et désirée avant même leur séjour commun à Banford Park, à une époque où elle était encore mariée à Crestwood. C'était tout bonnement incroyable…

Il hocha pourtant la tête.

— Mais oui ! Elle m'a répondu qu'elle vous avait déjà adressé une invitation et espérait votre venue. Mais à ce moment-là, elle s'est bien gardée de me dire que si elle vous avait envoyé un carton, c'était à la requête de son mari.

Il serra les lèvres.

— Je n'avais pas la moindre idée des raisons qui avaient poussé Bancroft à vous inviter. Je ne l'ai su qu'après vous avoir rencontrée, alors que j'avais déjà commencé à vous faire des avances… et même un peu plus. Si je l'avais su avant…

Il s'interrompit avec un geste de frustration.

— Si vous aviez su ? dit-elle doucement.

Sebastian grimaça.

— Je n'aurais jamais trempé dans tout cela. Mais on m'a mis au pied du mur. L'alternative était simple — ou je continuais à vous faire la cour, ou je me retirais et Grayson prenait ma place.

Juliet écarquilla les yeux.

— Lord Grayson ? Mais ce n'était pas de *lui* que j'aurais accueilli la moindre avance ! Dieu sait que je n'aurais pas voulu…

Elle s'arrêta net, consciente de ce qu'elle venait de

révéler malgré elle. Trop tard malheureusement pour rattraper ses mots !

Elle changea promptement de sujet.

— Tout cela, c'est ce que vous prétendez maintenant. Mais pourquoi vous croirais-je ?

— Pourquoi ?

Sebastian se fit soudain très grave.

— Parce que je ne mens pas, Juliet. Je ne vous ai jamais menti. Sauf peut-être par omission, concéda-t-il avec tristesse.

Il observa une courte pause.

— Mais cela n'arrivera plus, jamais, quel que soit le prix que je doive payer pour cela. Demandez-moi ce que vous voudrez, Juliet, et sur mon honneur de St. Claire, je vous dirai la vérité.

— N'importe quoi, vraiment ? s'enquit-elle avec un reste de scepticisme.

— N'importe quoi.

— Très bien ! Avez-vous été à un moment ou un autre l'amant de Dolly Bancroft ?

— Non, répliqua-t-il d'un ton ferme.

— Sebastian !

Il écarta les mains.

— Je vous dis la vérité, Juliet. Ne l'ai-je pas juré sur l'honneur de ma famille ? Dolly s'est montrée gentille avec moi lorsque j'ai fait mes débuts dans le monde à dix-sept ans. Rien de plus. Jamais.

Elle enchaîna aussitôt :

— Pourquoi l'idée que Lord Grayson puisse me séduire vous semblait-elle si inacceptable ?

Ce qu'elle attendait de lui sur ce point, c'était seulement une confirmation. Car elle commençait à avoir sa petite idée sur la question !

Etait-ce pour la même raison qu'il avait refusé de lui présenter Grayson, ce fameux jour à Banford Park ? Et pour cela aussi qu'il s'était montré d'humeur si maussade, le soir où elle avait été placée à table à côté de Lord Grayson ?

— Inacceptable ? répéta-t-il en levant les yeux au ciel. Le mot n'est pas assez fort, Juliet. Cela m'était complètement insupportable ! Et ce n'est pas seulement Gray, vous savez. Je déteste qu'un autre homme ose s'approcher de vous. Quel qu'il soit…

Elle arqua les sourcils.

— Y compris le duc de Carlyne ?

Sebastian étouffa un juron malsonnant.

— Surtout le duc de Carlyne, le diable l'emporte ! Espèce d'arrogant fils de…

Il s'arrêta juste à temps, une légère rougeur sur les pommettes.

Juliet faillit sourire de sa véhémence.

— Vous le méjugez, Sebastian. Pour ma part, j'ai trouvé que c'était un charmant compagnon, spirituel, attentionné et…

Sebastian respira à fond.

— En avez-vous pour longtemps avec cette litanie ? Je me passerais bien de vous entendre émettre une opinion favorable sur un autre homme.

— Pourquoi donc ?

Il crispa les mâchoires.

— Pour la raison que je vous ai déjà dite !

Elle déglutit avec quelque peine.

— Sebastian… Pourquoi avez-vous quitté ma chambre si abruptement la nuit où je… j'ai…

— La nuit où vous m'avez fait l'amour ? acheva-t-il doucement.

Elle fit la moue.

— Vous m'avez dit une fois que ce n'était pas parce que je vous avais déçu.

— Vous, me décevoir ? Extravagance ! C'étaient mes propres émotions, ma réponse à vos caresses que je n'arrivais pas à comprendre.

Elle l'enveloppa d'un regard interrogateur.

— Et maintenant ? Les comprenez-vous un peu mieux ?

— Dieu merci ! C'est tout à fait limpide pour moi.

— Peut-être accepterez-vous alors de m'éclairer ?

— Lorsque vous aurez fini de poser vos autres questions, promit-il.

Ses questions ? Oh, oui, elle n'y songeait plus !

— Comment avez-vous su que vous me trouveriez à Londres ? Ce n'est pas l'époque habituelle pour un séjour dans la capitale.

Sebastian évita son regard.

— Pas un seul de vos faits et gestes ne m'a échappé depuis notre séparation. Je suis au courant de tout.

Elle ouvrit de grands yeux, incrédule.

— Sebastian ! Ne me dites pas que vous m'avez fait suivre !

Il lut la réprobation dans son regard et se hâta de préciser :

— Pas moi. C'est William Bancroft qui vous a fait surveiller…

Et devant son expression outragée :

— Mais seulement pour votre protection, rassurez-vous. Pour le cas où les amis de votre cousine auraient décidé de vous rendre visite…

Et d'ajouter avec un sourire :

— Bancroft vous devait bien cela.

— C'est donc Lord Bancroft qui vous a informé de mon… mon séjour à Londres ?

— C'était le moins qu'il pût faire, étant donné les circonstances.

Elle fronça les sourcils, incertaine. La pensée d'avoir été suivie et surveillée ne lui était décidément pas très agréable. Même si c'était pour son bien…

Une crainte la traversa soudain. Et si Sebastian avait appris où elle s'était rendue la veille ?

— En quoi cela vous intéressait-il ? objecta-t-elle. Deux mois se sont écoulés depuis notre dernière rencontre. C'est beaucoup, Sebastian !

Il étouffa un soupir. Beaucoup ? Certes, il en savait quelque chose !

— J'ai voulu vous laisser le temps de surmonter le ressentiment que vous éprouviez à mon encontre. Un ressentiment très justifié, je le reconnais. Vous aviez toutes les raisons du monde d'être en colère contre moi ! Et puis je voulais me laisser aussi le temps de trouver une occupation digne de ce nom, afin que vous puissiez voir, à mon retour vers vous, que j'avais fait au moins un effort pour changer. Pour ne plus être seulement le viveur égoïste que vous m'aviez reproché d'être.

— Pourquoi, Sebastian ?

Il hésita. Il lui avait solennellement promis de lui dire la vérité, et il s'y tiendrait. Mais cela devenait difficile… beaucoup plus difficile qu'il ne l'avait pensé !

Le seul fait de revoir Juliet, d'être avec elle, l'ébranlait jusqu'au tréfonds.

— Pourquoi ? répéta-t-elle avec impatience.

— Pour la même raison qui m'a fait quitter si brusquement votre chambre en cette fameuse nuit…

— C'est-à-dire ?

— Parce que je vous aime, là ! Etes-vous contente ? Je vous aime absolument, totalement. J'aime chaque parcelle de vous, de la tête aux pieds !

Il poussa un gémissement rauque.

— Tout, Juliet, tout. Votre innocence. Votre vulnérabilité. Votre orgueil et votre courage. J'ai passé ces deux mois à me languir de vous, à me consumer du désir de vous revoir, de vous toucher. De vous avouer enfin ce que j'éprouvais pour vous…

Elle s'était mise à trembler avant même la fin de la tirade. Le mur qu'elle avait érigé contre ses propres émotions venait de se fissurer tout à coup et menaçait de s'écrouler.

Son silence accabla Sebastian, qui secoua la tête.

— Dieu sait que je n'ai jamais eu la moindre intention de m'éprendre d'une femme, quelle qu'elle soit. L'amour m'était tellement inconnu que je ne l'ai même pas identifié quand il a eu la fantaisie de me tomber dessus. Lorsque j'ai compris ce qui se passait, il était trop tard. Vous étiez déjà sortie de ma vie… Je me suis enfui de votre chambre cette nuit-là parce que je n'arrivais pas à comprendre mes propres émotions. Tout ce que je savais, c'était qu'il fallait que je m'en aille, que je mette des distances entre nous, pour tâcher de remettre un peu d'ordre dans mes pensées et mes sentiments.

Elle humecta ses lèvres sèches du bout de la langue.

— Et… y êtes-vous parvenu ?

— Oh, ils se sont mis en ordre d'eux-mêmes, à ce qu'il semble. Ils ont pris possession de moi, tout simplement. Je n'ai même pas eu mon mot à dire !

Il lui lança un regard contrit.

— Juliet, je vous jure que j'ai changé pendant ces deux mois où j'ai été séparé de vous. Là-bas, dans mon domaine du Berkshire, j'ai trouvé un but à ma vie. Accepterez-vous de... de me donner une autre chance ? De me laisser faire mes preuves ?

Il s'empara de ses deux mains et les serra ardemment dans les siennes.

— Juliet, je vous jure sur l'honneur que je n'ai eu aucune part dans les manigances de Bancroft. Tout ce que je voulais, c'était vous protéger !

— Je sais.

Il continua, emporté par le besoin de se disculper :

— Et en essayant de faire cela, j'ai...

Il s'arrêta net, comme s'il comprenait tout à coup ce qu'elle venait de dire, et lui jeta un regard incrédule.

— Qu'avez-vous dit ?

Elle hocha la tête d'un air songeur.

— Moi aussi, j'ai eu deux mois pour réfléchir, Sebastian. Et pour me souvenir. J'étais bouleversée ce dernier soir à Banford Park, cela se comprend. J'avais reçu un tel choc en apprenant ce qu'Helena avait fait que je n'étais pas en état d'écouter quoi que ce soit d'autre. Mais ensuite, j'ai repensé à tout ce que vous m'aviez dit ce soir-là. Et je me suis rendu compte que vous étiez sincère, après tout, et que vous n'aviez pas voulu me faire de mal.

— Et je ne vous en ferai jamais. Je serais incapable de toucher à un seul cheveu de votre tête.

Juliet lui pressa les mains.

— Je sais, mon ami, je sais.

— Me permettrez-vous alors de vous courtiser ? s'enquit-il anxieusement. Je me moque du temps que cela prendra — des semaines, des mois ou même des années. Mais sachez-le, Juliet, j'ai l'intention de vous faire la cour jusqu'à ce que vous acceptiez de m'accorder votre main.

Elle en resta une seconde sans voix.

— Vous voulez… m'épouser ?

Il tiqua. Qu'avait-elle compris, au nom du ciel ? Qu'il lui suggérait simplement de reprendre leur liaison ?

— Que pensiez-vous que j'étais en train de vous dire, bon sang ? Je n'accepterais jamais de vous déshonorer, vous et le sentiment que je vous porte, en vous proposant autre chose que le mariage !

— Mais vous ne m'avez pas encore…

— Pas encore quoi, Juliet ?

Elle hésita, presque timide.

— Demandé ma main, acheva-t-elle dans un murmure.

Sebastian grimaça.

— Je ne vous ai pas encore courtisée ni conquise, que je sache…

Elle émit un soupir.

— Oh, Sebastian ! Je crois que vous m'avez conquise dès votre premier baiser.

Il recula légèrement pour l'envelopper d'un long regard scrutateur.

— Juliet, êtes vous sûre… ?

Elle éclata d'un petit rire de tourterelle, où pétillait toute la joie qui montait en elle depuis un instant et brûlait de s'exprimer.

— A Banford Park, votre attitude à mon égard était tout à fait répréhensible, vous savez. Cette façon de vouloir à tout prix me séduire… Absolument sans vergogne !

— Je passerai le reste de ma vie à m'en excuser… si vous acceptez de m'épouser.

— Tout à fait répréhensible, répéta-t-elle d'une voix de gorge. Mais si merveilleux… Si excitant, si délicieux que j'en tremble encore en y pensant. Oh, Sebastian ! Jamais je n'avais connu des sensations aussi extraordinaires. Il a fallu vos baisers, vos caresses…

Elle ferma un instant les yeux, comme si ce seul souvenir lui donnait le vertige.

— Je ne savais pas que l'amour physique pouvait être aussi… aussi beau.

Elle fronça les sourcils.

— Crestwood, lui…

Mais Sebastian l'interrompit fermement.

— Nous ne reparlerons plus jamais de lui, Juliet, si cela doit vous rendre malheureuse.

— Mais non, je vous assure.

Et curieusement, c'était la vérité. La pensée de Crestwood n'éveillait plus en elle la moindre souffrance.

Pendant ces deux derniers mois, elle avait eu tout loisir de repenser à lui dans la solitude du Shropshire. Peut-être ne l'avait-elle jamais compris, tout compte fait. Jusque-là, elle avait toujours pensé que si son mariage avait été malheureux, si les relations physiques entre eux s'étaient révélées si décevantes et douloureuses, c'était à elle qu'en incombait la responsabilité.

Il lui manquait quelque chose, croyait-elle.

Mais les aveux d'Helena — cette relation perverse qu'elle avait entretenue avec Crestwood — lui avaient prouvé le contraire, et lui avaient permis de se libérer, peu à peu, des sentiments de honte et de culpabilité qui l'avaient habitée si longtemps.

Et sa réponse aux caresses de Sebastian lui avait montré la profondeur de sa propre sensualité.

— Je voudrais en parler une bonne fois pour toutes, Sebastian. Pour ne plus jamais y revenir ensuite…

Elle dégagea ses mains et marcha vers la fenêtre, d'où elle jeta un regard absent sur la rue.

— Je peux bien le dire à présent — Crestwood était une brute. Un homme dur, implacable. Totalement dépourvu de chaleur humaine.

Elle déglutit à plusieurs reprises.

— Il n'a montré ni compassion ni tendresse pendant notre nuit de noces, quand il m'a pris ma virginité. Et toutes nos nuits ont ressemblé à la première.

Elle serra ses mains l'une contre l'autre, tandis que remontait en elle le flot des souvenirs.

— Ce qui rendait pour moi les choses encore pires, c'était qu'il soufflait toujours la chandelle quand il venait dans ma chambre. Dans le noir, je ne savais jamais exactement où il était ni à quel moment il me prendrait.

Sebastian cilla.

— C'est donc pour cela que vous m'avez demandé de ne pas éteindre la bougie, cette fameuse nuit où je suis resté près de vous ?

Elle acquiesça.

— Une fois, j'ai essayé de lui parler, de lui expliquer que si seulement il voulait se montrer un peu plus gentil, un peu plus doux… Cela n'a fait qu'empirer les choses. Il s'est montré si brutal cette nuit-là que j'arrivais à peine à me tenir debout le lendemain matin.

C'était plus que Sebastian ne pouvait supporter d'entendre.

— Juliet…

— C'est passé, Sebastian.

Elle se retourna pour le rassurer et eut un coup au cœur en voyant son visage dévasté.

— Oh, mon Dieu !

Elle se précipita vers lui et lui passa une main sur le front, comme pour en effacer toute trace de souffrance.

— Tout va bien désormais, Sebastian ! Ces choses-là ne reviendront plus jamais me hanter.

Elle s'éclaircit la gorge avant de reprendre :

— Jusqu'à ce que je vous rencontre, je ne savais pas quel merveilleux bonheur on peut goûter avec un amant. Rire, parler, prendre plaisir à faire l'amour…

Elle secoua la tête avec tristesse.

— Je n'ai pas tué Crestwood, c'est un fait. Mais il m'est arrivé d'en avoir le désir. Oui, plusieurs fois !

Les yeux de Sebastian jetèrent des éclairs.

— Il méritait ce qui lui est arrivé. S'il n'était pas déjà mort, je me serais fait un plaisir de l'expédier moi-même de vie à trépas.

Elle l'enveloppa d'un regard de tendresse.

— Il ne faut pas dire cela, Sebastian ! Ce n'est pas bien du tout.

Elle vit un muscle battre dans sa joue.

— J'aurais voulu le faire souffrir comme il vous a fait souffrir pendant toutes ces années.

Le sourire de Juliet s'élargit.

— Impossible, songez un peu ! L'homme que j'aime à la folie, le père de mon enfant, serait en prison, au lieu d'être ici, libre de passer sa vie avec nous s'il le souhaite.

Il l'interrogea avidement du regard, tandis qu'elle levait les yeux vers lui.

— Un… un enfant, avez-vous dit ?

— Je vais avoir un bébé, Sebastian, annonça-t-elle joyeusement, le visage radieux. Si je suis venue en ville à cette époque de l'année, c'était pour voir un médecin. C'est chose faite depuis hier. Il a confirmé ce dont je me doutais depuis déjà plusieurs jours !

Des larmes de bonheur scintillèrent dans ses yeux d'émeraude.

— Sebastian, mon amour ! Dans sept mois, nous aurons une fille ou un garçon. Vous allez être père, mon chéri !

Sebastian eut l'impression d'avoir reçu un coup dans la poitrine. Le souffle lui manqua. Tout ce qu'il put faire, ce fut fixer sur elle un regard émerveillé.

Un instant, ils restèrent tous deux muets, submergés par l'émotion. Ce fut lui qui rompit enfin le silence.

— Juliet, comment m'avez-vous appelé, tantôt ? Ai-je bien compris, lorsque j'ai cru vous entendre dire que vous aimiez le père de votre enfant à la folie ?

Elle le regarda, rayonnante.

— Oh, oui, j'ai dit cela. Et je le répète. Je vous aime, Sebastian. A la folie.

Il semblait si abasourdi qu'elle éclata d'un petit rire perlé.

— Vous ne me croyez pas ?

— Oh, si, mais…

Il avait simplement besoin de quelques secondes pour se remettre. Découvrir que Juliet portait un enfant de lui avait déjà été un choc.

Mais apprendre en plus qu'elle l'aimait !

Brusquement, il l'attira dans ses bras et se mit à l'embrasser comme s'il n'allait plus jamais s'arrêter…

Il avait faim d'elle. De la toucher, de la savourer enfin après ces deux longs mois d'absence. Et il ne souhaitait rien tant que faire son possible pour lui prouver qu'il avait changé.

Ils tremblaient tous deux lorsqu'il s'arracha à sa bouche et posa le front contre le sien.

— Dites-moi… Avez-vous déjà fait l'amour sur un sofa, Juliet ?

Elle eut un rire sensuel.

— Les seules fois où j'ai *vraiment* fait l'amour, c'était avec vous…

Sebastian la lâcha et alla prendre une chaise devant le bureau.

Elle le suivit des yeux, intriguée.

— Que faites-vous donc ?

— Je veux juste m'assurer qu'on ne va pas nous déranger.

Il plaça le dossier du siège sous le loquet de la porte avant de revenir vers elle.

— J'espère que vous n'y verrez pas d'inconvénient, ma chérie, mais j'ai l'intention de vous faire l'amour jusqu'à vous faire crier de plaisir !

Et il la souleva dans ses bras pour la porter sur le sofa.

Juliet n'y voyait pas le moindre inconvénient.

Oh non !

— Pourquoi souriez-vous ?

C'était longtemps, bien longtemps après. Nus l'un et l'autre, ils étaient étendus sur le sofa, étroitement enlacés.

Le sourire de Sebastian s'élargit.

— Je suis en train de m'imaginer la tête de mon frère Hawk, quand son peu recommandable cadet va lui annoncer non seulement qu'il se marie à son tour, mais aussi qu'il va être bientôt père ! Je crois que cela va beaucoup l'amuser, vous savez…

Juliet hocha la tête.

Le rire, l'amusement…

C'était quelque chose de nouveau dans sa vie. Quelque chose que Sebastian y avait apporté pour la première fois.

Avec l'amour. Et la joie de vivre, tout simplement.

La joie d'aimer et d'être aimée en retour.

Épilogue

— Comment la duchesse a-t-elle réussi à organiser pour nous ce magnifique dîner de mariage en seulement quelques jours ?

La chose avait de quoi intriguer Juliet, qui ouvrait le bal avec Sebastian dans la grande salle bondée de St. Claire House.

Sebastian hocha la tête, admiratif.

— Jane nous étonnera toujours. C'est un phénomène, vous savez !

Tout le beau monde était là. Par ce beau jour d'octobre, beaucoup avaient même fait le voyage depuis leurs maisons de campagne pour assister au mariage de Lord Sebastian St. Claire, le plus jeune frère du duc de Stourbridge, avec Lady Juliet Boyd, comtesse de Crestwood.

Les deux amants s'étaient unis cet après-midi-là à l'église St George de Hanover Square, avant de gagner St. Claire House, à Mayfair.

Juliet serait éternellement reconnaissante au duc et à la duchesse de Stourbridge du chaleureux accueil qu'ils lui avaient réservé. Tous deux lui avaient montré la même prévenante affection que s'ils la connaissaient depuis toujours. Lord Lucian St. Claire et sa toute récente épouse avaient été eux aussi la gentillesse même.

Et que dire de leur sœur, la jeune et charmante Lady Arabella ?

Oui, ils s'étaient tous montrés délicieux. A tel point que Juliet avait l'impression d'avoir retrouvé une famille…

Mais surtout, elle avait Sebastian. L'homme qu'elle aimait. Qu'elle aimerait toujours, elle en était sûre, de même qu'il la chérirait toute sa vie.

Et dans sept mois exactement, ils accueilleraient leur enfant et lui feraient une place dans cet amour.

— Je voudrais que tout le monde puisse être aussi heureux que nous, Sebastian !

Elle lui sourit, radieuse, tandis qu'ils valsaient ensemble comme s'ils étaient seuls au monde, complètement oublieux de tous ceux qui évoluaient autour d'eux dans la salle.

— Cela me semble difficile ! répondit Sebastian d'un ton bourru.

Il abaissa un regard brillant d'amour vers la femme qui était à présent son épouse.

Lady Juliet St. Claire.

Cela sonnait si juste ! Si parfaitement juste…

— Je suis si heureuse que vous ayez pu pardonner aux Bancroft et à Lord Grayson ! Assez en tout cas pour les inviter à notre mariage…

Sebastian n'était pas si certain que cela de leur avoir complètement pardonné leur manque de confiance à l'égard de Juliet.

Ni même d'y parvenir un jour.

Mais Juliet avait souhaité les inviter tous trois en ce beau jour. Ses désirs n'étaient-ils pas des ordres ? Sebastian l'aimait si follement qu'il se sentait incapable de lui refuser quoi que ce soit.

Et pourtant, il avait déjà eu le loisir de regretter ce geste quand Bancroft l'avait pris à part, tout à l'heure, pour lui confier qu'Helena Jourdan s'était évadée de prison et qu'on ignorait où elle se trouvait actuellement.

Une information qu'il n'avait pas la moindre envie de répéter à Juliet, surtout aujourd'hui. C'était le jour de leur mariage, au nom du ciel !

Le début de leur vie ensemble.

Il se rembrunit tout à coup, un rictus agacé au coin des lèvres.

— Par contre, je me sens moins enclin à pardonner au duc de Carlyne l'évident plaisir qu'il a pris à vous revoir, lorsqu'il est arrivé tantôt.

Le duc en question escortait en ce moment même sa sœur Arabella sur la piste de danse.

— Décidément, il faut toujours qu'il les séduise toutes !

Ce ronchonnement jaloux fit pouffer Juliet.

— Si vous voulez mon avis, il était encore plus content de vous narguer que de me revoir !

Les bras de Sebastian resserrèrent leur étreinte autour de la taille encore si mince de sa cavalière.

— A présent que d'autres couples se sont mis à danser, cela vous ennuierait-il si nous nous éclipsions ? Quelque petit recoin ferait fort bien l'affaire pour ce que j'ai en tête…

Juliet sourit.

— Je crains que la disparition des mariés ne prête à des commentaires un peu lestes…

— Et alors ? Cela vous ennuierait-il ?

— Pas le moins du monde ! avoua-t-elle gaiement. Pour être tout à fait franche, je crois même que cela me serait complètement égal.

Sebastian baissa les yeux vers elle et la gratifia de son sourire le plus ravageur.

— Vous voilà devenue bien audacieuse, madame mon épouse !

Elle haussa un sourcil taquin.

— Cela vous déplairait-il, monsieur mon mari ?

— Moi ? Certainement pas !

Elle s'esclaffa de nouveau tandis que Sebastian l'entraînait résolument hors de la salle de bal, à la recherche de quelque *petit recoin* où ils pourraient faire l'amour.

Juliet n'avait pas le moindre doute à ce sujet — entre Sebastian et elle, désormais, tout serait affaire d'amour.

Pour le restant de leur vie.

Leur longue vie ensemble…

À découvrir ce mois-ci

3 nouveaux romans dans la collection

Les Historiques

L'ENFANT DU GUERRIER
de Denise Lynn - n°501

Angleterre, 1142. Léa, châtelaine de Montreau, est prise au piège. En effet, pour empêcher le Roi Etienne d'annexer ses terres, elle n'a d'autre choix que de lui présenter un héritier —une condition impossible à remplir pour elle, puisqu'elle vient de perdre son époux. Au désespoir, elle entrevoit cependant une solution lorsque l'impératrice Maud, ennemie jurée d'Etienne, lui annonce l'arrivée imminente à Montreau d'un émissaire qui la protégera. Un audacieux stratagème germe alors dans l'esprit de Léa : concevoir un enfant avec l'émissaire dans le plus grand secret... puis présenter le bébé au roi comme étant l'héritier légitime de Montreau. Seulement, le jour où l'émissaire tant attendu se présente à sa porte, Léa doit affronter une surprise de taille : car le ténébreux guerrier n'est autre que Jared de Warehaven, l'homme qui, jadis, l'a trahie de la pire des manières...

LA LADY ET LE LIBERTIN,

de Carole Mortimer - n°502

Angleterre, 1817. En d'autres circonstances, lady Juliet Boyd aurait jugé les avances du sulfureux Sebastian St Claire comme tout à fait déplacées. Et elle l'aurait certainement éconduit sans ménagement. Mais, bouleversée comme elle l'est par les rumeurs sordides qui, depuis peu, la soupçonnent du pire, Juliet se laisse émouvoir. Mieux, elle reçoit avec gratitude les attentions de Sebastian. Enfin un homme qui ne se fie pas aux apparences et que le scandale n'effraie pas ! Un homme sur qui elle va pouvoir compter et s'appuyer ! C'est en tout cas ce qu'elle voudrait croire. Cependant, le doute persiste en elle : et si, malgré tout, elle n'était pour cet incorrigible séducteur qu'un trophée de plus à conquérir… puis à abandonner ?

EPOUSE OU AVENTURIÈRE

de Michelle Willingham - n°503

1850, Angleterre. Lorsqu'elle apprend que son mari, Stephen Chesterfield, vient d'être gravement blessé, Emily, comtesse de Whitmore, se précipite à son chevet. Sa place d'épouse, mais surtout de femme amoureuse, n'est-elle pas auprès de Stephen ? Et cela, même s'il ne l'a épousée que pour contrarier un père trop exigeant ? D'autant qu'Emily ne peut se défendre de ses sentiments : elle aime Stephen en dépit de tout. La chance qu'elle attendait secrètement de conquérir pour de bon l'amour et le respect de son mari vient-elle enfin de se présenter ? Emily veut le croire. Mais cette détermination, sitôt forgée, se heurte à un défi inattendu : Stephen a perdu la mémoire, et soupçonne tout de suite Emily de n'être qu'une aventurière...

A paraître le 1er mars 2011

CAPTIVE DU VIKING,
de Michelle Styles - n°504

793 après J.-C., Scandinavie. Plutôt mourir que se soumettre à l'emprise de Haakon Haroldson, le chef arrogant des barbares qui ont saccagé son existence ! Si Annis a dû renoncer à sa liberté lorsque Haakon a fait d'elle sa prisonnière, elle n'ira pas jusqu'à lui abandonner sa dignité : jamais elle ne sera son esclave ! Mais, alors qu'elle envisage déjà une impossible tentative d'évasion, le ténébreux viking lui propose un marché qu'elle n'attendait pas : si elle devient sa concubine, il l'affranchira de sa condition de captive. Une offre scandaleuse… qui laisse Annis face à son destin.

LES PIÈGES DU DÉSIR,
de Diane Gaston - n°505

1814, Londres. Un regard de braise qui caresse chaque courbe de son corps, des mains qu'elle imagine déjà courant sur sa peau… Electrisée et troublée plus que de raison par une telle intimité, Ariana regrette déjà d'être venue chez Jack Vernon. Hélas, si elle refuse de poser docilement pour ce mystérieux artiste, le cruel lord Tranville, son mécène, n'hésitera pas à briser sa carrière de comédienne. Mais en acceptant, elle n'aurait pas imaginé que Jack Vernon, viril et ténébreux, éveilleen elle un désir aussi impérieux… Au supplice, Ariana s'efforce de résister. Car, en cédant à son élan, elle renoncerait du même coup à ses rêves et, plus grave, s'exposerait à la vengeance de l'impitoyable lord Tranville...

UNE SCANDALEUSE TENTATION
de Michelle Willingham - n°506

1855, Londres. Epouser l'infâme Lord Belgrave ? Lady Hannah Chesterfield préfère encore que celui-ci mette sa menace à exécution et répande la rumeur qu'elle s'est compromise en échangeant un baiser aussi passionné que scandaleux avec l'énigmatique Michael Thorpe. Toutefois, sur ordre de son père, qui veut la préserver du chantage et protéger sa réputation, elle se résout à s'éloigner de Londres le temps que les esprits s'apaisent. Mais alors qu'elle se croit sauve, elle découvre, stupéfaite, que le soldat désigné pour l'escorter durant son voyage n'est autre que le lieutenant Michael Thorpe lui-même...

2 ROMANS et 1 CADEAU surprise !

- Offre réservée à la Suisse -

OUI ! Envoyez-moi mes **2 romans gratuits** de la collection que j'ai choisie et **mon cadeau surprise**. Sauf contrordre de ma part, j'accepte ensuite de recevoir chaque mois les romans de la collection choisie, simplement en consultation. Chaque livre me sera proposé à -10%. La participation aux frais de port de SFr.4,05 par colis est incluse dans le prix. Je n'ai aucune obligation d'achat et je peux annuler à tout moment. Dans tous les cas, je conserverai mes cadeaux.

☛ COCHEZ la collection choisie :

- ❑ **AZUR**........................ZZ1FS1 ......4 romans par mois SFr.28,53
- ❑ **HORIZON**.................OZ1FS1 .....4 romans par mois SFr.29,25
- ❑ **BLANCHE** ....BZ1FS1......2 volumes doubles par mois SFR.23,31
- ❑ **LES HISTORIQUES** ..HZ1FS1......2 romans par mois SFr.23,13
- ❑ **BEST SELLERS**.........EZ1FS1 ......2 romans par mois SFr.26,55
- ❑ **PRÉLUD'** ....AZ1FS1......2 romans par mois SFr.20,97
- ❑ **PASSIONS**................RZ1FS1 ...... 2 volumes doubles par mois SFr.24,75

☛ COMPLÉTEZ vos coordonnées et renvoyez cette page à :
Service Lectrices Harlequin – BP 20008 – F.59718 Lille Cedex 9

N° d'abonnée Harlequin (si vous en avez un) |_|_|_|_|_|_|_|_|_|

Mme ❒ Mlle ❒ Nom : ____________________

Prénom : ____________________ Adresse : ____________________

____

Code Postal : |_|_|_|_|_|_| Ville : ____________________

Tél. : |_|_|_|_|_|_|_|_|_|_| Pays : Suisse

E-mail : ____________________

❒ Oui, je souhaite recevoir par e-mail les offres promotionnelles des éditions Harlequin.
❒ Oui, je souhaite recevoir par e-mail les offres promotionnelles des partenaires des éditions Harlequin.

Date limite : 20 octobre 2011. Vous recevrez votre colis environ 20 jours après réception de ce bon. Offre soumise à acceptation et réservée aux personnes majeures, résidant en Suisse, dans la limite des stocks disponibles. Offre limitée à 2 collections par foyer. Prix susceptibles de modification en cours d'année.Conformément à la loi Informatique et libertés du 6 janvier 1978, vous disposez d'un droit d'accès et de rectification aux données personnelles vous concernant. Par notre intermédiaire, vous pouvez être amenée à recevoir des propositions d'autres entreprises. Si vous ne le souhaitez pas, il vous suffit de nous écrire en nous indiquant vos nom, prénom et adresse à : Service Lectrices Harlequin BP 20008 59718 LILLE Cedex 9.

Composé et édité par les

éditions Harlequin

Achevé d'imprimer en France (Malesherbes)
par Maury-Imprimeur
en janvier 2011

Dépôt légal en février 2011
N° d'imprimeur : 160139 — N° d'éditeur : 15495